少年帝王传

南宫不凡 著

少年赵匡胤

南京大学出版社

图书在版编目(CIP)数据

少年赵匡胤 / 南宫不凡著. —— 南京：南京大学出版社，
2018.5(2021.5 重印)
（少年帝王传）
ISBN 978 - 7 - 305 - 19343 - 9

Ⅰ. ①少… Ⅱ. ①南… Ⅲ. ①传记小说－中国－当代
Ⅳ. ①I247.5

中国版本图书馆 CIP 数据核字(2017)第 246356 号

本书经上海青山文化传播有限公司授权独家出版中文简体字版

出版发行　南京大学出版社
社　　址　南京市汉口路 22 号　　　邮　编　210093
出 版 人　金鑫荣

丛 书 名　少年帝王传
书　　名　少年赵匡胤
著　　者　南宫不凡
选题策划　杨金荣
责任编辑　徐　熙　官欣欣　　　编辑热线　025 - 83685720

照　　排　南京南琳图文制作有限公司
印　　刷　丹阳兴华印务有限公司
开　　本　880×1230　1/32　印张 11.25　字数 240 千
版　　次　2018 年 5 月第 1 版　2021 年 5 月第 2 次印刷
ISBN 978 - 7 - 305 - 19343 - 9
定　　价　35.00 元

网址：http://www.njupco.com
官方微博：http://weibo.com/njupco
官方微信号：njupress
销售咨询热线：(025) 83594756

他是将门之后，少小浪迹江湖，历经种种磨难，最后成为叱咤风云、君临天下的开国帝王。在生命的最后十五年里他安定四境，为后世划制了一个基本安定的大宋版图。

这个人就是"一条杆棒等身齐，打四百军州都姓赵"的功夫皇帝赵匡胤。

他出生时就充满了传奇的色彩，红光盈室，异香绕梁，被取名为"香孩"；抓周之日选中了宝剑，似乎在预示这个小小男婴不同凡响的未来。

六岁时，他成了夹马营中的"骑兵大元帅"，在玩耍嬉闹中，显露出超群的勇气和智慧。

十二岁时，他成了汴京城里有名的翩翩少年郎，终日骑射交游、舞枪弄棒，当父母责备他为什么不读书时，年少的匡胤说出了自己豪气冲天的远大志向。

树大招风，赵匡胤的名声引起另一位贵族子弟不满，多次千方百计算计他，打算将他比下去，这个人成功了吗？在斗智斗勇的过程中，赵匡胤会显示出哪些过人的品格和才能呢？

古寺之中，他行侠仗义，伪装神木显灵，没想到却引来了真龙现身。

为了实现理想，他流浪江湖，在华山弈棋当中，参透了冥冥中暗含的天机。

扶危济贫，儿女情长，少年英雄不远千里送京娘。

雪夜访赵普，一代明君慧眼识英才。

陈桥兵变，杯酒释兵权，他的政治谋略何其了得！

……

从宫廷计谋到沙场野战，从热血豪情到儿女幽怨，从江湖险恶到佛踪道影，诸多精彩的情节，本书将一一为您呈现。

目　录

第一章

风云变幻 万里江山频易主

第一节 乱世风云

五代十国

唐朝末年,政治腐败,藩镇之间混战不断,导致人们生活在水深火热之中,于是百姓揭竿而起,轰轰烈烈的黄巢起义就此爆发。黄巢义军鏖战多年,攻占长安,唐王朝调集各地兵马二十万,联合沙陀(古代西北少数民族)贵族、雁门节度使李克用,率领四万骑兵进攻长安。驻守同州的黄巢军将领朱温见势不妙,举起白旗投降了唐军,并积极配合李克用采取血腥手段镇压起义军。黄巢起义最终失败,而朱温却借剿杀义军之机吞并许多割据势力,发展成为中原最大的军阀,甚至控制了唐王朝的政权。

公元907年,朱温废除幼帝李柷,自己做起皇帝,拉开了纷乱相争的序幕。朱温建国号为梁,史称后梁。从此,中国进入了一个大分裂、大割据的极度动乱时代,这段纷乱的年代在历史上被称作"五代十国"。其中五代指的是自后梁以来中原地区先后建立的五个朝代,包括后梁、后唐、后晋、后汉和后周。与五代并存的又有十国,指的是在秦岭淮河以南建立的九个国家:吴、南唐、前蜀、后蜀、闽、楚、南汉、荆南、吴越,以及在北方的太原建立的北汉,共计十个国家。

中原五个朝代都是短命王朝，从公元 907 年朱温建立后梁，到公元 960 年宋太祖赵匡胤发动陈桥兵变建立北宋，五十三年的时间换了八个姓氏、十三个皇帝，最短的朝代后汉仅存在了四年，在位时间最短的皇帝只做了几个月。欧阳修在《新五代史》中说："五十三年之间，易五姓十三君，长者不过十余岁，甚者三四岁而亡。"后人曾经以"易君如置吏，变国若传舍"来比喻五代时期朝代更替的频繁。王朝更迭，枭雄横行，五代王朝的建立者们大多数出身武将，是割据一方的军阀，他们依靠手中兵权窃权篡位、征战杀戮，上演着一幕幕臣弑君、子杀父、骨肉相残的时代闹剧。

武夫专权，军阀割据，是五代时期强权政治的主要特色。后晋时成德（今河北正定）节度使安重荣曾经说："天子宁有种乎？兵强马壮者为之尔！"道出了当时许多军阀觊觎皇位、不甘心受他人统治的心理，也说明了军阀们依靠武力夺取政权的特点。武力征服天下，武力治理天下，当然难以稳固统治，由此造成了数十年间征战不断、民不聊生的局面。当时经济凋蔽，百业不举，百姓们时刻挣扎在痛苦的深渊，真是"万里河山飘洒血雨腥风，沃野良土堆积饿殍满地"，令人唏嘘叹息沉痛不已。

五代乱世严重阻碍了社会的进步和发展，成为中国历史上非常黑暗的一段时期。乱则求治，这是历史发展的必然规律；长达半个多世纪的战乱和暴虐统治，也让人们渴望统一和安宁。在这种局势下，身为后周大将的赵匡胤断然发动兵变，登基称帝。生长在乱世当中的赵匡胤十分了解百姓的疾苦以及导致国家纷乱的原因，所以他虽然以武力夺取天下，却一改前人错误的做法，以文治国，推行仁政，由此建立起一个稳定统一的帝国——宋朝,结束了五代十国分裂割据的局面,拯救百姓于水火之中。

追溯历史,赵匡胤如何结束乱世纷纭、成功创建清明盛世,确实值得我们深思。一代帝王,功业卓著,他在乱世之中度过了宝贵的少年时代,期间的遭遇和经历对他的成长具有不容忽视的作用。让我们顺着历史的梯子,一步步攀登到五代十国的大纷乱当中,看一看风云际会之中赵匡胤的少年生涯。

宋太祖赵匡胤,大宋王朝的开国皇帝

朝云暮雨的朝代更迭

我们从五代时期的风云人物说起。

朱温以黄巢义军将领身份投靠朝廷,反过来残酷剿灭黄巢义军,最后又篡夺了大唐的江山。他这种不仁不义的做法受到世人唾弃,与他一起剿杀义军的唐将李克用就非常瞧不起他。朱温看在眼里,气在心上,有一次设下鸿门宴暗害李克用,结果李克用逃走了，从此两人结下不共戴天之仇。

朱温一介武夫，生性暴虐，称帝后不思安抚天下，而是荒淫无度，连年征战，不但与儿子抢夺嫔妃，还虐待手下将领。公元912年，他的儿子朱友圭发兵杀父夺权，八个月后，他的另一个儿子朱友贞杀兄继位，一连串的宫廷内乱造成时局动荡、人心恐慌。朱温父子都是嗜杀成性的人，他们以残暴的手段统治国家，不断地发动部队四处征伐，国乱民苦，一派衰败气象。

唐庄宗李存勖，他在战场上出生入死，不惜生命，是员勇将；但是在政治上，却是一个昏庸无知的蠢人

公元923年，在血泊中维持了十六年的后梁，终被李存勖所灭，以后唐取而代之。李存勖正是朱温的死敌李克用的儿子。公元908年，朱温称帝的第二年，李克用染病身亡，他临终之际交给儿子李存勖三支箭，让儿子一支剿杀朱温，一支讨伐幽州刺史，一支抗击契丹。

李存勖不负父望消灭了后梁，但他称帝后没有积极寻找治世良方，而是耽于声色，宠幸伶人，日夜流连在戏台上，很少关心国家大事。他还任用伶人为朝廷高官，据说，有个叫景进的伶人专门替他刺探外面的情况。但是景进并不认真办事，而是以官员们有没有贿赂自己作为好坏的标准。谁给他的好处多，他就在皇帝面前说谁的好话，反之当然就大肆污蔑陷害，所以，官员们见了景进都躲着，没有不害怕的。

伶人如此嚣张，引起许多朝臣不满，有人站出来说："新朝刚

刚建立,随同陛下出生入死身经百战的将士还没得到封赏,反倒
让伶人当刺史这样的高官,只怕大家不服。"然而李存勖只顾个
人享乐,听不进朝臣建议。

公元 926 年,朝臣和将领们看皇帝无意改进现在的政略,于
是拥戴李克用的养子李嗣源做了皇帝。李嗣源已经六十岁了,
他继位后采取了一些方法减轻百姓负担,让人们稍稍得以休养
生息。

李嗣源是沙陀人,是五代时期比较清明的一位君主。他有
心治世,可是觉得自己行伍出身,缺少文化,而且年已六十,乃是
心有余而力不足。继位第二年,他曾经在夜间祈祷,祝告说:"我
本是外藩人,哪里能够统驭华夏大地! 乱世日久,祈求上苍早日
降生圣人来治理天下!"恰在这一年,赵匡胤在父亲的军营中出
生,天命所为真是让人不得不感叹。接下来的岁月里,赵匡胤伴
随着一个朝代又一个朝代的更替纷乱,渐渐长大,所以他是一位
真正生于乱世长于乱世的皇帝。

李嗣源做了七年皇帝,在他的治理下国力稍稍得以恢复,这
段时期正是赵匡胤的幼年时代。公元 933 年,李嗣源去世,他的
两个儿子为争夺皇位而互相厮杀,结果他的女婿石敬瑭联合契
丹从中渔利,篡夺帝位,于公元 936 年建立了屈辱的政权——后
晋。石敬瑭就是历史上有名的"儿皇帝",他认比自己年轻十几
岁的契丹国主耶律德光为父,割让幽州(今北京)、云州(今大同)
等十六州的土地给契丹,每年向契丹贵族贡纳丝绸三十万匹。
石敬瑭对外卑躬屈膝,对内却凶恶狠毒,采取各种暴行统治国
家,百姓苦不堪言,各地暴乱不断。石敬瑭死后,耶律德光竟连
"父皇"的身份也不愿意要了,直接带兵南下消灭了后晋,在开封

登基,表示自己正式成为中原的皇帝,立国号大辽。

石敬瑭把幽云十六州之地献出来,使得辽国的国力大增,疆域扩展到长城一带

从 936 年石敬瑭甘作儿皇帝向契丹称臣,到 947 年辽灭后晋,前后十一年的时间,正是赵匡胤从懵懂幼儿成长为有志少年的关键时期。在这段国家屈辱百姓苦难的岁月里,他的生活受到很多影响,对他以后的事业起了非常重要的作用。

大辽建都开封,受到中原百姓的激烈反抗,三个月后耶律德光被迫撤兵北去,结果死在途中。这时,原后晋河东节度使兼北京(当时称现在的太原为北京)留守刘知远趁机携兵南下进入开封,建立了仅存四年的后汉政权。

至此,五代纷争已历经后梁、后唐、后晋、后汉四代,赵匡胤也以弱冠少年参军入伍,成为国家将士。

澶州兵变

刘知远建立后汉后,依旧称臣契丹,盘剥压迫百姓,他为了镇压各地反叛契丹的义军,颁布诏书:凡是做盗贼(指反抗契丹的人)的,连同四邻统统斩首。一次卫州刺史叶仁鲁抓了几十个百姓,硬说他们反抗契丹,把他们的脚筋割断,拉到街上示众。这些无辜百姓疼得满地打滚,叫喊了好几天才死去。当时负责京城守卫任务的武官经常巡视京城,一旦发现有嫌疑的人便不问青红皂白就抓人打人,他们常采取割舌头、抽筋以及腰斩等酷刑虐待百姓,手段极其残忍。

刘知远称帝十一个月后就死了,他的儿子刘承佑继位后统治集团内部矛盾激烈,宰相苏逢吉与大将史弘肇互不服气,两人明争暗斗势同水火,危机一触即发。后来刘承佑听从苏逢吉的建议,在殿上埋伏兵甲杀了史弘肇等人,并且大肆屠杀他们的亲信党羽。这件事牵连到一个人,这人就是后汉枢密使兼领天雄军(今河北大名县东)节度使,掌管河北军政事务的郭威。

郭威从后梁时起就参军入伍,当时,朱温为了防止士兵逃亡,逼迫士兵为自己卖命,勒令在犯错的兵士脸上刺字,这种办法叫做黥面。黥面原来是一种刑罚,现在却用在军士身上,当然使受罚的军士备受侮辱。一次郭威犯了小错,上级军官按照法令要给他刺字。郭威生性要强,觉得一旦刺字终身都是一种难以洗刷的侮辱,因此贿赂长官,结果长官只是让人在他的脖颈附近刺了一只飞雀,此后,郭威被人叫做郭雀儿。

后梁灭亡,郭威随着部队投降后唐,成为一名普通军吏。后唐第二位君主李嗣源继位后,遣散后宫,把原皇帝李存勖的诸多嫔妃打发回家,其中一名姓柴的宫女也在遣放之列。这天,柴氏跟随父母投宿客栈避雨，恰好郭威从此经过。柴氏女见郭威虽然衣着破旧，一副落魄模样，但是身材魁伟，相貌伟岸，有超凡脱俗之处，不觉芳心暗动，与他暗地来往。两人一见钟情，彼此难以割舍，柴氏女不顾父母反对，在客栈中与郭威成亲。随后郭威的人生出现重大转折，他在妻子柴氏的资助下广结豪杰，逐渐成为后唐军队中较有名望的人。

后唐被辽所灭时，郭威跟随刘知远在太原，竭心尽力辅佐他，在刘知远称帝时他积极响应，由此成为后汉功臣，深受刘知远信任。乱世之中，改朝换代如此简单，若是刘知远地下有知，知道郭威后来篡了后汉，他恐怕也只能无奈地摇头哀叹。

郭威篡位还有些麻烦，当他听说留在开封的家属尽皆被杀时，立即举兵攻入开封，杀了皇帝和苏逢吉，此时他已经掌控中原局势，但他没有立即称帝，而是请太后临朝听政，并立刘知远的侄子做皇帝。这些做法无非试探人心，掩人耳目。果然，不久他假借北方传来契丹进犯的消息，领兵北上抗敌，来到澶州（今河南濮阳）时，军士们忽然骚动不行，纷纷攘攘吵闹着要郭威当皇帝。将士们撕开一面黄色旌旗，一拥而上披在郭威的身上。黄色是天子专用的色彩，黄色的服饰更是只有天子才能穿戴，一旦身披黄色就是篡逆之罪，将会株连九族。因此郭威假装无奈地顺从将士们的请求，做起了皇帝，国号为周，史称后周。这件事被后人称作"澶州兵变"。

不知道澶州兵变时赵匡胤是否也在军中，要是他也参与了澶州兵变，那么不久后的陈桥兵变与之何其相似！透过这面历史的镜子，我们可以看到人人难以自保的乱世风雨，不由得让人想起"宁为治世犬，不做乱世人"那句话。身经乱世的人也许有较强的心理承受能力,郭威篡汉自立,他一定会想到自己建立的周朝也要面临被他人推翻的可能。实际上,郭威做了三年多皇帝后就把帝位传给了内侄柴荣,这在子承父业的古代确实有些奇怪,难道是柴荣篡了郭威的帝位吗?如果不是,柴荣身为郭威妻子柴氏的侄子如何得以接管郭家江山?他有哪些过人之处和才能呢?

　　原来,郭威的儿子有的在开封被杀,有的死在战争中,所以郭威称帝后没有儿子。柴荣是郭威的内侄,他自幼精于骑射,才兼文武,一直追随郭威左右,征战各地,战功赫赫。郭威欣赏他智勇过人的素质,加上他又是自己的亲属,因此对他格外看重,

周世宗柴荣为了实现"十年开拓天下,十年养百姓,十年致太平"的宏伟目标,在位五年多的统治期间,励精图治,锐意改革,南征北战,揭开了结束分裂、统一天下的序幕

在称帝后认他做了儿子,并且立他为继承人。后来,郭威病逝,柴荣也就顺利地接班当起了皇帝。

柴荣继位,给赵匡胤带来了机遇。赵匡胤比柴荣小七八岁,他们从小时候就认识,进入军营后也一起出征四方。他俩勇猛果敢,每次出战都能身先士卒毫不胆怯,冲杀在最前面,所以立下不少战功,但是柴荣凭借郭威的关系晋升顺利,职位总在赵匡胤之上。赵匡胤并没有因此妒忌柴荣,反而觉得他神武英勇,应该受到奖赏。郭威立柴荣为继承人后,两人的地位差距加大,但柴荣与赵匡胤的交往没有因此减少;相反,柴荣了解赵匡胤的才能,认为他是辅佐国家的能臣,对他十分赏识,经常与他一起讨论大事。后来,赵匡胤屡立战功晋升为朝廷大员,为以后的成功奠定了基础。

赵匡胤取代北周后,五代之乱随之结束。

十国风云

前面我们介绍了五代更迭的大致情况,当时华夏大地并非只有这五个朝代来回轮换,其实与五代并存的还有十国,就是前面说过的南方九国加上一个北汉。五代更替就够纷乱了,再加上十个国家掺杂其间,乱世之乱足以让人产生目不暇接的感觉。让我们看一看这十个国家的成败以及统治的情况。

公元902年,唐王朝封杨行密为吴王,并将扬州划分给了他。当时,各地起义不断,藩镇之间争斗厉害,杨行密本是淮南节度使,手中握有兵权,如今称王了就要图霸业,在他经营之下势力逐渐强大。公元919年,中原大地已经到了后梁末年,杨行密去世后,他的几个儿子不甘向后梁称臣,于是自立为帝,国号为吴。

　　吴越国建于公元907年,国主钱镠是农民出身,家里世代务农为生。他生逢乱世,无法安度岁月就去当了兵,在征剿黄巢义军时立下战功,得到唐王朝的封赏。随后他继续拼命奋斗,抢占地盘,最终在当时军阀混战中崭露头角,势力日趋强大。公元907年,他占据了两浙及苏南十三州之地,被封为吴越王;不久朱温篡国,唐朝灭亡,他也称帝立国,当起了皇帝。

唐乾宁四年(公元897年)八月四日,昭宗皇帝赐给镇海、镇东军节度使钱镠的"金书铁券"

　　前后蜀国当然建立在成都。先看前蜀的经历:创立者名叫王建,字光图,许州舞阳人。王建年轻时是当地有名的无赖,他以屠牛、盗驴、贩私盐为生,经常坑害他人,所以人们给他取了个外号叫"贼王八"。在黄巢攻陷长安时,唐禧宗逃到了成都,王建趁机巴结唐禧宗,伺候在皇帝左右,令皇帝非常高兴。王建又不失时机地攀上了宦官田令孜,给他做干儿子。田令孜是皇帝宠爱的宦官,他怂恿皇帝让他封王建做了刺史。公元903年王建又受封为蜀王,907年唐朝灭亡,王建就在成都称帝,建国号蜀。

后来,西川节度使孟知祥夺取了蜀国,自立为帝,依旧以蜀为国号。为了有所区别,历史上把前后建立的蜀国分称前蜀、后蜀。后蜀国主孟知祥去世后,他的儿子孟昶继位。孟昶的妃子花蕊夫人是位才艺双全的美女,她与赵匡胤的爱情故事更是曲折动人、流传甚广。

楚国的创建与以上几个国家不同,它的首任国主马殷,字霸图,许州鄢陵(今河南鄢陵)人。他原是一位木匠,后来投军从戎,因为作战勇敢很快得到晋升,他所在军队的大帅被杀后,大家一致推荐张佶为帅,但张佶却把帅位让给了马殷。马殷当上大帅后,在乱世中占领了潭、衡等七个地方,被唐王朝委任为潭州刺史,后来又升为武安节度使。朱温篡唐后,直接封他为楚王,他也就称霸一方做起了土皇帝。

闽国地处福建,它的创建者叫王延翰,王延翰的发迹还要从他的父亲王审知说起。王审知也是务农出生,参军后与哥哥一起征战,很快得到提升。后来唐王朝在福州建威武军,王审知出任威武军节度使,后梁代唐后,朱温又封他为闽王。后梁被灭后,王延翰自称大闽国王。

荆南国的建立又有些特别,它的建立者高季兴,被人们称作"高赖子"。他是个无耻之徒,因为长得好看很受朱温喜欢,他趁机认朱温为干爷爷,如此一来他这个干孙子就可以从朱家天下分一杯羹啦。朱温任命他为荆南王,随着后梁灭亡,高季兴也就自立为帝,做起皇帝来。

南汉建国在今天的广州,它的建立者刘陟,又名刘岩、刘龚,是个私生子,他的哥哥刘隐曾经出任唐王朝青海军节度使,在乱世中占领了今天的广东、广西两地。公元911年,刘隐去世,刘陟继位,于公元917年称帝,国号为越,次年改为汉。

北汉的建立比较晚,它是五代中后汉的延续。公元950年郭威灭后汉,刘崇占据河东十几个州郡在太原称帝,国号依旧为汉,当时南方已有刘陟建立的汉国,为了区别这两个并存的汉国,历史上将他们分别称作南汉、北汉。

在十国之中最为强大和历时比较久的当属南唐,首都金陵(今江苏南京市),它的建立可以追溯到吴国权臣徐温的身上。徐温原本是吴国的开国功臣,公元908年,徐温击杀张颢,拥戴杨溥(杨行密的四子)为吴主。从此,徐氏便掌管了吴国的大权。

徐温有一名养子叫徐知诰,徐州人,本来姓李,认徐温为义父后改姓徐。徐知诰为人精明,对徐温极尽孝敬,做事又认真合乎礼法,因此颇得民心。徐温的亲生儿子徐知训却骄横无知,驻守广陵时被吴王的舅舅杀了。徐温年事已高,徐知诰趁机到了广陵,安定秩序,并代徐知训执政。此后,他拥护杨溥为吴国皇帝,但自居金陵,并派自己的儿子景通、景迁先后驻广陵。公元935年,吴封徐知诰为齐王,以升、润、宣、池、歙、常、江、饶、信、海十州为齐国。不久,又改金陵为西都、广陵为东都,为齐王加九锡,建天子旌旗。公元937年,徐知诰受吴国"禅让",废吴帝杨溥,自称皇帝,国号大齐,年号昇元。次年,他为了附会已灭亡的唐朝,恢复李姓,取名李昪,把国号改为大唐,史称南唐。

李昪称帝后,采取保境安民的策略,不轻易用兵。在相对安定的条件下,社会生产有所恢复发展。商人以茶、丝与中原交换羊、马,又经海上与契丹贸易。与同时代割据的诸国相比,南唐地大势力强;由于兴科举、建学校,文化也比别国昌盛。赵匡胤少年时代正是南唐最为繁荣的时期,他游走各处时也曾经去过南唐,这段经历对他的影响很大,让他从乱世中寻求到一丝光明的照耀。李璟即位后,与中原政权的冲突加剧,与吴越的关系也迅速恶化。南唐多次与北周及后来的北宋交战,赵匡胤身为将领和后来身为皇帝亲自参与了这些战事。经过数十年战争,他终于击败南唐,成功统一了全国。

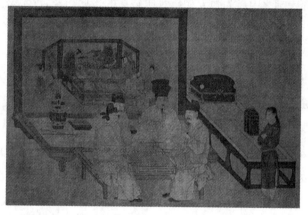

《重屏会棋图》,此图描绘南唐中主李璟与其弟景遂、景达、景过会棋情景。头戴高帽,手持盘盒,居中观棋者为中主李璟

　　综观五代十国,朝云暮雨的朝代更迭之中强权暴虐,百姓苦不堪言,各地军阀争相自立称帝是最突出的特点。在这个过程中出生和成长的赵匡胤经历了哪些风风雨雨,以及他如何自强自立脱颖而出,都是让后人非常感兴趣的问题。当然,个人的成长除了社会影响外,家庭和所处环境的影响也是至关重要的,我们不妨从赵匡胤的父祖辈来看一看这位历史伟人的家庭背景,从而更进一步地了解他的成长之路。

第二节 家世渊源

武将世家

据《穆天子传》记载,赵姓的祖先名造父,是西周穆王的车夫,车技高超,能够驾驭八匹骏马拉的车子,深受穆王信任。穆王喜欢巡游天下,造父得以经常随侍左右,立下了功绩,穆王便将山西赵城赏赐给了他。此后,造夫的子孙以封地为姓,这就是赵姓的起源。

赵匡胤祖籍河北涿郡,在古代也隶属赵姓源地,他的祖先从西汉时起就开始历任地方武官,官职虽然不高,却也有一定地位。到了唐朝末年,赵匡胤的家世逐渐败落,不知道从哪一代起他家迁居到了赵城罗云村,赵匡胤的祖父赵敬年轻时为了谋生流落到一百多里外的王才里、下马宽、宣皇源一带,在这一带他结识了妻子刘氏,并且生下儿子赵弘殷,赵弘殷就是赵匡胤的父亲。后来他们被生活所迫回到罗云村,过着一般农民的日子。从赵敬在各处谋生的经历来看,他也是位勇于冒险、不甘心沉沦凡世、渴望着改变生活境况的人物,后来少年赵匡胤游侠山西各地,与他祖父当年的行为多么相似!

赵敬一家在赵城罗云村尚未生活多久,乱纷纷的五代十国时期便到来了,战乱频繁,生产遭到破坏,百姓难以度日。不安分的赵敬觉得时机来了,于是带着两个年幼的儿子离开罗云,南下洛阳寻找出人头地的机会。据说,赵敬生活贫困,雇不起车辆,就把两个孩子放在筐里用扁担挑着赶路。后来,这段故事在赵地广为流传,并被演绎成赵弘殷挑着赵匡胤和二子赵匡义南下。其实,赵匡胤比赵匡义年长十二岁,年龄悬殊,他们的父亲怎么能挑着这样一对儿子赶路呢?不过在罗云和赵城附近,至今人们依然津津乐道这段故事,并且搬出很好的佐证——在当地人们把筐子叫做龙窝,而且还流传着一首《筐子为何叫"龙窝"》的民谣:

　　筐子又名叫"龙窝",这种叫法不太多。发源之地是赵城,逐渐扩大半个省。
　　传说宋王赵匡胤,祖籍赵城罗云村。幼年老家遭饥荒,随父逃荒走洛阳。
　　其父一路把饭讨,一副担子肩上挑。担子担得小儿郎,匡胤光义坐两筐。
　　自古贵人多磨难,遭难方能受锻炼。匡胤光义两兄弟,长大果然成了器。
　　文韬武略样样强,讨饭之家出帝王。人称帝王是真龙,从此筐子有别名。
　　长辈教育小儿郎,常拿"龙窝"做比方:为人吃得苦中苦,不能成龙也变虎。

这首在晋南地区广为人知的民谣,反映了人们对于赵匡胤的喜爱之情,也传达出一般百姓渴望子女成才的迫切心情。确实,不管当年坐在筐子里的是赵匡胤兄弟还是他的父亲叔父,总而言之,他们一家追求上进、勇于奋斗的精神值得后人学习。

　　挑着儿子背井离乡的赵敬,始终没有忘记自己武将世家的出身。他一路南下,看到各处都受到战乱侵扰,军阀混战不休,人人都争抢着做皇帝霸占一方,身为武人后代的他血液沸腾了,决定投军从戎,重拾前辈旧业,准备在战场上拼杀一番,也许能够建立功业、光耀门第。军阀混战的特点就是处处抓丁入伍,不管出身门第,很多人凭借强硬的武力便可以晋升高位。就像前面说过的五代十国之中的许多国主,他们本是农民或者匠人,没有读过书,更不懂得如何治国安世,凭着作战时一两次勇敢的冲杀而受到提拔,此后一发不可收,最后竟然能称霸做皇帝,想起来令人唏嘘悲叹乱世之乱。赵敬正是认识到这一点,觉得与其坐等受死还不如拼一拼呢! 于是他主动参军入伍成为一名士卒。很快,他因为在战斗中表现勇猛得到提升,成为一名武官。赵敬经常拍打着盔甲刀枪向儿子们炫耀:"瞧,这是我们祖上惯用的器具,如今我也拥有了,这是祖上在暗示我们要积极进取,不能丢了祖先们的脸啊!"

赵弘殷,涿郡人,是北宋宋太祖赵匡胤的父亲。他被追封为宋宣祖,谥号武昭皇帝

赵弘殷在父亲的亲身经历启发下,自幼喜爱武功,刀枪剑戟、骑马射箭无所不通,等他长到弱冠之年,便开始跟随父亲征战各处,每次参战都非常勇猛,名声越来越大。有一次他所在的部队被敌人打败了,将士们四散逃命,赵弘殷也骑着马狼狈而逃,没有想到的是他这次逃亡却成就了一段神奇姻缘。

一段奇缘

赵弘殷一路奔逃,连日苦战使得他身疲力倦、精神困顿。他已经好几天没有吃上一顿饱饭,没有好好休息一下了。尽管他身体强壮,可是也难以抵受得住这般磨难。赵弘殷跑着跑着,渐渐迷失了方向,他又饥又渴又累,放慢了速度,任跨下马匹漫无目的地游荡。

当时正是冬天,夜晚来临,寒风肆虐,赵弘殷身上的盔甲已经丢弃大半,露出里面单薄的衣衫,令他倍感凄凉。不一会儿,空中飘起雪花,大片大片地落在赵弘殷的身上,寒意直侵他的心底。

燕赵大地的冬天像一块寒冷的冰毯,紧紧包裹着逃命在外的赵弘殷,他茫然四顾,周围寂静无声。战事已经结束,饱受战火蹂躏的百姓们早早地关闭门窗,躲在屋里不敢出来。目光所及,漆黑一片,就和赵弘殷此刻的心情一般无二。赵弘殷走走停停,希望寻找到一处可以躲避风雪的地方,可是他走来走去,不管村舍小户还是大家门第都紧紧关闭着大门,悄无声息地拒绝着这位战场上的勇士。

赵弘殷心想,找一处庙宇或道观暂时躲避一下也好。可是天不遂人愿,他发现方圆几十里内仅有的几处庙宇、道观已经被战火摧毁,只剩下残垣断壁,难以容身。这可怎么办呢? 年轻的赵弘殷陷入绝望之中,他迷迷糊糊地朝前走着,又来到一处村庄前。他早就放弃了去人家家中投宿的念头,于是牵着马在一座高大的门楼前停下,一边拍打身上的雪花,一边对马说:"我们就在人家门前蹲一夜吧!"

任凭雪打风吹,赵弘殷困乏难当,竟然靠着大门睡着了。第二天,天色未明大门就轻轻开启了,原来是这家的仆人早起扫雪。他出门看到赵弘殷正靠在门边一副昏迷的模样,顿时吓得惊叫起来:"你是干什么的? 喂,你醒醒!"

赵弘殷慢慢睁开疲乏的双眼,看到眼前有人说话,断断续续地说:"我……我是……我是……"话没说完他就一头栽倒了。原来他在饥寒交迫之中昏迷过去了。

仆人吓傻了,好一阵子才慌慌张张跑进内院去禀告老爷。这家老爷姓杜,原是唐朝一名地方官吏,眼见战乱不休,朱温篡权称帝,他就辞官回家了。

杜老爷听说一位军士打扮的年轻人在门前晕过去了,急忙起身来到门外。他看赵弘殷冻得脸色发紫、浑身僵硬,连忙命人把他抬进门去,用姜汤热水喂服他。不久,赵弘殷苏醒过来,看着眼前救命恩人,眼睛一热,泪水滚落腮边。杜老爷问他:"你叫什么? 是不是一名军士? 为什么流落到我家门前?"

赵弘殷一一据实回答,并感谢杜老爷救命之恩。

杜老爷向来厌恶战争和军士,可是他见赵弘殷倒是老实诚恳,不免动了恻隐之心,天气严寒,不便立即赶走他,就命下人收拾一个住处让赵弘殷暂时住下来。

很快,杜家上上下下都知道老爷收留了一个军士,夫人不解地问:"老爷,这些当兵的素来横行霸道,经常抢掠民间,你为什么收留这样的人?"

恰好杜老爷的四女儿站在一边,她听母亲这么说,没等父亲回答就抢着说:"母亲,人和人怎么会一样呢? 别的军士抢掠百姓,难道这个也一定如此吗? 乱世纷纭,终究要有结束的一天,女儿觉得将来肯定会有正义之师来平定乱世!"

杜老爷欣喜地看着四女儿,他知道这个女儿自幼学文,能言善辩,很有志向,不同于一般女孩儿家。他曾经暗地里想这个女儿将来一定会有出息,今天听她这么谈论时事,胸怀气度竟然强过一般男子,真是了不得。于是他点着头说:"对,乱世不会长久。"他接着朝夫人说:"我看那个年轻人诚恳友善,不像恶人,你放心,不会惹出麻烦的。"

杜老爷果然善于识人,赵弘殷在杜家住了几日,不但没有招惹是非,反而十分勤恳地帮助仆人干活做事,对老爷、夫人极其尊重。经过几日了解,杜老爷也知道了赵弘殷的出身,得知他是武将之后,颇有战功,对他自然刮目相看。半个月后,赵弘殷听说自己的部队就在不远处的郡县驻扎,当即提出回归部队。杜老爷爱惜他这个人才,送给他钱财让他做为路资。赵弘殷回绝说:"弘殷承蒙相救之恩已是感激不尽了,哪里能够收取您的财物。"这下杜老爷对他更加喜爱了。

临别这天,赵弘殷穿戴整齐去辞别杜老爷夫妇,发现他们全家都在客厅等着自己,就连杜老爷的四女儿也在场。短短几日相处,赵弘殷了解到四小姐聪慧大方,杜家上下都特别敬重她。赵弘殷青春年少,每次见到四小姐总会脸色通红,不知道该说什么。而四小姐却很大方,总是笑吟吟地看着他,有时候还会对他嘘寒问暖，非常关心。今天，四小姐也出来送别自己，赵弘殷一颗年轻的心不知不觉狂跳不止，立在客厅里好大一会儿也没有开口。

杜老爷似乎察觉出什么，笑呵呵地开口让赵弘殷落座，这才打破了刚刚的尴尬局面。随后，他向赵弘殷提出一件大事：将四女儿许配给赵弘殷。赵弘殷听了，惊喜异常，涨红着脸结结巴巴地说："弘殷不过沙场武夫，何德何能配得上智勇美貌的四小姐？"

四小姐大方地站出来说："如今乱世横行，投军报国才是大丈夫所为！"赵弘殷激动地说："小姐志向不俗，弘殷自叹不如。"

杜老爷夫妇见他们彼此志趣相投，很谈得来，十分高兴，随即安排筵席为他们订亲。

订亲后，赵弘殷即启程赶回部队。不久，赵敬被任命为涿郡刺史，他想起赵弘殷订亲一事，觉得杜家本是官宦出身，与自己如今的家世也匹配，现在儿子不小了，便遣人到杜家迎亲。

这桩在乱世之中的姻缘，颇具神奇色彩，曾经引起许多人感慨。但是这桩婚姻造就的神奇不止于此。这对志同道合的夫妻辗转乱世，始终不堕壮志，他们的儿子赵匡胤更是胸怀天下，最终一举结束乱世，创造了辉煌的大宋王朝；其后，赵匡胤又把帝位传给弟弟赵匡义，使得赵弘殷夫妇两个儿子先后成为皇帝，这才是最最让人称奇并久久传颂的神奇之处。

追溯乱世风云，我们看到了赵匡胤出生之前的社会状况以及家庭情况。在这段特殊的历史时期，赵匡胤的出生将是种什么情况呢？武将世家，自然渴望男婴降临，匡胤的父亲为自己的儿子取名"香孩儿",其中隐藏着一段充满神奇色彩的故事,似乎预示了这个小小男婴不同凡响的未来,读来令人回味无穷。

　　呱呱婴儿,赤子之心,这是每个人来到世界的第一步,那么赵匡胤降临人世后,他的最初岁月又是什么样子的呢?父慈母爱,家境良好,这些条件为他的成长提供了很多机遇,也注定了他的个性特点。父母为了预知儿子的未来,精心安排了抓周,匡胤会按照父母的意愿抓取物品吗?身为父母的宠儿他又是如何度过自己幼年的每一天?他最喜欢的玩具和游戏是什么?这对他日后的成长有哪些影响呢?

第二章

香孩出世　天之骄子始诞生

第一节　乱世之中的戎马生活

河上救主

赵弘殷迎娶杜氏不久,他的父亲赵敬就去世了。当时战争频仍,帝王将相都更换频繁,何况赵敬区区一个刺史,他们家族又缺乏背景,无人可以依靠,所以赵敬死后,刺史的职位被他人替代。赵弘殷于是投靠了赵王王镕,成为他手下一员普通将领。

赵王王镕效命于李存勖,当时正值后梁占据中原,李存勖奉父遗志与后梁展开殊死争战。他攻克幽州(今北京),剿灭父亲的仇人刘仁恭,兼并河北,然后兵分两路,一路北上迎击契丹,一路南下进攻汴梁(今开封),期间每次交战都异常惨烈。为了鼓舞士气斗志,李存勖总是将父亲临终时赐予的三支箭带在身边,三支箭号召力果然很大,李家的沙陀兵马一天天发展壮大,而后梁的军队则日渐衰弱,渐渐难以与李家军对抗了。

有一次,李存勖带兵深入,结果与后梁兵马遭遇,两军对阵于一条河的两岸,半个多月不分胜负。后梁大将知道一旦李家军攻破防线,那么后梁就危险了,所以他们拼命抵抗,坚守不退。

李存勖急于攻破后梁军队,眼见敌人顽固防守,十分焦躁。这天,他亲自带着少数兵马出外巡视敌情,不知不觉远离了驻地,来到离敌营很近的一处高坡上。李存勖登高望敌营,希望寻找到一丝敌军的破绽,他一心一意地观察和思索敌情,却没有想到被敌人发现了行踪。敌军见他们人少,又远离军队驻地,立即组织一支队伍从对岸攻杀过来,将李存勖及其随行人员围了个水泄不通。

李存勖忙抽刀拔剑与敌人厮杀,可是对方人多势众,他拼杀多时仍然无法突出重围。眼见随行人员一个个倒下去,自己身边的人越来越少,李存勖心急如焚,却毫无退敌之计。一代枭雄难道就这样死在敌人的刀下?

就在这时,只听远处传来阵阵人喊马嘶,一支骑兵从远处快速冲杀过来,为首的年轻将领手舞大刀,边跑边喊:"我主不要担心,末将奉命前来救驾。"

听到这句话,李存勖精神陡增,他顾不上询问来将是谁,只是拼命砍杀敌人。来人正是赵弘殷。原来李存勖与敌人对阵多日毫无收获,下令让王熔前来助阵,王熔派赵弘殷带领骑兵先行。没有想到,赵弘殷还没有到达驻地就得知李存勖被围,所以他立刻带领骑兵来解围。

赵弘殷一马当先左右砍杀,很快杀开一条血路冲进包围圈,护住李存勖向外冲杀。敌军本想偷袭李存勖,所以冒险渡河而来,人员并不多,他们见突然冲来一股救兵,已自胆怯三分;又见赵弘殷勇猛无敌,所率军士个个奋勇向前,己方人马立时被砍倒了一大片,更是胆战心惊,一个个身不由己向后退缩,很快就撤退到河边,打算渡河逃跑。

赵弘殷越战越勇,指挥兵士紧逼敌军,不给他们片刻喘息。就在这时,李存勖让人传话喊回赵弘殷兵马,询问他们的来处。赵弘殷据实汇报,言明自己奉王熔之命前来助战。李存勖大喜,看着英勇善战的赵弘殷说："好，将军勇猛救主，真是英雄气概！"

　　随后，李存勖把赵弘殷留在禁军队伍中。禁军是直接负责国主安全的军队，所以很受重视。赵弘殷从地方军队直接进入禁军队伍，自是因为很受李存勖赏识。赵弘殷不负期望，在以后的战争中屡屡英勇作战，杀敌立功，很快，他就被委任为禁军飞捷指挥使，成为禁军骑兵中一名中级指挥官。

　　公元923年，李存勖已经基本控制了中原大地。四月，他在魏州（今河北大名县南）称帝，他虽然是沙陀人，但因为他的父亲李克用曾经受唐赐姓李，所以国号仍称唐，史称后唐。十月，李存勖终于消灭后梁，随后建都洛阳。赵弘殷身为禁军军官，自然跟随李存勖一起进驻洛阳，他满心以为国家建立，战事从此就要结束了，让他没有想到的是家难国难依旧接连不断，而且风雨乱世变得更加血腥和残酷。在朝代更迭之中，他将要切身观察到权力之争的惨烈和人性的贪婪。不知道风云变幻会给赵弘殷一家带来哪些变化和影响呢？

辗转洛阳

　　赵弘殷带着妻子杜氏来到洛阳，很快，他们的第一个儿子出生了。赵弘殷夫妇十分高兴，为儿子取名匡济，意思是匡世济民，从儿子的名字上可以看出他们渴望孩子长大后能够有所作为、创建功业。

　　新朝初建，儿子出生，赵弘殷一家在洛阳度过了一段相对稳定安乐的日子。洛阳地理位置优越，这里群山环绕，气候温和，土地肥沃，物产丰富，自古就是一处钟灵毓秀之地、繁华昌盛之都。从远古传说的河图洛书到周平王东迁建都，洛阳历经数世兴衰起伏,已经成为中原大地上的有名都城。其后,东汉、曹魏、西晋、北魏先后在此建都立国,特别是到了隋唐时期,国都虽在长安,历代帝王却以洛阳为东都,经过多年建设完善,洛阳城墙巍然,宫舍林立,经济发达,人口密集,已是全国最富庶繁荣的政治和文化中心。后梁和后唐先后在此建都,也是看重了洛阳的古都气象以及它在全国政治和经济上得天独厚的地位。

如今后唐驱逐后梁占据了中原胜地,赵弘殷以开国功臣的身份来到洛阳,其心情和处境都是比较惬意的。他选中地处繁华地带的一处府第,携妻带子搬进去居住,在这里,他们一家享受着洛阳古都的种种文化熏陶,享受着新朝赐予他们的许多优惠政策。可以说,在后唐建立的第一年,赵弘殷度过了人生最舒心的一段日子,他甚至在空闲时刻拿起书本让妻子教他读书学习,其生活境况可见一斑。

美好的时光总是那么短暂,尤其在乱世之中,人们已经习惯把安宁的生活看做是奢侈的追求,他们更多地听到征伐掠夺之声、看到苦不堪言的芸芸众生。赵弘殷看似散漫地虚度时日,实际上他依旧非常关心时政,时时不忘自己的军人职责。就在这种闲适的生活和敏锐的关注交相影响之下,一年后,令赵弘殷倍觉痛苦和伤心的事情接连发生了。

首先,赵弘殷刚满周岁的儿子匡济染病去世,这个打击让赵弘殷夫妇伤心了很久。他们结合后彼此爱慕敬重,十分恩爱,赵弘殷每每出外作战,杜夫人总会安慰鼓励他,让他面对敌人时总能勇猛向前,毫无怯意。正是在夫人的一再鼓励下,赵弘殷才有今日的战功和地位。然而结合两年多,第一个儿子才姗姗而来,这也让夫妻二人十分珍惜和疼爱。他们生活在富庶的洛阳,又有一定的地位,所以极尽可能地照料儿子,希望他健康快乐地长大。眼看着儿子一日日长大,不但能够站立走路,还开始牙牙学语,虎头虎脑的样子多么惹人喜爱,可是一场大病夺走了所有的快乐和希望。匡济突然发烧,而后昏迷不醒,几经医治无效而亡。悲痛降临在这个年轻的家庭,杜夫人以泪洗面不思饮食,赵弘殷强压心头悲痛安慰夫人。就在他们一家深陷在丧子的悲恸中时,朝廷的变故让赵弘殷更加忧虑难安。

这让赵弘殷更加忧虑的事情就是新君李存勖越来越荒唐了。当初,李存勖以武力夺取天下,认为自己就是天下最厉害、最强大的人,无人可以将其击败,在开国之初他就志得意满地吹嘘说:"我用十指夺取天下!"言下之意,后唐的江山是他个人依靠一双手、十根指头打出来的。这种狂妄之词无疑伤害了众多追随他征战多年的将士之心。

孔雀绿釉四系萝卜瓶(后唐),高74.5厘米,1965年出土,福建博物院藏

接着,他宠幸伶人,流连戏台,取艺名"李天下",日夜与伶人们混在一起。这还不算,他还喜爱打猎,经常外出狩猎骚扰百姓,并在宫廷养了很多猎狗,有时他坐殿升朝,那些猎狗就满殿

乱跑，一会儿蹲在大臣面前，一会儿躺到朝堂中间睡觉，一会儿又狂吠乱咬，吓得大臣们不敢上朝面君。可想而知，如此治国谁人能服、何人甘心？国家又何以长久兴盛？

赵弘殷身为禁军军官，对于李存勖种种荒唐的做法深感不安，他从后梁灭亡的现象上看到一个事实：君主无道必被外人推翻。他每每想到此，对李存勖的做法就愈发不满，心里愈发难过。

其实对李存勖深感痛心的不只赵弘殷一人，许多跟随李存勖征伐多年建立新朝的功臣们都非常失望和伤心——他们出生入

后唐庄宗李存勖的皇后刘玉娘，后人把她比作亡国的妲己，甚至犹有过之

死打下江山，却得不到应有的赏赐和地位，反而被一群伶人左右，当然不会甘心。于是各地叛乱再起，握有兵权的将军们举起反对李存勖的大旗，意欲推翻李氏夺位争权，新一轮的权位之争就此展开。后唐王朝面临着严酷的挑战，多年战争已经消耗了巨大的财力、人力，李存勖执政后又没有采取休养生息的措施，兵疲国乏，只能仓促地四处应战。

赵弘殷再次披上甲胄踏上征程，辗转在乱世之中的各个战场。这次征战的结果就是李嗣源夺了皇位，成为后唐新的君主。前面介绍过李嗣源，他是李存勖父亲的养子，是李存勖名义上的

兄长。兄代弟立,李嗣源进行了一系列安民措施,使乱世之中挣扎在生死线上的百姓得到了片刻休养。这一时期对于赵家来说也具有重要的意义,因为在李嗣源继位的第二年,他们的又一个儿子赵匡胤出生了。

第二节　将门诞虎子

出生在夹马营

公元 926 年,赵弘殷奉新主之命驻守夹马营,负责都城洛阳东部的安全工作。夹马营位于洛阳东北 20 里,是后梁开国皇帝朱温设置的军营,驻守着大批将士,既可以在此进行军事训练,也能有效地拱卫洛阳,是洛阳的一道重要屏障。

赵弘殷携带妻子离开暂时居住的洛阳府第,来到夹马营生活。不久,杜夫人就喜欢上了这个环境优美的地方。原来,夹马营后面有一座寺院(后来改名叫应天禅院),每日里前来进香拜佛的人非常多。杜夫人身在异乡,丈夫又经常出征在外,她一个人常常感到孤独,现在,她可以经常去寺院游玩、进香,生活增添了不少趣味。最让杜夫人喜欢和着迷的就是寺院中的牡丹,洛阳是牡丹之都,而寺院中的牡丹更是品种繁多,争奇斗艳,让人流连忘返。

当时,寺院里种植着素有"国色天香"之称的牡丹上千株,有几百个品种,魏紫、姚黄、赵粉、卢丹、酒醉西施、雪拥王嫱等等应有尽有。关于这些名贵花种的由来还有一段神奇的传说。据说武则天做女皇时,曾经在长安城初春游上苑,她看到上苑之中奇花异草非常多,但是一株株都是含苞未放。武则天游玩多时没有看到一株开放的鲜花,心里十分不悦,她生气地写下一首诗:"明早游上苑,火速报春知,花须连夜发,莫待晓风吹。"皇帝的话就是圣旨,宫人们看了这首诗,明白这是武则天下了一道催花开放的御旨,于是他们将这首诗歌谕旨悬挂在花梢之上。第二天早上,武则天又带着一批近臣游上苑,令人们大吃一惊的是,苑内百花齐放,果真遵从了女皇的旨意。武则天大喜,正要下旨赏赐百花,却见牡丹倔强地不听旨令,依旧没有绽放花蕾。女皇十分恼怒,下旨把牡丹贬到东都洛阳。负责园艺的官员不敢抗旨,立即着手把长安城的各种牡丹,悉数挪移到洛阳进行栽种,从此,名贵的

《武后行乐图》,这幅画中武后一侧目,群臣都回头张望,表现出了武后高高在上、不可一世的气概

牡丹就在洛阳安家落户,洛阳的地理环境恰好适应牡丹生长,所以牡丹经过繁育发展成为当地最富有名望的花中精品。夹马营后面寺院里的牡丹,正是当年从长安贬出来移植此处的。

再说杜夫人,她来到夹马营不久就怀上身孕,出来行走赏花的时间也逐渐缩短。来年的二月二十六日,清明尚未来临,寺院之中的牡丹突然提前开放,香飘数里,就连杜夫人在家里都闻到阵阵香气,她喊过丫鬟询问原因,丫鬟说寺院之中的牡丹开了。杜夫人惊讶地说:"牡丹大多在谷雨前后开放,今年提前开花会

是什么预兆吗?"

　　杜夫人料想的不错,就在这天夜里三更时分,她的第二个儿子降临人世。随着新生婴儿的哇哇啼哭,就见室内亮起道道红光,异象纷呈。家人们望着奇怪的景象个个惊奇不已,一位年轻的家人慌慌张张地说:"将军不在,要是有什么不测我们该怎么办?"

　　一位年长的家人却不紧张,他望着绕室红光,沉着地说:"我听人说贵人出生时大多伴有奇异的征兆,说不定公子将来有大作为才会这样呢!"

　　其他人默默不语,都在心里暗暗祈祷,希望杜氏母子平安。

　　天微明时分,红光减退,杜夫人仔细端详婴儿,却见他浑身都是黄色,好像覆盖着一层金子,更觉惊异,忙喊人去叫大夫。此时,丫鬟进来禀告说:"夫人,昨天夜里寺院大做法事,点燃了许多红烛,把夹马营都照红了,所以我们室内红光闪烁。"杜夫人点点头,心里掠过一丝异样的情愫:这个孩子尚未出生就有牡丹提前开放的预兆,出生时寺院内红烛高照映亮厅堂,可见预示着他前程一片光明啊!果然,日后赵匡胤少年时代的许多经历都与寺院僧人有关。杜夫人一边想着,一边轻轻拍打婴儿,看着他脸色越发金黄,心里又是一动,这个孩子怎么生下来就是黄色的呢? 黄色可是帝王专用的颜色啊! 难道……就在她胡思乱想的时候,家人领着大夫走进来。大夫瞧了瞧婴儿,安慰夫人说:"我以前也见过出生时身体呈黄色的孩子,夫人不要紧张,服下这剂药很快就会好起来。"说完,他开了药方,随同家人走出内室。随行的家人紧张地问:"大夫,公子真的没有问题吗? 昨天夜里公子出生时红光照耀、香气满屋,这是怎么回事?"

大夫摇摇头说："这么多奇征异象，可见小公子的出生颇为神奇，所谓富贵在天，我看你们还是不要太担忧了，顺其自然吧！"

家人把大夫的话复述给杜夫人，拿起方子就要去取药，杜夫人却制止说："不用了，孩子生来带着金黄，这是他命中注定的事，何必用一大罐子汤药去喂他，让他受罪。我看这个孩子一定会平安无事、健康长大的。"杜夫人记起匡济生病时不知道服了多少苦药，结果也没有挽回生命，白白让孩子遭受那么大罪。爱子心切，她不愿意让自己刚刚出生的孩子再遭此罪，其心情可以想象。

三天后，婴儿身上的黄色渐渐褪去，脸色呈现粉红，身上也一天天白净起来，杜夫人紧张的心情逐渐舒展，她日日派出家人去洛阳探听消息，打探老爷赵弘殷何时回家。

赵弘殷这几天怎么没有在夹马营呢？

取名香孩儿

原来赵弘殷奉职去洛阳执行公务，新君命他负责训练禁军。新旧君主更替之后，赵弘殷的职位并没有变化，依然是禁军飞捷指挥使，训练禁军也是他的职责所在。按照规定，训练期间不得私自回家，所以他一直留宿军中，没有离开半步。在这期间，他认识了一位叫郭威的年轻人，两人关系极为融洽。谁会想到，二十多年后郭威竟然做了皇帝，赵弘殷和儿子赵匡胤也成为他身边重臣，世事无常，有时候真是让人无法预料。

赵弘殷训兵几日，听到家人传来讯息说夫人又生了个儿子，格外激动，等训练结束，他便快马加鞭赶回夹马营家中。走近府内,他首先闻到一股浓浓的香气,不由得大声说道:"奇怪,哪来这么浓烈的香味?"说着,他一头闯进夫人的内室。

内室里依旧香气缭绕,杜夫人正半躺在床上拍打着孩子,见赵弘殷回来了,忙坐直了身子说:"将军回来了。"

赵弘殷几步跨到床边,看着襁褓之中的婴儿睡得正香,红红的脸庞上两道眉毛浓密黑亮,显出一股威武的神气,端详了多时,他才收回目光看着杜夫人说:"夫人辛苦了。"

杜夫人笑吟吟地向丈夫述说孩子出生时的种种奇异现象,赵弘殷边听边不住地点头沉思,当他听说孩子出生后身体呈现金黄色时焦急地问:"夫人没有请大夫看看吗?"

"请了。"杜夫人说,"我认为孩子生有异象,这是天命使然,也就没有给他服药,现在已经完全好了。"

赵弘殷再次盯着儿子,联想夫人所说的生产时室内红光闪耀、香气萦绕再加上孩子肤色金黄,他不由得深深吸一口气说:"这么多奇事,到底预示着什么呢?"在他心中对于长子的夭折依然有着深切的悲痛,他现在最大的愿望就是刚刚来到人世不久的这个儿子能够健健康康地长大成人。

杜夫人看出丈夫的心思,安慰说:"我以前读史书时,看到古代很多帝王将相都是生有异象,传说周文王生有四乳,汉武帝出生时宫内光亮如昼,这都是暗示他们将来会有作为。如今我们的儿子出生有这么多奇异之处,说不定将来他也会成就一番大事业。老爷不要过分担心了,我看你还是赶紧给孩子取个名字吧!"

赵弘殷听了夫人的一番劝慰,转忧为喜,思忖着踱了几步缓缓说道:"我听老人们说,给孩子取名越低贱孩子越容易长大,我看就先给孩子取个通俗的乳名,等他年龄大一些了再取名字不迟。"他们的第一个儿子出生不久就取名匡济,结果早早夭折,看来他是想汲取上一次的教训。

杜夫人想了想说:"也好,孩子总得有个名字先叫着,你就给他取个乳名吧!"

赵弘殷在室内又转了几圈,突然指着空中说:"孩子出生时室内香气萦绕,我看就叫他香孩吧!既比较通俗,还有些女娃娃名字的特点,不是正符合你我的心意吗?"在民间有一种说法,男子取女性化的名字容易存活容易长寿,所以赵弘殷才这么说。

杜夫人高兴地重复着说:"香孩,香孩,好啊!孩子肯定会长命百岁,一生富贵。"

宋定窑　婴儿枕,瓷枕造形采婴儿侧卧于榻上,头微扬、宽额、身硕、双手交叉为枕、两脚弯曲交叠,状极悠闲

这就是赵匡胤乳名香孩的由来,也是夹马营改名香孩营的原因,这段故事曾经记载在许多历史典籍中。赵匡胤出生时的种种异象之所以令后人关注议论,正是由于他成就了了不起的

功业;反过来说,正是这段充满神奇色彩的出生,为他的成长笼罩了一层挥之不去的光环,多多少少影响了他的人生道路,这就是环境的作用。

赵弘殷夫妇几乎倾注了所有心血呵护着幼小的儿子,盼望着他快点长大。为了守护好儿子,赵弘殷特意买了两个伶俐的丫鬟来照顾夫人,同时,他还尽量减少出门的次数,只要有时间就陪伴在妻儿身边,嘘寒问暖,关怀备至。一天,不满半岁的香孩突发高烧,这可吓坏了赵弘殷夫妇,他们想起长子夭折的事,慌得赵弘殷亲自骑马去洛阳请名医。

好在这次生病只是一场虚惊,名医来到夹马营时,香孩的高烧已退,恢复了往日活泼好动的样子。赵弘殷松了一口气说:"这个孩子怎么回事?怎么一会儿发烧一会儿又好了?"

杜夫人说:"我早就说嘛,香孩生来具有瑞相,天命使然,你我不要过分担心。"看来,她对儿子的将来很有信心。

赵弘殷想了想也没有再说什么,此后他们更加小心地照料着儿子,赵匡胤在父母的关照下一日日茁壮地成长着。来年的春天,小匡胤快满周岁了,这时,他的父母想到了一件预测他未来命运的事情,这件事是什么呢?

第三节　不爱书本爱刀枪

抓　周

眼看着小匡胤就要满周岁了,赵弘殷的心里却越来越惶恐难安。他恐惧什么呢?原来他记起长子夭折的事。长子匡济正是满周岁后不久去世的,小香孩也要满周岁了,他会顺利度过这道关卡吗?

其实,赵弘殷如此担忧孩子的健康也有道理,乱世征伐,男儿征战沙场,自当立功建业,尤其像他们这样的武将世家,都希望把家学武功早早地传授给下一代,让他们支撑起家业,可是自己已经快三十岁了,屡屡征战在外,危险重重,好不容易添了个男丁,要是再次出现意外,他们赵家岂不是要面临无后的危险?所以,在匡胤的成长问题上,他比杜夫人更加谨慎、顾虑更多。

杜夫人却显得比较放松,这天她对赵弘殷说:"将军,香孩的周岁快到了,我想为他准备抓周的物品。"

抓周是在小孩满周岁那一天所做的一种游戏。让小孩坐在桌子边或者床上,在他面前摆放着一些不同种类的物品让小孩伸手抓,人们认为根据小孩第一次抓住的物品,便可推测小孩将来会在哪一方面有出息。如果小孩第一次抓到的是书本,那么这个小孩以后就是读书的料,长大了会考取功名;如果第一次抓

抓周风俗兴起于魏晋南北朝，它做为小孩周岁时举行的一种预测宝宝前途和性情的仪式，是人生中第一个生日的庆祝方式

到的是算盘，那么这个小孩长大了会是个做生意的好手。当然，抓周不见得次次灵验，而且具有很大的偶然性，但当时的人们十分相信这件事，上至达官贵人下至平民百姓都热衷于此，要是自己家的孩子满周岁了，他们便会很积极地准备各式各样的东西让孩子抓。

赵弘殷听了夫人的话，却沉闷地说："我看不给香孩抓周也罢……"他的长子匡济就是在抓周后不久夭折的。

杜夫人看看丈夫，知道他又为香孩的健康成长忧心，不免摇起头来，随后语气坚定地说："将军，你太多虑了，所谓生死有命，富贵在天，与抓周有什么关系？再说了，香孩从出生到现在经历了好几次磨难，不都安全走过来了吗？你若总是这么疑虑，说不定会真的影响孩子成长呢？"

赵弘殷历来佩服夫人的决断果敢，这次见她这么坚定地要为儿子抓周，仔细想想，觉得也不见得真会再次出现厄运，于是同意了夫人的意见，派家人赶紧准备抓周用的各色物品。

匡胤周岁的日子终于来到了。这天，赵府上下喜气洋洋，家人们进进出出忙碌不停，一个年轻的丫鬟怀抱小匡胤从内室来到客厅。匡胤虎头虎脑,脸色红润饱满,一双黑亮的大眼睛不停地巡视着四处,似乎在寻找自己喜欢的东西。客厅里,赵弘殷夫妇已经坐在桌子边,桌子上摆放着吃的、玩的、用的……时下流行的东西几乎应有尽有。当然,赵弘殷没忘摆上书本,在他内心深处,希望孩子能够读书习文。他虽是武将,但是连年戎马生涯让他深切体会到战争的危险,他想要是儿子将来不做武将做文官,一样会有大出息。

从赵弘殷这个看似简单的想法中可以看到他身为勇猛的武将却能认识到知识的作用,这在那个武人横行的年代确实不易。受他的言传身教,赵匡胤与弟弟赵匡义两人,从小就接触了不少书籍,他们还深切认识到书籍的作用。赵匡胤少时虽不爱读书,但他长大后经常抽空读书学习,行军作战也不忘带上书本,可以说赵弘殷对书籍和文化的强烈渴望为他的两个儿子日后的成功奠定了最初的思想基础。

再看抓周现场,小匡胤在众人簇拥下端坐桌边,他望着眼前这么多东西,似乎毫无兴趣,他什么也没有抓,而是扭动身体朝后面张望。赵弘殷拍拍一本书,提醒小匡胤去抓书,小匡胤伸出小手却又缩回来了,他双手乱舞,嘴里呀呀叫着。杜夫人看了多时,奇怪地说:"这个孩子到底想要什么?"

身边的丫鬟小翠说:"夫人,小公子喜欢墙上的宝剑呢!"

赵弘殷夫妇有些吃惊地抬头望去,可不,小匡胤正手舞足蹈地盯墙上的宝剑呢!这柄剑可是赵弘殷征战沙场的必带之物,曾经斩杀过许多敌人。

赵弘殷皱皱眉,吩咐家人将剑取过来,放在了抓周的桌子上。这下,小匡胤可兴奋了,摇晃着小手扑到剑上,抓住剑鞘就要往外拽。尽管他力气太小，并没有能抽出宝剑，不过满脸的喜悦之情足以显示他对于宝剑的渴望。抓周场面顿时活跃起来，家人们纷纷上前祝贺，有的说："恭喜将军夫人，小公子将来肯定会成为统帅千军万马的大将军。"有的说："小公子一定会武功盖世。"

听到家人祝贺的赵弘殷勉强笑了笑，看着杜夫人似乎等她说什么。杜夫人自然明白丈夫的心意，她说："将军征战沙场，刀剑不曾离身，小香孩喜欢宝剑也很正常。再说了，男孩子喜欢舞刀弄枪，说明身体强壮，将军应该高兴才对。"

赵弘殷想想觉得有理，于是抱过小匡胤说："对，只要健康长大，你愿意抓什么都行。"

小匡胤在父亲的怀里咯咯笑起来，似乎在告诉父亲：放心吧，我的身体强壮着呢！

抓周结束后，赵府恢复了往日的安宁，府内上上下下一起为着小匡胤的健康成长而努力。随着后唐政策趋于稳定，中原经济得以恢复，都城洛阳呈现繁华盛景，小匡胤一家度过了几年美好的时光。

可是，乱世毕竟是乱世，即便在五代中最安宁的岁月里依然征伐不断——就在这时，赵弘殷接到军令，命他北上协助河东节度使石敬瑭抗击契丹。不知道这次出征会给他带来哪些命运转机，又给他尚在幼年的儿子匡胤带来什么影响呢？

玩烧火棍

匡胤三岁这年，父亲赵弘殷再次领命出征北上抗击契丹。临行前，他对杜夫人说："香孩已经三岁了，我看他健壮威武，活泼好动,身子结实着呢! 我为他想好了一个名字,你听听如何?"

杜夫人半是欣喜半是担忧地说:"将军请讲。"她欣喜的是孩子就要有正式的学名了,担忧的是丈夫远征前为儿子取名似乎有什么不好的预兆。

赵弘殷说:"就叫赵匡胤吧! 既含匡世之意,又有绵泽后代的意思。"看来,他确实为出征做了些不测的打算。

杜夫人听了,眼睛里已经有泪花闪烁了,她轻声说:"将军,匡胤这个名字好,我想儿子一定不会辜负你的期望。"说着,她亲自取下墙上宝剑交给丈夫说:"将军只管放心出征杀敌,家里的事我会处理妥当。"

就这样,赵弘殷辞别妻儿离家出征,杜夫人则带着匡胤回到洛阳府第生活。三岁的匡胤个头较高,脸庞红润,浓眉大眼,一看就是个聪慧机灵的孩子。他喜欢各种兵器,不管刀枪剑戟见了就想拿一拿,只是真正的兵器都比较沉重,小小年纪的他哪里搬得动? 不过他有他的办法——小匡胤搬不动真兵器就玩木棍、木刀、木枪,为此,杜夫人特意让人给他打制了一套木头兵器。这下小匡胤可高兴了,每天在院子里舞刀弄枪,玩得不亦乐乎。

小匡胤不仅喜欢玩母亲为他打制的木头兵器,还喜欢自己发明制作一些木头兵器,他经常在院子里转来转去,看到木棍就捡起来耍弄一番,好像这是一件趁手的兵器一样。很快,小匡胤积攒了许多木棍"兵器",长的、短的、粗的、细的,各式各样非常多。一天,他逛到后院厨房里,一眼看到家人们用的烧火棍,上去就抓起来玩。烧火棍不粗不细、不长不短,匡胤玩得特别顺手,他一会儿嘿哈着冲杀,一会儿别在背后像个威武的将军一样走来走去,真是开心极了。

就在匡胤自得其乐地玩烧火棍时,前院里可闹翻了天。原来大家半天没有看到匡胤的身影,不知道他去了哪里,全都在焦急地寻找。杜夫人这几天身体不适,听说匡胤不见了,强撑着身体来到院中,亲自指挥家人寻找匡胤。她派男仆去府外大街上找寻,派女仆在院子里逐个房间仔细搜索。大家分头行动,很快就搜遍了府前整条大街和前院里的角角落落,却没有发现匡胤的踪影。

杜夫人心急如焚,喊过小翠说:"你问一问,今天大家都在什么时候见过少爷?"

小翠领命查询家人,大家把最后见到匡胤的时间一一上报清楚,小翠向杜夫人禀报说:"夫人,大家都有很长时间没有看见少爷了。我觉得少爷喜欢刀枪,会不会跑到将军收藏盔甲兵器的后院去了?"

赵弘殷行军作战的用具大多已经带走,但他平时练习用的一些兵器依然放在家里,杜夫人为了妥善保管这些兵器,就在后院专门腾出一房间收藏。

杜夫人听了小翠的话,忙说:"快,去后院看看。"

众人簇拥着杜夫人快速赶往后院,他们转过门廊,一眼看见了正在厨房前玩烧火棍的匡胤,只见他手舞烧火棍,威风凛凛,仿佛一员身临战场的将军。杜夫人又喜又怨,几步走到匡胤面前,望着他满脸满手的黑灰,不禁笑出声来,指着他的脸说:"瞧瞧,你这个黑脸将军。"众人听了,也都哈哈大笑。

小匡胤莫名地看着母亲和家人,不知道他们笑什么。他突然一把拽过小翠说:"跟我玩,跟我玩木棍。"

平日里,小翠照料匡胤的时间最多,她性情温和善良,所以匡胤十分喜欢她。小翠一面拿过匡胤的烧火棍,一面对他说:"公子,这是烧火用的木棍,你要是想玩,我让他们给你做一根干净的,比这还要好玩呢。"

小匡胤高兴地拍着手说:"我现在就要,现在就要。"

杜夫人看着淘气的儿子,笑着说:"小翠,你带他去做吧!"

小匡胤有了新的烧火棍后,很得意地玩了好久。这天,他正在院子里和小翠玩木棍,就听门外一阵喧哗,人语马嘶好不热闹。小匡胤拖着木棍向外跑,小翠一把抓住他说:"公子不要乱跑!"说着就要把他带进房内。

还没等他们转回房内,大门已经打开,赵弘殷带着手下几名武将大踏步走进院子。小匡胤看见父亲,立即飞迎上去。赵弘殷看见儿子就要弯身去抱,可是他身穿甲胄,行动不便,于是半弓着腰说:"匡胤,想父亲了吧? 你在家玩什么呢?"

小匡胤竖起木棍说:"父亲,我的棍子可厉害了,能打败敌人。"

赵弘殷拿过小匡胤的木棍,掂了掂说:"不错,很有力气嘛!"父子俩边说边走进房内。此时,杜夫人

《宋太祖点检像》,赵匡胤擅长棍术,创立的"腾蛇棒"有 36 路棍法,被称为棍术的开山鼻祖,人称其"一条杆棒等身齐,打四百军州都姓赵"

听说丈夫安全归来,喜盈盈地迎出来,命令家人准备茶水饭菜给丈夫接风洗尘。

一家人团聚分外激动,他们围坐桌边互诉分别以来的思念之情以及各种经历。当赵弘殷听说小匡胤跑到厨房玩烧火棍时忍俊不禁,看着匡胤说:"怎么,想当伙夫?"

小匡胤眨着眼睛认真地说:"父亲,我不当伙夫,我要当大将军!"

赵弘殷笑着说:"有志气。"

杜夫人听着他们父子说话,望着丈夫略显疲惫的面容问:"将军,怎么这么快就回来了?战事很顺利?"

赵弘殷听夫人这么问,叹口气说:"别提了,我们还没有到前线,石大人畏惧契丹势力,竟然要以屈辱条件与契丹议和。消息传到都城,陛下震怒,责令石大人全线出击,石大人轻率出兵差点被俘,多亏我们骑兵奋力拼杀才把他救回来。可是石大人吓得再也不敢与契丹交战,于是,他又想出新的办法与契丹议和,陛下就下令让我们暂时回洛阳待命。"

石大人指的是石敬瑭,他既是后唐皇帝李嗣源的女婿,又是李嗣源夺取皇权的功臣,还担负着抵御契丹南下的重任。从赵弘殷的谈论中可以看出石敬瑭十分惧怕契丹,他不是积极想办法抵御驱逐契丹,而是千方百计巴结契丹,企图以议和的方式与契丹相处。后来,就是这个石敬瑭以"儿皇帝"的身份勾结契丹篡夺帝位,开创了历史上最为屈辱的后晋王朝,受到后世唾骂。

杜夫人听了丈夫喟叹,安慰说:"将军能平安回来就好。你看匡胤都能玩刀弄棒了,你在家正好教教他。"

小匡胤听到父母谈论自己,突然歪着脑袋说:"父亲,我要骑

马,我要射箭,我要和你
一块去杀敌人。"

　　赵弘殷夫妇对视一
眼,心说:"匡胤人虽小
却有股志气,将来也是
位征战沙场的好儿郎。"
赵弘殷俯身拉着匡胤的
手说:"你还小,不忙学
武,父亲觉得你应该先
读读书,也为将来打点
基础。"

　　匡胤迷惑地看着父
亲,幼小的他还不知道
什么是读书呢!

　　不知道匡胤是不是
接受父母的安排读书学习? 在他读书的岁月中又出现了哪些有
趣和催人奋进的故事呢?

后晋高祖石敬瑭,初以骁勇善战发迹,继因廉政而闻名。在战乱频繁之际,他借重契丹援助得以问鼎,建立后晋王朝。由于割让燕云十六州,甘当"儿皇帝"以换取契丹对自己的支持,并将北方百姓置于契丹铁蹄之下,因此民心尽失

　　在洛阳夹马营,赵匡胤度过了自己美好的童年时光,这段时
期正值五代中的后唐,天子李嗣源也算是位清明的君主,匡胤一
家的生活比较安稳。转眼间,匡胤已经七岁了,他日日与军营中
的孩子们玩耍嬉闹,显露出超群的勇气和智慧,成为孩子们当中
的"骑兵大元帅"。父母看到匡胤崇尚武功,为了不让他惹事,督
促他读书习文,可是匡胤在诵读诗书的过程中发现了一大疑问,
于是就有了一段他追问先贤、不爱读书的故事。

　　后来,匡胤有幸拜辛文悦为师,不但从老师那里学到了知识,还提高了武艺本领,使他受益匪浅。匡胤十分敬佩辛文悦,也勇于承担责任,一次几个同学戏弄老师,他挺身而出,显示出超乎年龄的稳重。

　　世事风云变幻,当赵匡胤在夹马营无忧无虑地玩耍、习武,快乐地成长时,后晋取代了后唐。在这一轮朝代更迭中,匡胤一家从洛阳搬迁到汴京开封。但是当他听说后晋勾结契丹、割地卖国的事情后,断然拒绝东迁……

第三章

人小志大　少小顽童显神威

第一节　夹马营"骑兵大元帅"

打架打出的"元帅"

公元 933 年(后唐长兴三年)秋天,赵匡胤快七岁了,几年来父疼母爱,加上相对富裕安宁的家庭环境,让他无忧无虑地成长着。他的身体更加健壮结实,对于各种兵器和武艺也更加迷恋,家里的一般兵器他都能轻松拿起放下,有时候还会拉动弓弦,比出一副弯弓射箭的样子。

这天,小匡胤拿着一把木刀跑到街上玩,远远看见几个小孩正拿着弹弓射鸟雀,他觉得好玩也跑了过去。这几个孩子八九岁的模样,比匡胤高出一大截,他们看见匡胤年龄小,不屑于与他一起玩,看他过来都跑开躲到树后。匡胤随即追到树后,大孩子们又躲开去,几个人就这样追来追去,倒像一个好玩的游戏。突然,一个孩子从匡胤身后窜出来一把夺过他的木刀说:"给我吧。"说着,拿着木刀就跑,匡胤转身就追。两人离得越来越近,前面抢刀的孩子回头舞动木刀说:"你再追我就砍你了。"

匡胤人小胆大,涨红着脸并不答话,而是一个箭步冲上来就要夺刀。前面的孩子闪身躲开,挥刀直刺匡胤的软肋。匡胤也不含糊,他迎着刀尖伸出双手牢牢抓住木刀,丝毫不放松。对方没想到匡胤抓刀,用力过猛,顺着匡胤抓刀的力量一下子趴到地上,摔了个狗啃屎。这时,所有躲藏在树后的孩子一起跑出来,看着地上的孩子拍手大笑。

摔在地上的孩子恼羞成怒,站起来拍着身上尘土冲匡胤叫道:"来,我们再较量较量,看看到底谁厉害!"说着,他拉开架势握紧拳头似乎要与匡胤大战一场。

婴戏图

匡胤把木刀放在地上,摩掌擦拳等着对方进攻。结果,两个孩子你一拳我一掌打着打着扭成一团,足足打了半个时辰,最后两人累得不能动了,才停下打斗坐在地上喘息。旁边观看的孩子呼啦围上来,朝着他俩指指点点,原来两人身上都挂了彩,鼻青脸肿,好不狼狈。匡胤擦一把脸站起来就要回家,与他打斗的孩子却喊住他说:"你别走,明天我们再在这里比试比试,看看谁厉害!"

夹马营驻扎不少军官家庭,他们的孩子跟随父母在此居住,个个从小学武,都有些手段。与赵匡胤打架的孩子名叫刘承嗣,他的父亲刘知远因为救助石敬瑭有功,又善于巴结,所以是石敬瑭的心腹将领。刘知远跟随石敬瑭在河东驻守,他的妻儿却留在了洛阳。刘承嗣兄弟好几个,他们从小就练武,功夫不错,倚仗父亲的势力在夹马营一带十分霸道,强迫其他孩子称呼他们为大元帅。今天,刘承嗣与赵匡胤打了个平手,自然不爽,所以叫他明天再来打斗。

赵匡胤一点也不犹豫,大声回答:"你等着,我明天一定来。"他握着大木刀,大步流星朝家赶去。

回到家里,杜夫人看着一身尘土,满脸伤痕的匡胤惊叫道:"匡胤,你怎么啦,与人打架啦?"

匡胤不想回答,转身就要跑开,杜夫人大声喝问:"匡胤,你干什么? 连母亲的话也不听了?"

匡胤对母亲极其恭顺,听此喝问忙站住脚,低着头述说了刚才的事情。杜夫人拉着匡胤的手仔细端详,心疼地说:"瞧瞧,手都破皮了。孩子,你还小,不要到处乱跑。"匡胤说:"我明天还要和他比试呢! 我不能当逃兵,一定要去。"杜夫人望着倔强的儿子,知道他不肯轻易认输服软,想了想说:"那你以后出去要叫上下人,让他们陪着你。"这是命令,匡胤只好点点头。

第二天,匡胤担心母亲会关住自己,所以吃过饭后早早地溜出家门,他飞快地跑到昨天打架的地方,左右张望着寻找昨天的对手。果然,不一会儿刘承嗣在兄弟们的簇拥下走来了,后面还跟着一群看热闹的孩子。他原以为赵匡胤会吓得不敢来,没想到小匡胤先到一步,而且独自一人,不免轻笑着说:"好啊,早来了,很识趣啊!"

匡胤并不说话,只是紧紧盯着刘承嗣。刘承嗣想起昨天打斗多时,匡胤一直十分勇猛,自己反倒被多打了几拳,如今依旧疼痛,他唯恐今日打斗仍不能取胜,眼珠一转说:"我们今天不比打架了，我们比试射弹弓，看谁最先射到麻雀。"

匡胤听了，有些迟疑，原来他很少玩弹弓，要想与刘承嗣比试，恐怕输多赢少。看到他不答话，刘承嗣得意了，追问着："怎么，不敢比吗?"

"比就比，"小匡胤生气地答应着说，"不过，我要先回家取弹弓。"说着，他转身回家取弹弓。当他跑了一半时，一个比他大三四岁的男孩追过来递给他一个制造精良的弹弓说："你用我的吧! 我这个弹弓已经用了两三年了，可好用了。"

当时，弹弓是男孩子的必备物品，他们携带弹弓外出涉猎、比赛竞技，是比较有趣味和有意义的一种玩具。

匡胤接过弹弓看了看说："多谢你了。"

男孩说："我叫郭融，你不用谢我，你只要打败刘承嗣就行了。我告诉你，别看刘承嗣这么威风，其实他特别胆小，你只要提出与他单独去树林里射麻雀，他肯定会吓得一只也射不中。"

匡胤认真听了郭融的话，拿着弹弓回来后果真提议和刘承嗣去不远处的林中比赛。刘承嗣本不想答应，可是看到周围人多不好耍赖，只好硬着头皮答应下来。两人来到林中，茂密的树木遮挡了阳光，里面有点阴森的感觉。刘承嗣拿着弹弓的手不住颤抖，他接连射了几次，却什么也没有射到。赵匡胤镇定自若，他悄悄观察，发现一棵小树旁正停着一只小灰雀，于是拿起弹弓瞄准怒射，结果一弹中的。赵匡胤高兴地捡起灰雀跑出树林高喊着："我赢了，我赢了!"

刘承嗣灰头土脸地走出树林，依旧不服气，气哼哼地说："我们明天接着比。"说完，带着人走了。

林边只剩下郭融，他走过来对赵匡胤说："刘承嗣明天还会找你打架的,你可要做好准备。"

赵匡胤点点头,和郭融玩耍起来。他从郭融的嘴里得知,刘承嗣自以为武艺高强,又仗着兄弟多所以让大家叫他大元帅,在夹马营的孩子之中可算是一霸。赵匡胤听了气愤地说:"我明天再打败他,叫他不能当大元帅!"

隔天,赵匡胤和刘承嗣之间的争斗更引人关注了,夹马营大大小小一二十个男孩子都聚拢来,看他二人打架。这次,刘承嗣提出他和赵匡胤分成两派,每人带着自己的"人马"互相打斗,他还说这才能体现他大元帅的威风。

赵匡胤年龄小,还没有结识几个要好的朋友,他看到刘承嗣身边一大堆孩子,于是说:"谁愿意和我一起战斗。"郭融带着几个孩子站过来,他们说:"我们支持你。"

经过简单组合,赵匡胤身边聚集了六个男孩,比起刘承嗣一边来要少一半。不过赵匡胤还是非常高兴,他挥舞拳头,带着几个孩子冲到一处高坡上,居高临下观察对方动态。刘承嗣见他们人少,随即追杀上去。赵匡胤带着自己的"人马"奋勇抵抗,一次次打退对方的进攻。后来,赵匡胤见对方疲惫了,带人冲下去一举"擒获"了刘承嗣,打斗以赵匡胤一方胜利告终。

从此,赵匡胤在夹马营孩子们中名声大振,他经常带着一帮男孩子冲杀拼斗、打架游戏,很快成为孩子们心目中真正的"大元帅"。不久后,他学会了骑马,骑术非常高超,孩子们就以"骑兵大元帅"称呼他。

临别赠剑

赵匡胤被同伴们称作"骑兵大元帅",也和郭融成为至交好友,两人经常一起骑马练武,武艺进步非常大。这天,赵匡胤正要去郭融家,就见郭融气喘吁吁地跑过来说:"匡胤,不好了,前方又有战事,我父亲奉命出征呢!"郭融的父亲正是郭威,与赵匡胤的父亲关系不错。郭威就是后来后周的开国皇帝,前面说过他出身较低,加上父母早亡,所以在后梁时期只是一名普通士兵,迎娶柴氏后在妻子的资助下才逐步结交文官武将,一步步得到晋升,成为后唐军队中较有名望的将领。

赵匡胤听说又要打仗,当即说:"要是我是大人,现在就可以随军出征了。"

郭融不解地问:"你不害怕打仗啊?我听父亲说每次战争都会死很多人呢。父亲这次远征江南,打算带我和表哥一起去锻炼锻炼,我很害怕!"

赵匡胤为他打气说:"不用怕,你武艺高强,不会有危险的。"

两个人边说边走,在一座小桥头停了下来,郭融顺手折断几条柳枝,拿在手里摇晃着说:"匡胤,你说我父亲为什么带我们去呢?我母亲不同意,怕出危险。"

匡胤想了想,摇摇头说:"我父亲就从不带我出征,我也不知道你父亲的打算。"

就在两人猜测之时,远处走来一个十三四岁的少年,面容俊秀,身体颀长,一眼望去就知道是个贵族子弟。他快步走来,看到郭融便大声叫道:"郭融,将军叫你赶紧回去。"

郭融悄悄对赵匡胤说:"他就是我表哥柴荣,能文能武,我父亲经常叫我向他学习。"说完,他回答道:"知道了,我这就回去。表哥,母亲同意我们出征了吗?"

柴荣是郭威妻子柴氏的娘家侄子,柴家几世豪门,家族鼎盛，如今恰逢乱世，他们有意巴结军阀保护自己的势力，所以把柴氏送到后唐后宫，结果李存勖被杀，柴氏被遣放，最终嫁给了没落的郭威。好在郭威身怀武艺，胸有志向，他们也就大力资助他，希望他有朝一日成为一方霸主，自己家也就有依靠了。

再看叫柴荣的少年已经来到赵匡胤两人面前，他和善地对匡胤点点头，然后对郭融说："这次出征只是与吴国交涉边界问题，估计不会发生较大的战争，所以夫人同意我们随军出征。"

当时吴国是南方比较强大的国家，与中原相邻，国主虽然姓杨，大权却掌握在徐温手里。徐温采取与中原和睦相处的策略，所以双方已经多年没有发生战事。可是，徐温的儿子犯事被国主的舅舅击杀，徐温的养子徐知诰趁机夺

后周世宗柴荣

取政权，控制了朝廷。后唐闻知此事，担心吴国内乱导致边境不稳，所以派郭威出征镇守。

听了柴荣的话，郭融高兴地说："原来是这样啊！父亲为什么不早说？害得我白白担惊受怕了好几天！"

赵匡胤却不以为然："出征打仗是大丈夫报效国家朝廷的机会，应该勇往直前，怎么说担惊受怕呢？"

柴荣听赵匡胤如此说，不由得再次看了一眼赵匡胤，见这个年约七八岁的孩子脸庞红红的，眉宇间流露出一股正义之气，当

即夸奖道："说得好！郭融，你应该向你的朋友学习，不能整天怕这怕那的。"

郭融噘着嘴，拍拍屁股说："走吧，回家吧！"

过了几天，郭融出征的日子到了，赵匡胤专门跑去送行。临行前，郭融拿出当初曾借给赵匡胤的弹弓说："这个就送给你吧！"

赵匡胤接过弹弓，伸手掏出一把木刀说："你带着这个，说不定会有用处呢！"两个孩子依依惜别，诉说离别之情。而在此时，郭府内郭威正在接待前来送别的文武官员以及诸多将士，当然，赵匡胤的父亲赵弘殷也在其中。

就在赵匡胤和郭融互赠礼物时，柴荣手里提着一柄精致美观、小巧玲珑的宝剑走了过来，他对赵匡胤说："这是小时候父亲为我专门打制的，如今我不用了，送给你用吧！"

赵匡胤惊喜地接过宝剑，一手握剑鞘，一手拔剑细细打量，喜悦之情溢于言表。郭融插嘴说："表哥，我向你要了多次你都不给，今天怎么舍得送给匡胤？"

柴荣说了句："你怎么能和匡胤比。"转身对匡胤说："这柄宝剑虽然短小，可是非常锋利，你一定要注意。"

赵匡胤观看宝剑多时，才收回心神，感激地说："太好了，我终于有真正的兵器了。"说着，他舞动宝剑做了几个动作。

柴荣看着点头说："郭融，你看见了吧！匡胤没有练过剑，可是动作气势比一般人都要强，他将来肯定是位剑法高超的将帅。"

郭融眨眨眼说："那当然了，匡胤现在就是骑兵大元帅，我们这一带的小孩谁不听他的？就连刘承嗣也乖乖地甘拜下风！"

　　"是吗?"柴荣说,"刘承嗣也被打败了? 这可真了不起。"柴荣岁数不大,可是他少年老成,兼修文武,平日里总是懂事地在家里练武学文,帮助郭威处理一些家务,很少出门玩耍。以前,他多次听郭融说起刘承嗣如何霸道、如何欺负人,才知道刘承嗣这个人。后来一打听,知道刘承嗣的出身地位之后还劝说过郭融,叫他不要与刘承嗣作对。没想到今天听说站在他面前的这个年龄不大的赵匡胤竟然打败了刘承嗣成了夹马营孩子们中新的大元帅,他自然对赵匡胤更加刮目相看。

　　三个人说说笑笑,交谈甚欢。言谈中,赵匡胤觉得柴荣懂得很多事情和道理,比如他讲起唐太宗李世民,说他十岁的时候就会射箭、骑术精湛、在虎牢关一战擒双雄。这些生动的故事让赵匡胤着了迷,他不停地问这问那,柴荣一一解答,并给他们讲了许多兵法技巧,诸如空城计、疑兵计等等。赵匡胤眼珠一眨不眨地听着,激动地说:"打仗还有这么多道理,真是太有意思啦!"

　　郭融不以为然地说:"这都是书上说的,有什么意思。你以后读书了也会知道这些事情。"

　　赵匡胤忙问柴荣:"果真书上都有这些道理?"

　　柴荣说:"孙子作《三十六计》,就是讲兵法的,你长大了也可以学。不过兵法讲究临机应变,灵活运用,读书还要结合实际应用。"

　　赵匡胤十分认真地说:"我懂了,打仗光有武艺不够,还要有知识,知道兵法,这才是真正的本领。"

　　柴荣高兴地说:"匡胤真是聪明!"

　　他们又说了一会儿话,出发的时刻到了。赵匡胤送他们一直到了很远的地方,才依依不舍地转回自己的家中。小小年纪

诸葛亮用空城计智退曹魏兵

的他似乎心事重重,步履比平日慢了许多,他是舍不得好友离去,还是另有心事呢？这次离别会对他产生什么影响呢？

第二节　初读诗书的日子

追问先贤

赵匡胤一手拿着弹弓一手拿着宝剑回到家中,前脚刚刚跨进门坎就听有人喊道:"公子回来了,夫人,公子回来了。"随即,一连串急促的脚步声响过,杜夫人在丫鬟小翠的搀扶下走过来,挡住了匡胤的去路。

赵匡胤抬头看着母亲,不解地问:"母亲,您怎么不让我进去?"

杜夫人脸色阴沉,盯着匡胤手中的武器喝问:"你整天在外面打架,不知道母亲在家担忧你吗? 说,弹弓和宝剑是哪里来的?"自从赵匡胤被孩子们尊称为大元帅,他的生活变得丰富而且充满了乐趣,有时候他会整天和同伴们聚在一起玩耍,很晚才回家。杜夫人担心他的安全,经常批评管教他,但是哪里能管得住? 今天赵匡胤一大早就出去了,直到现在才回来,居然还带着武器,杜夫人当然十分生气。

匡胤举起两件武器,一五一十地说了它们的来历,然后突然问:"母亲,我什么时候才能读书?"

杜夫人听说匡胤去送别郭融,还与他和柴荣互赠兵器,已是转怒为喜,刚要夸他几句,猛然听他问何时读书,不由得惊喜地说:"匡胤想读书了？这真是太好了,前几天我刚向你父亲提起此事,你父亲说你还小,过些日子再说。现在倒好,你自己提出要读书,我想你父亲不会反对了。"她一面兴致勃勃地说着,一面拉着匡胤的手走向内室去见赵弘殷。

听说匡胤想读书,赵弘殷也很高兴,他很快就联系上了当地一所私塾,把匡胤送到那里去读书。私塾是一位姓张的先生开办的,在夹马营也算颇有名气。因为此地多是军人,家中风气多尚武,相对来说上学读书的孩子就比较少,所以教书先生也不多,一般人家无法请先生上门教书,只好把孩子送到张先生的私塾里来。私塾里有七八个孩子,他们来得早的已经跟张先生读了两三年书,短的才入学不久。赵匡胤第一次踏进私塾,看见这么多孩子一个个摇头晃脑、咿呀背书,颇觉好玩,也坐下来随着大家一起念唱。

念了一会儿,赵匡胤坐不住了,他瞅瞅这个,瞧瞧那个,心想,念来念去老是重复一句话,有什么好玩？渐渐坐不住的匡胤开始溜号了,他一会儿看看窗外的鸡飞狗叫,一会儿瞥一眼张先生抖动的胡须,一会儿又拉一下身边同窗的衣袖,真是手脚乱动、无法安定。

张先生看在眼里,无法忍耐下去,喊起赵匡胤教训一通,让他安心读书。赵匡胤坐下不久,老毛病又犯了,又开始溜号玩耍,无法集中注意力读书。

一来二去,张先生觉得赵匡胤太调皮了,有意好好惩罚他一下。这天,他带着学生读了一段《大学》,然后吩咐他们朗读背诵。中午放学时,先生叫住赵匡胤让他背诵文章,恐吓他说如果背不会就不让他回家吃饭。

赵匡胤一听就傻了眼：一上午自己光玩了，哪里背过一句文章！这可怎么办？要是不回家母亲会担心生气的。看他焦急的神情，张先生得意地说："怎么，不会背了？好，你就留在这里背书，其他学生可以回家吃饭了。"

赵匡胤看着同学们一个个高兴地离开私塾，张先生也起身要走，他大声说道："先生慢走，你让我再看一遍书，我一定很快就能够背会。"

张先生睨了一眼赵匡胤，心想，平时一段文章读好几天都不会，怎么可能今天一看就会，肯定是吹牛，好，就给你一次机会，你也好心服口服！于是他一口应承了匡胤的要求。

赵匡胤迅速翻出《大学》，从头到尾读了读，随即合上书本朗声背诵。张先生侧着耳朵仔细听，发现匡胤背得一字不差，不由得惊讶地想："这个匡胤一目十行，过目不忘，真是个奇才。"他只好放赵匡胤回家了。

过了几天，张先生讲解孟子求学，讲到精彩处不由得眉飞色舞、声情并茂。孟子是儒学的创始人之一，是伟大的思想家，在历朝历代帝王和百姓心中的地位仅次于先贤圣人孔子。孟子小时候，他母亲为了让他好好读书而三次搬家的故事流传很广。

孟母三迁图

今天张先生正是对学生讲孟子如何刻苦求学读书,如何取得了不起的成就,以此激励他们努力学习。在古代读书人心目中,先哲们无所不能,超越古今,受到特别推崇。

张先生边讲边看学生们听得认真,颇为得意,他正要结束自己的讲解,赵匡胤突然起身问道:"先生,那孟子会骑马吗?"

张先生一愣,支支吾吾地说道:"骑马?孟圣人……喜欢四处求学,出游各国,应该经常乘坐马车……"

"那他会舞刀耍剑吗?"赵匡胤紧接着问道,"他是不是武艺高强?"

张先生想了想说:"孟子是思想家,舞刀耍剑干嘛?不过他与当时的很多将军有来往……"

没等张先生把话说完,赵匡胤"噗哧"一声乐了:"先生,那孟圣人一不会骑马二不会舞剑,还有什么本事?怎么能称他为圣人呢?我认为他不过是会读几本书、会写几个字的小老头而已,先生却这么夸他,让我们向他学习,太过分了!"

这席话引得所有学生都笑出声来。

张先生勃然大怒,训斥道:"你竟敢这样污蔑圣贤,你才太过分了!"气得扔下书本走出私塾。古时学习制度非常严格,要求学生对老师必须毕恭毕敬,不但不能随意质问老师,更不能在课堂上随便说笑,一般情况下,学生只能安静地听老师讲,按照老师的要求读书写字,老师备有责打学生的戒尺,稍有差池就会挨打受罚。

因此,看着先生离去的背影,有几个孩子慌忙对赵匡胤说:"不好了,先生肯定去你家告状去了。"

赵匡胤说:"告什么状?难道我说错了吗?先生天天让我们

读书、背书、写字,这有什么用? 能上阵杀敌吗? 我要学习真正的本事!"

"什么是真本事?"一个孩子忍不住问。

"当然是兵法和武艺。"赵匡胤肯定地回答,"武艺高强才能冲锋陷阵杀敌卫国,懂得兵法才能行军打仗不会失败。"原来他当初主动提出读书正是受到柴荣的影响,他认为读书就可以学习兵法,懂得作战技巧,哪里想到整天读些与战事毫无关系的"之乎者也",难怪他今天如此追问先贤的事迹。

孩子们觉得匡胤说得有理,围拢过来,七八个人叽叽喳喳探讨关于战争以及武艺的事,全然忘记这是在学习四书五经的私塾里。

再说张先生,他气呼呼离开私塾跑到赵匡胤家,把赵匡胤追问先贤扰乱课堂的事告诉了他的父母,叹口气说:"我教书多年,第一次遇到这样侮辱先贤的学生,我以后可怎么教他? 你们知道,目无尊长可是非常严重的错误。"他絮絮叨叨讲了很多关于孔子制作礼乐的事情以及礼的重要性,好像赵匡胤犯了什么不可饶恕的大错。然后又把匡胤上课东张西望、不认真听讲的事也一一说了,最后说:"我没有能力,教导不了贵公子,还是请赵将军另请高人来教他吧!"

赵弘殷夫妇一边恭敬地听张先生述说,一边赔礼道歉,表示一定严厉管教赵匡胤,请他千万不要赶走匡胤。不知道赵匡胤这次会受到哪些惩罚? 他还能不能继续自己的学业呢?

替人受过

赵匡胤追问先贤气走了先生,他在私塾里与同学们高谈阔论，议论时政和武艺，丝毫没有察觉出面临的危机。中午时分，大家见先生没有回来，商量以后各自回家吃饭。赵匡胤高兴地走进家门，看见父母面色阴沉，他上前说："匡胤给父母请安。"

杜夫人强压怒火没好气地说："你还知道回来？你上午都做了什么？不好好读书把先生气走了，你还想不想读书了？"

赵匡胤愣了片刻，随后说："先生说孟子学问好，爱读书，还有一身本事。我就问先生孟子会骑马舞剑吗？先生说他不会，我就说不会骑马舞剑怎么能算有本事呢？结果先生就走了。我说的是实话，不知道先生为什么那么生气？"

赵弘殷厉声打断匡胤的话，指着他的鼻子说："你小小年龄懂什么！孟子是先哲圣人，历朝历代的君主和百姓都很尊崇他，你竟然说出这种侮辱圣贤的话，真是该打！"

匡胤不服气地说："父亲，你说历朝历代都尊崇孟子，可是我看当今天下到处都在打仗，像孟子一样有学问的人有几个能带兵打仗？我认为只有那些武艺高超、懂得兵法的人才是真正的英雄豪杰，才能创立一番大事业。"

听他说出这番话，赵弘殷又是惊讶又是担忧，惊讶的是匡胤年龄尚小却有如此认知和见解，担忧的是匡胤不爱读书将来会成为一介莽夫，前途堪忧。于是他大声训斥说："你还敢顶嘴！我看你就知道玩，一点也不想认真读书求学问。"

杜夫人却另有见解，她制止丈夫并说道："匡胤，你是不是想学兵法？你知道吗，学兵法也要先认识字，像你这样光有雄心没有真才实学，到最后什么也不会！你赶紧回去给老师认错，再继续读书。"

"可是我……"匡胤很想说现在就要读兵法，很想说自己没有错,可是看看父母明显不快的脸,他只好恭敬地回答:"匡胤知道了。"

接着,赵弘殷夫妇又轮流着教训了匡胤大半天,大意无非让他尊敬师长、认真读书,将来才会有出息。赵弘殷还以自身为例说:"我征战沙场也够勇猛的,武艺不比人差,到现在不过一个小小的指挥使,就是没有学问的原因。"匡胤听着,虽有不服却始终没有辩驳。后来赵弘殷夫妇没让他吃饭就把他赶回私塾,让他向先生赔罪。

匡胤回到私塾时,同学们已经都到了,一个个捧着书本默默读书,谁也不说话。张先生半躺在一张睡椅上,似睡非睡。匡胤犹豫了一下,来到张先生面前低声说:"先生,匡胤给您赔礼了。"张先生睁开眼瞅瞅匡胤,没有理他翻过身去继续假寐。下面的同学开始叽叽喳喳议论,有人小声说:"匡胤,张先生生气不给我们讲课了。"匡胤再次转到张先生面前说:"先生,匡胤给您赔礼了。"

张先生不好继续躺着了,坐起来叹口气说:"匡胤,你脑瓜聪明,怎么就不知道读书呢? 刀枪剑戟终是乱世所用,太平盛世哪里用得着这些东西? 再说了,你笑话圣人先哲没有本事,也太狂傲无知了!"

听着先生一顿数落,匡胤默默无语,不过在他幼小的心灵里却产生了很深的印象,他突然有了一个新的问题:乱世与太平盛世有什么区别? 生于乱世长于乱世的他,很难设想一个没有战争、生活富足安乐、人们和睦相处的美好世界。确实,这个问题一直困扰着他,直到他长大成人屡历战争,从人们对于和平的渴望之中,才慢慢体会到其中的差别,并且试图努力创造一个太平世界。

　　带着这个困惑,匡胤的学习态度有了转变,很快他就熟悉了《论语》《大学》等基础知识,成为同学中进步非常快的学生。不久,张先生回了南方老家,一位姓辛名文悦的先生接替他成为了匡胤新的老师。

　　辛文悦与张先生不同,他不但熟读经书还善于关注时事,采取应时而教的方式教导学生,有时候还与学生谈论战事和武艺,甚至教授他们一些基本的拳脚功夫。这下,匡胤高兴了,学习的积极性大大提高,对于辛文悦也特别尊重。

　　一天中午,辛文悦躺在睡椅上休息,不知不觉睡着了。几个调皮的学生在院子里玩了一会儿,捉了两只螳螂跑进屋里,他们见辛文悦睡着了,就把螳螂放在老师的肩膀上取乐。赵匡胤来到私塾,正要坐下读老师新教的一段文章,却看见两只螳螂爬到了老师的脖子上,他立即走上去捉住螳螂,同时,他使劲瞪了一眼那几个调皮看热闹的学生。

　　就在这时,辛文悦醒了,看见赵匡胤手拿螳螂站在自己身边,还有几个孩子站在远处偷偷嘻笑,以为赵匡胤拿螳螂戏弄自己,真是气不打一处来,他夺过螳螂一脚踩死,喝令赵匡胤站到外面去。

　　赵匡胤委屈地张张嘴,却什么也没说,默默地走出屋子。

　　初秋的阳光热辣辣地照射着,院子里没有一丝凉风,好似一座蒸腾的火炉。赵匡胤站了一会儿就汗水直流、脑门发懵,脸庞更红了,但他直直地站立着,始终没有为自己辩解,也没有表示一点退缩和胆怯的意思。

　　屋子里,辛文悦讲了一堂课,让学生们自己读书,然后他从窗子向外看了看,见赵匡胤依旧一动也不动地站在烈日下,汗流满面,神情倔强,想了想走出屋子来到匡胤身边,盯着他问:"怎么,还不服气吗?"

赵匡胤回答:"匡胤不敢。"

辛文悦看他一眼,没说什么就走回屋子。在他看来匡胤犯了错误还如此倔强,也不知道赔礼认错,就该在烈日下多站一会儿。

就这样,赵匡胤整整站了一个下午,直到天黑放学大家都走了,他才被允许回家。

这件事过去后,事情的真相还是让辛文悦弄清楚了,他不由得为赵匡胤替人受过、尊重师长的行为所感动。他亲自到赵匡胤家中表扬了赵匡胤的所作所为,并且感叹说:"为他人着想,不为自己开脱,这是多少年积累才能取得的修身养性之本,匡胤不过是八九岁的孩子,却做到了宽容别人、原谅别人,他以后肯定会成为了不起的人物。"

两位老师,两次差异巨大的家访,使得匡胤父母又惊又喜,对儿子的前程再次充满了期待与信心。此时,渐渐喜欢上读书的匡胤还迷恋武艺吗?日后他精湛的骑射技艺又是如何练成的呢?

第三节　武艺长进

驯服胡马

一天下午放学后,赵匡胤一边玩一边走在回家的路上,路过一处空地时,他看见几个军士正牵着一匹马在试骑。这匹马毛色灰白相间,个头不算高大,但是精神颇佳,高昂的头颅摇来摆去,似乎不愿意被人驯服。

匡胤喜欢骑马,学会骑马后骑术也很有长进,只是这段日子光顾读书,便很少骑马了。特别是惹恼张先生后,父母对他要求严格,几乎不让他接触马匹、兵器。所以他每次见到有人骑马或驯马都特别入迷,一看就是半天,今天也不例外。他站在场地外边看了多时,见那几个军士轮流上去驯服马匹,第一个军士爬上马背,他的一个同伴帮他紧紧地拽住缰绳。一开始,马还比较老实,一动也不动,可是突然间一声长嘶,它的两只前蹄刨起老高,前半身树立起来,马背上的军士"咕咚"一声便摔倒在地,摔得满脸满身都是泥土。这时,拽缰绳的军士用尽力气拽住马,生怕它一溜烟跑走了。

几个人好不容易把马稳定下来,过了一会儿,另一位军士身子一纵又跃上了马背,看上去他的骑术比较高超,姿态十分潇洒自如。但是他刚一跃上马背,马便开始四蹄乱蹶,一会儿甩头,一会儿耸臀，马背上的军士坐不稳当，吓得一个劲喊叫。可是他喊叫声越大，马蹦跳得越凶，最终，随着大声惊呼，这个军士也十分不情愿又无可奈何地一头栽落马下。

《滚尘马图》，作者是著名的书画家赵孟頫，他是宋太祖赵匡胤十一世孙，秦王赵德芳之后

场地上一时无人敢上前驯马，几个军士吵吵嚷嚷地说："这匹胡马野性太重，不好驯服，不如交给将军处理吧！"

赵匡胤站在一边看得入迷，听到他们议论不知不觉走了过去，伸手抚摸着马肚皮上的毛说："让我来试试吧！"

有个军士认识赵匡胤，忙说："赵公子不要乱来，这匹马太野了，不好骑。"

赵匡胤说："驯服野马才有意思，我试一下。"说着，他跃上马背。军士们见了吓得大呼小叫，试图劝匡胤下来。匡胤却满不在乎地说："你看这匹马多听话，你们就让我骑一会儿，不会出错的。"

　　说也奇怪,赵匡胤骑上马后,这匹马出奇地安静,不管匡胤在马背上顺骑、倒骑,还是拍打马屁股、抓它的鬃毛,它也是一动不动,仿佛睡着了一般。

　　几个军士面面相觑,不由得惊叹说:"真是奇怪呀!这马好像认识赵公子似的。"

　　赵匡胤趁机对攥着缰绳的军士说:"把缰绳给我,我骑它走走。"

　　手握缰绳的军士举起缰绳说:"这可太危险了,公子坐一会儿就下来吧。"

　　匡胤伸手抓过缰绳说:"哪有那么多危险?"说着,他轻轻抖动缰绳,就见马儿立即迈步徐行,朝前走去。几个军士一边跟着马慢慢走,一边啧啧称奇。

　　然而让他们大惊失色的事很快发生了,马走着走着,突然抬头嘶鸣,接着撒开四蹄狂奔,冲着前方疾跑。几个军士吓得一边大叫一边拼命追赶,可是哪里追得上发疯一般奔跑的马!眼看着,那马驮着匡胤冲出空地直奔远处一座小山坡而去。

　　山坡正在寺院旁边,马跑过去围着山坡转起圈来,足足转了四五圈才停下来,昂着头嘶鸣几声,踢打了几下地面而后垂头不动。一会儿,军士们追赶而来,他们看到赵匡胤安然坐在马背上,一副神气十足的样子,这才放下心来。再看马,乖乖地听从匡胤的指挥,好似原本就是他的坐骑一样。一位年轻军士气喘吁吁地问:"公子,你是怎么驯服这匹烈马的?"

　　匡胤说:"它喜欢跑,就让它跑个够,现在它不就听话了。"

　　一位年龄稍长的军士呵呵笑着说:"公子很懂得驯服烈马的技巧啊!"

年轻的军士不解地嘟囔了一句："刚才我们骑上去怎么不行呢？"

年长的军士说："驯服烈马既需要技巧，还需要胆量，如果上去就怕被摔下来怎么能成功？"说的也是，刚才两个军士一个使劲控制马，一个骑上马背就吓得乱喊乱叫，当然刺激马的烈性发作。

此时，赵匡胤得意地骑在马背上在军士簇拥下赶回空地，一路上大家不住夸奖他的骑术高超，他听了心里喜滋滋的。快到空地时，赵匡胤远远看到父亲和老师辛文悦并排站在那里，父亲一脸怒容，他心里一紧，心想：糟了，我偷偷骑马肯定又要挨骂了。

赵弘殷和辛文悦是如何得知匡胤驯马并来到空地的呢？

蹴鞠比赛

原来，天色渐晚，匡胤依然没有回家，赵弘殷夫妇十分担心，就派家人去私塾打听消息。辛文悦听说匡胤没有回家，也就随着家人前去赵家问候。结果，在路上辛文悦听说赵匡胤去骑烈马了，就急忙让家人回府禀报，然后他站在空地上等待匡胤。过了不久，得到消息的赵弘殷也匆忙赶来了，两个人寒暄后焦急地等待着。

终于，赵匡胤骑着马神采飞扬赶回来了，赵弘殷上前怒喝道："这匹烈马是从北方俘获的，我让军士们驯服它，你跑来捣什么乱？下来！"

辛文悦从一边劝说："匡胤小小年纪驯服烈马，可见勇气过人，将军不该动怒，应该高兴才对。来来，匡胤，和我讲讲你是如何驯服烈马的。"

匡胤从马上跳下来,一手牵着马缰绳,害怕父亲训斥不敢回答。旁边年长的军士把刚才匡胤驯服烈马后说的话对大家讲了讲,并极力夸赞他懂得驯马的技巧。

辛文悦高兴地说:"将军,匡胤生性聪睿,勇谋双全,我教学多年第一次遇到这么出色的学生啊!"

在大家一致夸奖下,赵弘殷阴沉的脸色渐渐缓和,众人又闲聊了一会儿,各自回家去了。

这件事情却给辛文悦带来一些想法,这天,他带着学生们学了一下午,看他们一个个打不起精神,就提议说:"我会一种游戏,你们想不想学?"

"想。"孩子们异口同声回答。

辛文悦笑眯眯地拿出一个球状物,对着孩子们摇晃几下说:"以后每天下午我们都玩会儿蹴鞠游戏,包准你们不再没精打采了。"

蹴鞠是战国时期从齐国兴起的一种游戏,类似今天的足球比赛,比赛时,参赛人员分成两组,双方都去争抢一个像足球的物体,哪一方踢得好哪方得胜。当然,蹴鞠游戏不局限于此,比如一个人也可以蹴鞠,两个人也可以蹴鞠。唐朝时,蹴鞠游戏深受皇室贵族喜欢,因此得以流行推广,到五代时期已经十分普及。

孩子们看到辛文悦手中的球,一下子欢呼起来。辛文悦把球交给赵匡胤,然后带着孩子们出去玩球。来到院子里,匡胤把同学分成两组,等候辛文悦来指导。辛文悦看了看生龙活虎的孩子们,用脚踢起球潇洒自如地玩耍起来。孩子们被吸引住了,

蹴鞠在我国唐宋时期最为繁荣，女性也会加入其中，经常出现"球终日不坠""球不离足，足不离球，华庭观赏，万人瞻仰"的情景

眼睛一眨也不眨地盯着球看。

　　有趣的东西总能吸引孩子的好奇心，他们也乐于学习。很快，孩子们就学会了蹴鞠，他们在院子里跑来跑去，玩得十分开心。从此，辛文悦的私塾热闹起来，前来读书学习的孩子也越来越多。

　　一天，匡胤正带着几个孩子蹴鞠，就听外面一阵马嘶，几个武官模样的人走了过来。他们是辛文悦的同乡，听说辛文悦在此教学特地来找他玩。看到院子里的孩子在蹴鞠，他们笑呵呵地说："来，我们也来玩一玩。"

　　武官与孩子各在一组，展开一次蹴鞠比赛。赵匡胤带着几个孩子左冲右突，闪转腾挪，竟然牢牢控制了球，几个武官前后争抢也无法突破孩子们的防线。经过一番激烈拼抢,武官们一个个气喘吁吁、汗流浃背,而孩子们却精神抖擞、斗志昂扬,显然已经占了上风。

这时,辛文悦从外面回来,看到此情此景哈哈笑着说:"怎么,输给小孩子了还不承认?"

宋代的画家苏汉臣是宋徽宗时画院的侍诏,他绘制了一幅《宋太祖蹴鞠图》,描绘了宋太祖、宋太宗和近臣赵普、党进、石守信、楚昭辅等蹴鞠的情景。明代画家钱选临摹了这幅画,我们今天还可以看到

几个武官这才停下来,转身来到辛文悦面前说:"好啊,你不在阵前杀敌,跑到这里来当孩子王啦!"边说边和辛文悦一起走进屋内。

匡胤带着孩子们战胜武官,好不得意,他们继续玩耍了一会才各自回家。

蹴鞠比赛不久,匡胤发现辛文悦有了很大变化,他不再终日迷迷糊糊地睡觉休息,而是只要有空就伸展腿脚,有时候还让匡胤陪他练武耍刀、骑马射箭。有一天,匡胤来到私塾时特别早,看见辛文悦已经在舞剑了,神态专注,匡胤站了半天他都没有发现。

不仅辛文悦有了变化,匡胤发现自己的父亲也变得忙碌起来,一天到晚不在家,有时候还在家里长吁短叹,似乎遇到什么特别不顺心的事。匡胤小心地观察着,却不敢追问原因。这天,他正要去私塾,却见辛文悦匆匆来到家里,进门后直接去找赵弘殷,两人躲在室内半天也不出来。到底发生了什么事呢?

匡胤悄悄来到窗下倾听,只听父亲说了句:"我们是武将,又能怎么办呢?"辛文悦好像很生气地说了一句:"契丹人虎视眈眈,早晚会入侵中原。"接着,两人的声音越来越低,匡胤什么也听不见了。

事后,匡胤大着胆子问母亲:"是不是契丹又入侵边关了?"

杜夫人立即制止他,让他不要提这样的问题,并且表情严肃地说:"你年纪还小,长大了就会明白了。"匡胤心里的疑问更重,他多次听辛文悦讲契丹侵略边关的事,他还经常和同学们议论说长大了一定要驱逐契丹,像汉武帝、唐太宗时一样,让北方游牧民族不敢肆虐边境。可是契丹现在又入侵了,为什么父母不敢正义凛然地讨论抵抗契丹的事,反而缩手缩脚十分小心,唯恐遭遇不测呢?

其实,也难怪赵家一家人如此慎重谨慎,当时恰是公元936年末,后唐政权正经历着一次翻天覆地的巨大变动。自934年李嗣源去世,他的儿子李从厚、养子李从珂、女婿石敬瑭之间就展开了明争暗斗。帝位虽然由李从厚继承,但是他对李从珂和石敬瑭不放心,于是挑起事端,下令让他们二人对调,交出兵权。

李从珂当然不会同意,在凤翔起兵反叛,石敬瑭也赶了过去,碰到出逃的李从厚,两人就到屋内密谈。跟随石敬瑭的刘知远知道他们是死对头,为防万一,就暗地派石敢悄悄保护石敬瑭。

果然,李从厚见石敬瑭没人保护,便动了杀机,幸好石敢舍身相救,才救下了这个日后遗臭万年的"儿皇帝"。石敬瑭将皇帝李从厚囚禁在卫州,这样一来,李从珂取代李从厚当上了皇帝。

可是,李从珂与石敬瑭之间也是矛盾重重。当年,李嗣源当皇帝,石敬瑭立下了汗马功劳。当初李嗣源并不愿意起来造反,但是石敬瑭劝他,既然走了这一步,就要把这一步走好,不然只能自取灭亡。李嗣源无奈,只得同意了。李嗣源当了皇帝之后,封石敬瑭为"竭忠建策兴复功臣"兼六军诸卫副使。身为朝廷大员,手握兵权,又是当朝驸马,地位尊崇,石敬瑭可谓一人之下万人之上,加上他多年来善于收拢人心、培植势力,渐渐形成一股可以与朝廷抗衡的力量。

李从珂了解石敬瑭,认为他野心勃勃,肯定会威胁到自己的统治,于是他们二人之间的斗争越演越烈。为了保命,也为了自己的野心,石敬瑭使出了手段:他一方面在京城大臣面前装出羸弱的样子,并上奏折说自己身体不好,没有精力治理地方政务;另一方面,他几次以契丹侵扰边境为名,向李从珂索要大批军粮,说是囤积以防敌入侵,实际是为以后打算。

公元936年,石敬瑭觉得时机成熟了,他站出来鼓噪李从珂不是李嗣源的亲生儿子,没有权利当皇帝。在精心准备和人心躁动不安的局势下,战事一触即发。石敬瑭驻守河东多年,多次与契丹打交道,这个时候他再次想到了契丹,于是让桑维瀚和契丹谈判，达成了割地称臣、进贡称子的可耻条约。很快，在契丹支持下，石敬瑭坐上了皇帝的宝座。至此，历时十三年的后唐终结了。石敬瑭改国号晋，史称后晋。他封刘知远为侍卫亲军都虞侯，领保义军节度使，将兵权托付给了他。

契丹皇帝耶律德光对刘知远很是欣赏，将石敬瑭送到潞州准备回去的时候，指着刘知远说："这个大将作战勇猛，只要不犯过于严重的错误，千万不要舍弃他。"由此，刘知远掌握兵权，为后晋覆灭埋下了伏笔。

这次政权的动荡更迭发生时，赵匡胤正在辛文悦的私塾里读书学习。不足十岁的他自然不会深切了解这些国家

辽太宗耶律德光

大事，但他素有志向，所以听到父亲与辛文悦谈论契丹时，他非常敏锐地感觉到发生了战争，还有种跃跃欲试驱逐契丹的雄心。那么，这次朝政更迭给赵匡胤一家带来了哪些影响和变化？小小年纪的他听说石敬瑭投靠契丹后会有哪些反应呢？

第四节　东迁开封

拒绝东迁

天下未平,乱世再起,石敬瑭取代后唐建立后晋,再一次活泛了中原人民尚未完全安定下来的心思。一时间,各方势力蠢蠢欲动,文官武将各怀心事:有人想趁机巴结新皇,谋求高官厚禄;有人想趁新朝不稳起兵造反,也来过一下当皇帝的瘾。

前次到私塾找辛文悦的武官们,就是怂恿他一同起事的,辛文悦有意劝说赵弘殷,所以前去找他。赵弘殷身为禁军指挥使,多年来官位一直没有变化,但他比较保守,没有同意辛文悦的劝说。不久,石敬瑭下令迁都开封,并将开封称作东京,朝廷官员随即东迁,赵弘殷也在搬迁人员之内。

临行前,赵匡胤辞别辛文悦,不解地问:"先生为什么不一起去开封呢?"

辛文悦黯然地说:"国破家亡,在哪里都一样。"

赵匡胤问:"我听人说新朝新立,先生怎么说国破家亡?"

辛文悦看看一脸稚气的匡胤,叹息说:"匡胤啊,现在我们成了契丹人的奴隶了,你知道吗?"他把石敬瑭割地称臣的事说给匡胤听,拍着匡胤的肩膀说:"你想想,我们做这样国家的臣民还有意义吗?"

匡胤早就怀疑契丹对中原不利,今天终于了解了事情真相,他的怒火爆发了,脸涨得通红,声音重重地说:"先生,匡胤也不做亡国奴!"

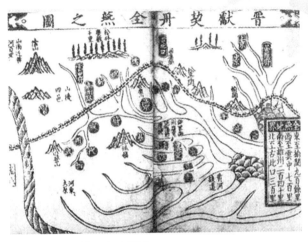

后晋献给契丹燕云十六州图

"有骨气!"辛文悦兴奋地站起来,回身从床底下抽出一把钢刀,交给匡胤说,"这是我以前用过的大刀,砍杀过好几个契丹人,现在你拿去留作纪念吧!"

匡胤接过刀,抚摸着碧光闪烁的刀锋,仿佛看到当年辛文悦挥刀斩杀契丹人的场景,他热血沸腾,激动地说:"先生,匡胤多谢了。"随后,师徒二人又聊了一会儿时政,辛文悦还特地传授了匡胤一套简单的拳脚功夫,送给他几本诗书和兵法书籍。匡胤小心地收藏着,与老师告别。这段师生情谊对匡胤影响深远,后来他做了皇帝还专门派人去请辛文悦进京做官,感谢他当年对自己的培育之恩。

匡胤拿着辛文悦赠送的物品回到家中,看到父母和家人正在收拾行装,他上前阻止说:"父亲,石敬瑭做了儿皇帝,难道我们也要跟着他一起受辱吗?"

赵弘殷夫妇大惊失色,杜夫人一把拉过匡胤捂住他的嘴说:"不要胡说!"

匡胤向来孝顺父母,很少顶撞他们,今天却出奇地偏强和大胆,挣脱母亲的手说:"我不去开封,我要去边关杀契丹人!"

赵弘殷忍无可忍,挥手给了匡胤一巴掌,低声怒吼道:"小小年纪有什么能耐,敢这样说话? 真是不想活了!"匡胤第一次挨父亲责打,一时间有些发懵,愣在当场一动也不动。

杜夫人心疼儿子,再次拉过匡胤说:"母亲多次跟你说,你年纪小,有些事情等你长大了自然会明白,像你这样莽撞说话行动会有什么好结果? 你没看到吗,乱世之中,杀人如家常便饭,哪怕身为皇家贵族,说灭亡就灭亡了,何况我们这样的普通家庭?"

匡胤紧握钢刀,咬着嘴唇一言不发。

过了几天,赵家搬迁的日子到了,全家上下都在忙碌地往马车上搬行李、运东西,突然,小翠跑来说匡胤独自到后面的寺院去了。杜夫人想了想,带着小翠去寺院寻找匡胤。正值春光明媚的时节,寺院里牡丹盛开,香气馥郁。杜夫人见此情景,不由得想起当年匡胤出生的事情,转眼间十一年过去了,匡胤由婴儿成长为今天健壮威武、能文善武的聪俊少年,期间经历了多少酸甜苦辣,想起来真是令人感慨万千。

杜夫人一路寻找着匡胤的踪影,看见不少人出出进进,也顺着人流走进去。这是供香客进香的地方,里面香烟缭绕,一位年长的僧人正闭目敲着木鱼,清脆的敲击声不绝于耳。小翠认识他是寺院的主持,上前问他有没有看见赵匡胤。

僧人睁开眼睛指指身后说:"他在他不在,不在如同在。"

杜夫人听了,施礼说:"多谢大师指点了,匡胤年龄小,不懂事,这次他父亲奉旨迁往东京开封,他偏偏不听话,请您劝导劝导他,让他随我们一起走吧!"

僧人脸色平静地说:"夫人,公子贵人天相,胸怀远大,您放心,他一定会跟你们走的。"

原来,匡胤不愿搬往开封,果真逃到了寺院里,打算在这里躲避一时。老僧人听了他的想法,既没有赶他走也没有说什么,就让他暂时待在后院。如今,老僧人见杜夫人找上寺门,并请求自己劝说匡胤东去,他略微沉思,有了主意。

老僧人转身来到后院,见匡胤正站在廊檐下凝思,走过去说:"公子还在为去留的事忧心吗?"赵匡胤眉头紧皱,看上去满腹心事,点着头没有说话。老僧人并不与他继续探讨此事,而是微微笑:"公子,你从小就经常来寺内玩耍,可知道本寺最大的特色是什么吗?"匡胤不假思索地回答:"当然是多得数不清的牡丹。"老僧人点点头,伸手指着周围艳丽多姿的牡丹花,似乎略有所思地说:"牡丹贵为百花之王,无比尊贵,深受人们爱戴,可是很少有人知道牡丹为什么会落户洛阳,成为此地之宝。"

匡胤好奇地问:"为什么呢?难道牡丹不是天生就在洛阳吗?"

老僧人摇头说:"当然不是,说起牡丹的来历还有段神奇的故事呢!"

匡胤忙问:"老师父,什么神奇的故事,您能不能给我讲一讲?"他好奇心强,听到神奇二字早已按捺不住好奇的心思了。

老僧人看看匡胤,回头望着满院牡丹,极其认真地讲道:"牡

中国清代画家蒋锡赐所画的牡丹图

丹本来生在长安,是皇家上苑之中的一种普通花卉。有一年早春,女皇武则天游上苑,发现所有花儿都是含苞待放,一株也没有开放,非常恼怒,于是写诗下诏:'明早游上苑,火速报春知,花须连夜发,莫待晓风吹。'她命令百花早早开放,以供她赏玩。百花得令,不敢抗旨,第二天争相绽放花蕾,百花齐放,争奇斗艳,十分壮观。武则天听说后,再次来到上苑游玩,准备赏赐百花。出乎她意料的是,牡丹竟敢抗命不遵,没有绽放,依旧只是花苞。女皇大怒,下旨把牡丹贬到洛阳,不准在上苑种植。从此,牡丹被驱逐出长安,落户洛阳,遭到冷落。牡丹扎根洛阳后,没有沉沦消沉,反而不屈不挠、顽强生存,竟然成长为非常名贵的花卉,成为最有名望的花中之王。"

故事讲完了,匡胤面露诧异神色,喃喃而语道:"想不到名贵的牡丹还遭受过如此的磨难?女皇也太霸道了,要不是牡丹顽强地生存下来,恐怕今天的人无法看到这么美丽的花卉了?"

老僧人接着说:"老僧多次想,牡丹从长安辗转洛阳,虽然遭到冷落打击,但是它没有屈服低头,而是选择勇敢地面对现实,积极生存,这才是它最为贵重的品格。公子你说对吗?"

匡胤细细琢磨,觉得很有道理。

老僧人继续说："如今国家蒙难，国人蒙羞，老僧以为不管在洛阳还是在开封，屈辱是一样的。要是为了表示反抗就不去开封，恐怕不是真正的英雄所为。请公子想一想，你如果能有牡丹的勇气和决心，东去开封照样可以施展抱负，成长为真正的好男儿，救国救民！"

匡胤恍然大悟，他明白了国家蒙受的羞辱不仅在地域上，更在人们的心灵里。如果拒绝东迁，等于不能面对现实，也难消灭契丹带给国人的种种羞辱，更难恢复国家的荣誉。想到这里，匡胤施礼说："多谢大师指点，匡胤知道怎么做了。"

老僧微微笑着，指指院门外，然后上指蓝天下指土地，什么话也不说。匡胤静静地看着，猜测老人的意思是让他走出去，即可做出一番惊天动地的事业，他当即高兴地辞别老僧人，转身来到院外。他走出来后就听身后传来一声"南无阿弥陀佛"。匡胤抬头看着碧蓝的晴空，心情一阵轻松。

杜夫人和小翠回到家时，赵匡胤已经把自己心爱的各种兵器、书籍装到马车上，并挑选了一匹健壮的白马骑上去，只等着她们回来就可以出发了。

路过影子山

赵匡胤一家离开生活了十几年的洛阳，乘坐着大车快马一路风尘仆仆赶往开封。开封也是一座历史悠久的名城，位于洛阳正东方，是我国最早开发的地区之一。战国时期魏惠王迁都于此，修筑了大梁城。大梁城自然条件优越，农业和手工业十分发达，是当时比较富裕繁华的都城之一。到了隋唐时期，随着大运河开通，处在运河与黄河交汇处附近的开封，漕运商旅往来不绝,经济日益繁荣,很快成为物资和人力汇聚的地方。后梁初建时,朱温曾经在此建都,现在石敬瑭将都城从洛阳再次迁到开封,其用意无非是想凭借优越的地理条件,确保社稷安稳。从此以后,开封就被称作东京。

却说赵匡胤随同父母走了一天,傍晚时分他们已经到了离开封不远的一个小镇上,赵弘殷决定在此留宿,明早再进城。赵弘殷夫妇和家人们停好马车到店里休息,匡胤一点也不嫌累,跑出客店到大街上玩耍。这时,店里一个十来岁的男孩跟着跑出来,很快与匡胤成为好朋友。这个男孩名叫石守信,是这家店主的儿子。

小镇上街道干净,来往的人非常少,他们跑着跑着,来到小镇北边,赵匡胤指着前面一座山问:"这是什么山?"石守信说:"这是影子山,人们说影子山是聚宝盆。"匡胤奇怪地看着石守信,不明白原因。石守信认真地为他讲了影子山的故事:以前镇北十里有一位姓张的老汉,以打柴为生。一天,张老汉挑了担柴禾去镇上卖,走到离小镇还有不到两里地远的地方,发现路边一块石板上放着一个闪光发亮的瓷盆,十分好看。张老汉连忙放下柴禾担子跑了过去。他把瓷盆捧在手中翻来覆去地看了好几遍,真是爱不释手。可是自己去集上卖柴,带着它恐怕不便。张老汉灵机一动,就在大路边扒个土坑,把盆口朝上放进去,然后埋了起来。他心想,我卖柴回来再挖出瓷盆带回家。他担心忘了地点,就在埋瓷盆的地方培个土堆做记号,这才喜滋滋地挑着担子赶集去了。张老汉卖了柴禾匆忙往回赶,出了小镇北门走了一里多路,忽然被一座小山挡住了去路,他左右张望,不明白地想:难道我走错了路?再仔细看看四周,没有错啊!这正是通

《清明上河图》局部，描绘的是汴京清明时节的繁荣景象，是开封当年繁荣的见证，也是北宋城市经济情况的写照

往村子的道路。老汉迟疑了一会儿，猛然想起自己的瓷盆，赶紧放下担子去找，可是小土堆不见了，哪里还有盆的影子。这时，老汉抬头只见那小山呼呼往上长。老汉恍然明白小山正长在埋瓷盆的地方——那个小盆是个聚宝盆。张老汉后悔莫及，慌忙朝山上爬，打算爬上去挖出盆来，怎奈山长得飞快，很快就长成了座大山。张老汉累得满头大汗，也赶不上山长的速度，于是他气得一跺脚，大声说："别长了，聚宝盆我也不要啦！"说来也奇怪，他这么一说，那座山立即不长了。后来，当地人就把这座突然拔地而起的山叫做影子山。

赵匡胤听完故事，觉得十分好玩，决定爬上山顶去看一看。

石守信看天色已暗,说:"我们明天再来吧!"匡胤说明天他还要继续赶路,一定要趁天黑爬山。

石守信没有办法,只好带着他往山顶爬。山势不算陡峭,一路上野花盛开,似有缕缕香气扑鼻,赵匡胤越爬兴致越高,很快就到了半山腰。赵匡胤自小生活在洛阳,从没有爬过这么高的山,当然格外激动。当他们快到山顶时,月亮升上来了,赵匡胤回首望着山脚下的小镇、不远处的开封城内闪烁着的灯火以及远近的沃野良田,深深地吸了一口气,大声说:"万里河山如此壮美,我们怎么能够拱手把它让给契丹人呢!"说着,他来回练了几趟拳脚,英气神武,颇显功力。石守信看得入迷,当即请求说:"赵大哥,小弟愿拜你为师练习武功!"

赵匡胤一乐:"我这点本事哪里能当师父?你要想学,不如去洛阳找辛文悦先生向他学呢!"

石守信是个有心人,他缠着赵匡胤说:"我不能去洛阳,我要跟你学。"此地离洛阳一两百里路程,石守信不过十岁顽童,哪有能力去找辛文悦学文习武?

小孩子之间没有隔阂,匡胤也不谦让,站在影子山顶便教起石守信来。匡胤练过一点基本功夫,他一五一十做给石守信看。石守信仔细模仿,学得倒也不慢。两人你来我往,又学又练不知不觉竟然到了深夜。月亮突然消失了,山顶上到处黑漆漆的,石守信胆怯地说:"天这么晚了,我们怎么回去?"赵匡胤朝下观望,发现已经看不清上下山的路径,他想了想爬到一棵树上说:"我们不回去了,就在这树上过夜。"

"可是……"石守信显然十分恐惧,"要是有野兽怎么办?"

赵匡胤禁不住笑出声来:"你刚才不是说这是个聚宝盆,怎么会有野兽？我还想在聚宝盆里多积攒点贵气呢！"说着，他躺到一株粗大的枝干上呼呼睡去。

石守信左顾右盼寻找不到其他办法，只好像赵匡胤一样也盘在树上睡觉。

第二天天未亮便下起了绵绵小雨，两人被雨水淋醒。他们借着微弱的晨光，慢慢走下影子山回到客店。客店里的人整整找了他们一夜，见他们安然归来，真是又喜又气。不说两人的父母如何训斥他们，但说下雨天，赵匡胤一家被阻在客店，一时无法赶路前行。赵弘殷和夫人商量后，决定先派人去开封打听一下消息，安置好府邸物品，然后他们再进城不迟。看来，赵弘殷十分小心，生怕有什么不测。确实，乱世之中，时事变化莫测，多留点心没什么坏处。

石守信听说匡胤一家无法赶路，喜出望外，匆忙喊来几个自己的好友一起找匡胤玩。匡胤在小镇客店里住了下来，这次意外地住店让他结识了许多好朋友，诸如石守信、王审琦、高怀德等人，这些人后来都成为他手下大将，一起出生入死，为赵匡胤成就帝业做出了十分突出的贡献。

天无久雨，客不能长留，随着天气好转，前去开封探路的家人回来了，向赵弘殷禀告一切准备就绪，只等着他们进城回府了。赵匡胤一家辞别店家，准备继续东进开封。石守信得知匡胤即将离开，慌忙告诉他的朋友们说："赵大哥就要走了，你们快去看看能不能拦住他。"

匡胤有没有在这个小镇停留？石守信等人又是如何与他八拜结交的呢？

　　十二岁的匡胤来到了汴京，翩翩少年郎，却不爱诗书爱武装，他应时而学，效法唐太宗李世民，习武练剑，日日骑射交游，结交了不少好友，成为汴京城内非常有名的少年。他还偷偷拜师学艺，刻苦研习兵法。有一次，他父母责备他不读书，匡胤说出了自己的远大志向，让父母非常吃惊。他的志向到底是什么呢？

　　树大招风，匡胤的名声引起另一位贵族子弟不满，多次千方百计算计他，打算将他比下去。这个人成功了吗？在斗智斗勇的过程中，匡胤会显示出哪些过人的素质和才能呢？

第四章

翩翩少年　不爱诗书爱武装

第一节 十结义

十人结拜

匡胤见石守信几人劝说自己多住几天,不免有些心动,但他知道父母不会同意自己留下来,就约着几个好朋友一起去附近的一座小庙里道别。这是镇上唯一的一座庙宇,虽然破旧却十分干净,里面供着的不是佛祖和菩萨,而是关羽的神像。关羽是三国时期的著名人物,他忠义神武,深受后人崇敬,很多地方的人们为他建庙塑像来纪念他。

再看匡胤几人,他们走进小庙后七嘴八舌地议论着匡胤即将去开封的事。匡胤抬头看着关羽神像,神色极为虔诚。石守信是本地人,了解关羽庙的由来,他见匡胤对着关羽的塑像出神,上前说:"赵大哥,这是关老爷的神像,我们这里的人可崇拜他啦。"

匡胤点头说:"关羽是三国时期的名将,他温酒斩华雄,单刀赴会,武艺高超,胆量更是过人,是一位了不起的武将。"

石守信忙说:"赵大哥,你给我们讲讲关老爷的故事吧!"

其实,他们或多或少都从大人嘴里听过关羽的各种故事,但是他们见与自己年龄相仿的赵匡胤也懂得这么多,顿时觉得匡胤知识渊博,十分了不起。匡胤也不客气,便从桃园三结义讲了起来。七八个孩子围在关羽神像前,有坐着的,有趴着的,还有半跪着的,他们听得入迷,其中一个突然问:"刘备不如关羽厉害,为什么还当大哥?"

石守信说:"刘备年龄大,当然是大哥。"

赵匡胤说:"刘备虽然不如关羽武艺高,但他会用人,会指挥作战,是真正的统帅之才,后来他当了皇帝,关羽只是他手下的一员大将。"

其他孩子似懂非懂地点点头。石守信想了想低声说:"我听我父亲说,现在就像三国时候一样。我们不如像刘备、关羽、张飞一样也八拜结交,将来说不定会成就他们那样的事业。"孩子们听到这个建议,一个个欢呼起来,大呼小叫道:"好,好,我们也要当大将军!"

关公温酒斩华雄

欢呼声中一个叫高怀德的孩子突然又问:"我们都当大将军,谁来当皇帝啊?"

孩子们面面相觑,一起指着赵匡胤说:"赵大哥当皇帝!"

石守信补充说:"赵大哥不仅武功高,还读过书,懂得兵法战术,当然得当皇帝。"

匡胤满面通红,站在众人面前激动地说:"我要是当皇帝,一定封你们做大将军,我们一起痛击契丹,让他们不敢侵略我们。"

"好,好!"孩子们的欢呼声响彻了整个庙宇,连关羽的神像都有些晃动,他似乎也在祝福匡胤这个未来的大宋皇帝。

大家撮土为炉,折木为香,很快整齐一致地跪在关羽神像前。按照年龄排序,赵匡胤跪在最前面,后面依次是石守信、高怀德、王审琦……总共十个男孩。匡胤两手捧着一根小木棍郑重地说:"请关老爷作证:我赵匡胤今日与众位朋友结为异姓兄弟,不求同年同月同日生,但求同年同月同日死!"

其他孩子也异口同声说道:"不求同年同月同日生,但求同年同月同日死!"

大家宣誓完毕,一起叩头下拜。然后,石守信带着其他兄弟参拜赵匡胤,尊称他为大哥。赵匡胤一一扶起他们说:"我们十人既是兄弟,就要同甘共苦,不分彼此。我不日就要去开封,这里离开封不远,以后我们还会经常相聚的。"

宋朝的开国元勋——大将石守信

石守信说:"大哥,你放心去开封,我们兄弟在这里勤习武功,等着你回来。"

赵匡胤高兴地点头称好。随后,他又教了他们几路拳脚,并拿出辛文悦送给自己的那把钢刀说:"我偷偷跟着我父亲学了一些刀法,我今天就教给你们。"说着,他便在庙内舞动钢刀,只见刀光闪闪，寒气逼人，别有一番英武气概。

石守信等人看得十分着迷，等匡胤舞完了纷纷涌上来喊着要学。赵匡胤手把手教他们舞刀，十分专注，不知不觉已到中午，匡胤辞别众位兄弟，踏出庙门准备启程。

石守信带着另外的孩子们站在庙外，依依不舍地与匡胤作别。

这段庙内结义成为匡胤人生中十分重要的经历，他虽然离开此地后很少回来，但是石守信等人却成为他事业上得力的助手，跟随他南征北战，杀敌立功，乃至陈桥兵变，创建大宋。

怒惩赌徒

匡胤辞别石守信等人，跟随父母来到开封。此时开封城内一派繁华景象，行人络绎不绝，过往的车马也非常多，叫买叫卖，显示出新都气象。赵匡胤的家在东城新曹门里的寿昌坊巷内。因为这巷内出了赵匡胤、赵匡义两位皇帝，所以后来改名双龙巷。赵匡胤的新家是一座旧宅，看上去不算华丽，却十分整洁肃静，据说是唐末一位地方长官的私第。不管怎么说，这处新宅院还是十分合赵家人心意，大家忙碌着收拾院落房间，摆放物品家具。

匡胤把自己心爱的书籍和兵器摆放好后，立即跑到大街上，他要好好逛一下这个新都城。大街上店铺林立，挑担的、卖货的，吆喝声此起彼伏，匡胤觉得十分好玩。他迈步走进一家棋室，看到里面下棋的人很多。匡胤跟随父亲学过下棋，棋艺不错，他一时兴起也要与人对弈一局。一个二三十岁、相貌有些凶狠的人看他是个少年公子，随即走上来与他对弈。一局结束，匡胤胜出，对手气哼哼地摔给他一枚银钱，嘴里嘟囔着："看不出，年纪不大还有两下子，再来。"匡胤奇怪地看着银钱，不明白怎么回事。原来他自幼生活在军营当中，以为下棋只是娱乐，哪里想到这是一家赌馆，年少的他好奇心胜，加上一局得胜有些骄傲，哪里顾得了那么多，于是排子布棋与对手展开第二次对阵。

对手是个老赌徒了，他见匡胤穿戴不俗，以为他是个富裕人家的纨绔子弟，所以才主动与他对弈，没想到一局失利，输了钱，他当然不会轻易认输，打起精神对付匡胤。两人你来我往，走子对棋十分激烈，不一会儿，就吸引了不少人前来观看。

大约一盏茶的工夫，匡胤明显占了上风，将对手围逼到一处死角。眼看着胜利在望，匡胤得意洋洋，心想这局又赢定了，不知道对手会不会还输给我钱？他对于赌局十分陌生，竟然不清楚输了必须交钱的道理。

围棋——黑白子点缀莫测的乾坤

可对手哪肯再次输棋，围观的人里有他的同伙，趁匡胤不注意悄悄地换走了一个棋子。同时，对手漫不经心地走了一子，然后笑嘻嘻地对匡胤说："你输了，交钱吧！"

匡胤大吃一惊,一边仔细观看棋局,一边大声说:"我哪里输了? 明明是我赢了。"等他看完整个棋局,顿时傻眼了:从现在的棋局看,他确实已经输了。这到底是怎么回事? 匡胤不服地大声叫嚷着,对手满脸奸笑,逼着匡胤认输交钱。

匡胤无法,只好掏出刚才对手的一枚银钱还给他。哪知对手接过银钱不满地说:"怎么,还回来就够了? 这局与刚才的不同,这次你输了应该交两倍的银钱!"

"为什么?"匡胤脸色通红地追问。

对手有意讹诈匡胤,哪会给他什么答案,一声招呼走来两个彪形大汉,把匡胤堵在中间。匡胤见此方才明白对手故意敲诈自己,他怒火顿起,攥紧拳头喝叱对手:"你也太卑鄙了!"

对手并不恼火,一副自然悠闲的神情,掂着一枚银钱说:"你们纨绔子弟有的是钱,来这里玩还怕输吗? 交吧,交了钱下次来玩的时候我会给你优惠。"

匡胤怒不可遏,挥拳直取对手面门,对手闪身躲过,两个大汉立即一左一右夹击匡胤。匡胤毫不惧怕,施展拳脚与两人打在一处。可是匡胤身单力薄,很快就招架不住了,渐渐的只有招架之功没有还手之力。眼看情势危急,突然从棋馆一侧窜出位少年,约莫十四五岁年纪,脸色黝黑,身材敦实,浑身上下显出一股正气。只见他飞身赶到对阵的三人面前,一招"黑虎掏心",直取一个大汉胸口。大汉见势不妙,闪身躲开,同时抬腿飞踢少年。少年退步闪身,以左拳砸向对方的脚。这正是少林拳中抱手束身的招术,少年趁对方脚未落地之际,左步逼近,左掌随之推出,右手格拦,身体抬高,变成弓步劈心掌,由退变进,击向对手胸部。大汉措手不及,被打中一掌,连连后退数步。看到这个精彩场面,棋馆内传出阵阵叫好之声。

匡胤见此,斗志大增,拳脚更加灵活多变,腾挪变化之间,与他纠缠的大汉被弄得团团乱转。不多时,匡胤突然转身背对大汉,大汉不肯错过机会,连忙趁机进攻。哪会想到这是匡胤的招法,只见他回身一招"脑后砍瓜",不偏不斜正好击中对手的脑门,只听唉唷一声惨叫,大汉捂着脑袋退至门边,再也不敢出招还击。

另外一个大汉也被少年逼到门边,他见势不妙,拉着同伙抱头鼠窜逃出棋馆。刚才与匡胤对弈的那人,早已灰溜溜躲走了。棋馆的人看见三人仓皇逃走,一起高声喝彩。棋馆的主人走出来抱拳感谢匡胤和黑脸少年。原来,那三个人仗着有点武艺,占据此处讹诈客人,弄得棋馆的生意都不好做。

匡胤和黑脸少年并肩走出棋馆,两人互报姓名,这才彼此相识。少年名叫韩令坤,祖籍磁州,他的父亲也是位武官,这次奉命搬迁到开封,家属也一同跟来了。匡胤听了高兴地说:"我也是跟随父母刚刚来到这里,你我相识真是天意啊!"

韩令坤满心喜悦,一面夸赞匡胤的武艺高超,一面拉着匡胤去见自己的几个少年朋友。这一去,不知道匡胤又会认识哪些人呢?

第二节　拜师学艺

三次求教

匡胤与韩令坤一见如故，十分投缘。韩令坤接着把自己的几个好友介绍给匡胤认识，这样一来，刚刚来到开封的匡胤又有了好友相伴，他日日与朋友们一起习武玩耍、涉猎游戏，过得十分开心。

这些朋友中有一人叫慕容延钊，与韩令坤的关系最亲密。他是太原人，也是跟随父亲前来开封的，武艺不错，擅长骑射，相近的生活经历和爱好让他成为匡胤的又一知己。三个人几乎日夜相聚，很少分离。

这天，慕容延钊带着他们两人去城郊玩，三位英俊少年骑马并进，威风凛凛，引来不少路人驻足观望。秋风送爽，他们很快就来到郊外一处山坡下，此地绿草漫坡，野花杂陈，倒也清爽怡人。匡胤提议说："令坤，你那天惩治赌徒的拳脚十分厉害，不如在这里表演给我们看看。"

令坤得意地说："那是少林拳法，我幼年时一位僧人传授我的。"

匡胤羡慕地说："这可真是难得的缘分。"

慕容延钊说："听说开封东郊有一位高人，人称鬼谷子再世，不少人前去向他学艺呢！不如我们也去瞧瞧。"

鬼谷子是战国时期的一位高人，相传他在鬼谷山中收徒授业，教导出了许多名传后世的人物。这些人中既有出色的军事家，也有治世的政治家以及思想家，著名的有孙膑、庞涓、韩非子、李斯、荀子等等，其中孙膑、庞涓师兄弟两人的故事更是流传甚广，为后人所津津乐道。孙膑是军事家孙武的孙子，他学习扎实，功力深厚，深受老师鬼谷子喜欢。庞涓虽然聪明，学东西也很快，但他为人虚伪，又嫉妒心强，处处表现出比他人要强的一面。当时正值七国纷争，天下大势未定，庞涓觉得自己学了多年，本事不小了，于是想要下山寻求施展才华的机会，鬼谷子答应了他的要求。庞涓下山时，信誓旦旦地答应孙膑自己得势后一定会请他下山共同做事。后来，庞涓在魏国做了大将军，统帅魏国兵马，却迟迟不派人去接孙膑。孙膑在山谷中耐心地等待着，鬼谷子情知庞涓不会来接孙膑，于是也让他自己下山发展。孙膑不相信庞涓会失信于己，一直不肯离开。再说庞涓，他运用所学本领统帅军队多次取胜，壮大了魏国势力，他自己也成为魏国的重臣。这时，他听说鬼谷子让孙膑出山，担心孙膑的才能在自己之上，出山后会遮盖自己的才华，于是赶紧派人去鬼谷山中请出孙膑，假意说要推荐他。孙膑不知是计，来到庞涓帐下，结果庞涓多次陷害他。孙膑依靠装疯逃脱魔掌，辗转到了齐国，成为一名出色的军事家，并最终报仇雪恨。

匡胤读书学武，自然了解这段历史故事，他对孙膑十分敬重，如今听慕容延钊说有人以鬼谷子自居，当即兴奋地说："太好了，我们现在就去。"

三个少年催马向东，很快来到城外东郊，他们顺着路人指点

齐魏马陵之战,庞涓羞愧自杀,孙膑因此名显天下,世传其
兵法

　　走进一片树林,其间高低不等的树木郁郁葱葱,阳光透过树叶照
射下来,斑斑驳驳的光点晃动在眼前,别有一番景致。林子里有
条弯弯曲曲的小路,一直通往树林深处,三个人边走边观察,大
约走了半里路光景,面前出现一片开阔地,中间有一座甚为破旧
的土屋,屋顶上覆盖着散落的干茅草,在绿树丛中格外显眼。

　　三个少年在茅屋前停下脚步,左右观望多时,韩令坤忍不住
说:"难道鬼谷子就住在破茅屋里?"慕容延钊也有些泄气,指着
茅屋调侃地说:"如果真有高人在此,我们三人前来倒有点三顾
茅庐的味道了。"

　　赵匡胤走在最前面,他注意到茅屋四周全是树木杂草,唯有
门前空地上十分干净,不见一株杂草野花,于是说:"我看茅屋里
肯定有人居住。你们想,附近百姓进出树林,不过在这里歇歇

脚,怎么会将门前草地踏得这么干净呢? 所以,这座茅屋应该大有来历。再说了,古往今来的高士贤人,大多都爱隐居山林,我想'鬼谷子'隐居在此也不是不可能的事。"

韩令坤二人点着头说:"有道理,看来我们来对地方了。"

三个人跳下马背,将马匹拴在一株大树上,随后来到茅屋前,推开围在茅屋四周的栅栏,向着里面高呼:"请问里边有人吗?"喊声回荡在林间,惊起一群鸟雀,哗啦啦飞过他们的头顶。可是过了片刻,茅屋里毫无声响,无人回应。他们互相看了看,继续高声喊门。如此三番,喊了多次门,茅屋内始终没有反应。

韩令坤首先耐不住了,说道:"我们直接进去看看不就得了。"

慕容延钊却说:"我看他可能不在家,我们不如明天再来。"

听了他们二人的意见,匡胤沉思着说:"要是我们贸然闯进屋去,恐怕会得罪高人。我看就依延钊的话,明天一早,趁高人还没外出,我们再来拜访。"既已决定,三人无精打采地回家去了。

第二天,匡胤一大早就去喊令坤和延钊,三个人再次骑马来到林间茅屋。让他们大感失望的是,高人依旧没有出现! 这次,韩令坤急了,不由分说冲向茅屋。匡胤和延钊慌忙阻拦,却哪里拦得住! 韩令坤破门而入,只见里面除了一张桌子别无他物,不禁失声叫道:"我们走错地方了,这里根本无人居住!"

匡胤和延钊随后进屋,看到空荡荡的屋子也感到很奇怪,延钊说:"好像没人住啊,这到底是怎么回事? 难道我们找错地方了?"

匡胤仔细打量屋内,抚摸着光滑干净的桌面说:"屋内肯定

晋代祖逖幼时和好友刘琨感情深厚，不仅常常同床而卧、同被而眠，而且还有着共同的远大理想。一次，半夜里祖逖在睡梦中听到公鸡的鸣叫声，他一脚把刘琨踢醒，对他说："别人都认为半夜听见鸡叫不吉利，我偏不这样想，我们干脆以后听见鸡叫就起床练剑如何？"刘琨欣然同意。后来两个人建功立业，复兴东晋，成为国家的栋梁之才

有人居住，你们看，要是无人住的话，桌子不会这么干净。"这时，令坤从桌子抽屉里翻出一副围棋，高兴地说："瞧，这里还有棋呢！看来匡胤说得没错。"匡胤拿过棋盘翻看一眼，随口念出上面的几个字：闻鸡起舞。他心里一亮，似乎明白了什么。

　　三个人在屋里屋外等了半天，天近中午依然不见主人出现。此时，他们都饿了，只好愁眉苦脸离开茅屋，前去城郊的饭店吃饭。一路上令坤摸着咕噜直叫的肚子说："这是哪门子高人，我看他也太自大了，我们来了两次他都不见，这不是成心折腾人吗？"

　　回到家后，匡胤思前想后，有了主意。夜半时分，他趁着家

人睡得正浓,悄悄溜出去,打算喊着令坤和延钊连夜拜访高人。可令坤和延钊刚刚躺下不久,睡得正香甜,哪肯起床外出!匡胤只好独自一人赶往树林。他这次有没有见到高人?有没有得到高人的指点和教导呢?

苦学兵法

匡胤来到城东时,城门尚未打开,他左等右等,好不容易天光微明,守城将士打开城门,他便一溜烟窜出城去,直奔东郊树林茅屋。来到茅屋前,朦胧的晨光中,匡胤看到一位花白胡须的老者正在施展拳脚。

匡胤大喜,忙上前请教。

老者看了看匡胤,冷冷地问:"昨天可是你私自闯进茅屋?"

匡胤老实答道:"弟子无知,冒昧地冲撞了师父,还望师父原谅。"

老者见他话语诚恳,举止得体,随即问:"你这么早来这里想干什么?"

匡胤据实回答:"昨天我看到棋盘上写着'闻鸡起舞'四字,猜想师父一定很早就起来练武,所以今天一大早就赶过来了,想拜师学艺。"

老者点点头,心想,这个少年不但诚实,还是个有心人,很难得啊!想到这里,他神色渐渐和缓,与匡胤交谈起来。言谈中,匡胤表明自己的心志,认为乱世当道,精通兵法和武艺可以北拒契丹,安抚天下,开辟一个太平的世界,并且当即演练了师父辛文悦传授自己的拳法。

老者见此,更是眉开眼笑,于是就收下了匡胤这个徒弟。就这样,匡胤三次登门求教,终得老师教诲,开始了一段颇为传奇的求学生涯。不久,令坤和延钊也跟随匡胤拜老者为师,一起学习进步。

说起这位老师,行事颇为古怪,他让匡胤他们每天早起学习,当日上三竿时,全天的学习就结束了。匡胤学习心切,又不敢跟父母言明此事,只好天天晚上很早就睡,睡到半夜再偷偷起床约着令坤和延钊赶往东郊,往往来到茅屋时依旧夜色沉沉,离天明还早着呢!匡胤他们不敢惊动老师,来早了就悄悄蹲在门前的草地上等着。这时,匡胤会回忆前天学过的内容,经过这样的复习,每篇兵法他都烂熟于心,每招功夫秘籍他也熟记在胸,学习速度特别惊人。

这天,匡胤正蹲在地上回忆昨天学过的《孙子兵法》第九篇,就听茅屋门吱呀一声,老师走了出来。老师见匡胤他们又早早等在此,微笑着说:"匡胤,你跟老师学习多久了?"

匡胤回答:"正好半个月。"

老师点点头:"不错,半个月已经基本读完兵法,从现在开始,你们该学习运用兵法了。"

匡胤三人高兴地答应一声,等候老师教授今天的学习内容。老师却不急着教他们,而是把他们带到茅屋后面一处空地上,要求他们每人设计一座可以防御敌人入侵的城池。空地上除了沙土什么也没有,用什么建城呢?三个人抓耳挠腮各想计策。韩令坤看见远处有一堆树枝,于是跑去抱来树枝,将树枝一层层搭建得高高的,仿佛一座高大的城墙。慕容延钊看见了一把铁锹,拿起铁锹挖土筑墙,很快地上出现一道深沟,挖出的沙土高高地筑成了一道墙。老师看着他二人的做法,微微捋着胡须,什么也没有说,而是把目光转向了赵匡胤。

　　赵匡胤既没有垒树枝也没有挖土,而是手拿长竿丈量地下的土地,然后划出一块四四方方的区域,在四个边角上各放了一枚石子,随后,他站在中间向老师说自己设计完成了。

　　老师仔细地观看匡胤的设计,令坤和延钊也伸过头来观望,他们见地下只有几道横线,顿时笑出声来:"匡胤,几道线哪里能挡住敌人?你赶紧去寻找可用的东西吧!"

　　匡胤默然不语。老师看了半天却越来越高兴,最后他摸着匡胤的脑袋说:"说一说吧!为什么要这样设计?"

　　匡胤指着边线说:"既然是防御敌人入侵,城堡牢固是第一重要的,所以我依照传统采取四方形设计;为了防御敌人偷袭,城堡内必须时时提高警惕,四个边角一定要派机灵人牢牢守护,马虎不得,所以我放上四个石子;另外,守城贵在坚持,身为统帅必须稳居中军,不可慌乱失神,以免影响士气或者做出错误的决定。"

　　慕容延钊听着听着,不由得鼓掌喝彩:"太精彩了,匡胤真是军事天才!"

　　老师平静地说:"分析得有些道理。"然后不再评论,随后他又给三人几道题目,让他们一一解答,令坤和延钊迟迟疑疑,回答完毕老师说了句"勉强",匡胤却对答如流,毫不含糊。老师终于露出一丝笑容,不住地点头说:"很好,你们三人将来会征战沙场,武艺和兵法对你们十分重要,所以一定要刻苦研习,老师今天就要离开此地了,留给你们几本兵法书籍仔细学吧!"

　　听说老师要走,三人十分舍不得,匡胤着急地说:"我们学业未成,老师走了,学习就会半途而废。"老师摇头说:"学海无涯,永无止境，老师把你们领进门来，以后就要靠你们自己努力啦！这正是俗话说的：'师父领进门，修行在各人。'"

果然，老师说走就走，临行前告诉匡胤一个秘密：原来老师姓李，正是匡胤的另一个老师辛文悦的师兄，他们曾经一同求学，关系密切。前些日子匡胤登门求教时练的几趟拳脚，也是李老师曾经学过的，由此他猜想匡胤是辛文悦的徒弟。多日相处让他确定了这个猜测，而且还得知辛文悦就在洛阳，所以决定去洛阳寻找辛文悦。匡胤听罢，高兴地说："太好了，老师，我们把辛文悦先生接到开封，你不就不用去洛阳了吗？"

匡胤只知其一，不知其二：李老师与辛文悦一样，也是反抗朝廷卖地求荣的壮士，参与了秘密刺杀石敬瑭的活动，遭到官府追捕，所以他不敢在一处长住。这样天大的机密他当然不会告诉匡胤，只是执意离去了。

望着老师离去的身影，匡胤三人怅然若失。他们漫步林中，一直到日落西山时分才跨上马背快快地返回家中。

第三节　志向不俗

效法唐太宗

却说匡胤早起晚睡,日夜行踪不定,有时候一整天都不见人影,除了和朋友骑马射猎、习武游乐之外好像无所事事,早就引起父母的关注。这天,他很晚才回到家里,母亲杜夫人坐在客厅里等他,见到他后脸色阴沉地训斥道:"自从来到东京,你天天不读书不学习,终日泡在外面都做些什么?"

匡胤没有说出拜师学习兵法的事,只是含糊地回答:"和朋友们切磋武艺,练习骑射技艺。"

杜夫人依旧沉着脸:"我和你父亲多次教导你,要多读书,不要迷恋武艺,你怎么就是不听? 你刚来东京就砸了人家棋馆,你还想干什么? 想把东京闹翻天吗?"

匡胤垂着头低声说:"除暴安良,这是侠义行为,儿子做得没错。"

杜夫人更生气了,数落他道:"好,你少年英雄,可是你这样做有什么后果你知道吗? 家里就你一个男孩子,父母指望你将来有所作为,不希望你成为混世魔王,你懂吗? 像你这样习武练射,整日里混迹在朋友之中,一副不学无术、游手好闲的样子,父母能不操心着急吗? 从明天起,你哪里也不能去了,就在家里好好读书,有了学问才是真本事!"

匡胤抬头坚定地说:"母亲,在洛阳时您也多次教导我要好好读书,我在辛文悦先生那里学了很多文章。可是儿子经过学习和观察发现,治世用文,乱世用武,这是最普遍的道理。现在世事纷乱,兵戈未靖,儿子以为熟练地掌握兵法和武艺,日后肯定有所用处,一旦时机到来,儿子一定能够成就一番安邦定国的大事业,也算出人头地,不至于虚度一生了。"

杜夫人怒气未消,听了匡胤这番表白,虽然觉得儿子志向远大,同时不免以为他好高骛远,为自己开脱责任,不切实际,当即严厉地说:"匡胤啊,只要你能够好好地继承父祖的事业,不要玷污了赵家武将的门楣,其他的大事业、大名声就不要多去考虑了。"看来,她对匡胤最近的表现非常不满,甚至觉得有辱自家的声誉地位。

赵匡胤想了想,认为母亲说的不合时宜,于是与母亲辩解道:"儿子听说过唐太宗李世民的故事,他也不是天生的皇帝命,他父亲当初只是隋朝的官员,可是他自幼苦练武艺,勤学骑射,结交豪杰,散财纳士,名声非常响亮。隋末天下大乱,反王并起,李世民识时务而动,充分发挥个人的才智和本领,太原起兵,平定天下,开创一代盛世,成就了不起的事业。儿子虽然没有什么大本事,但是也想和唐太宗一样,做个顶天立地的大丈夫,成就轰轰烈烈的事业,母亲以为如何?"他以唐太宗李世民为榜样,可见雄心壮志不同凡夫俗子。

杜夫人本来想劝匡胤收收心,安心读书不要惹是生非,谁知他竟有这般野心,竟然想效法李世民起兵谋反当皇帝,真是大吃一惊。惊恐之下,杜夫人不能不责骂儿子了:"你怎么越来越敢胡说八道乱吹牛了？我告诉你，世上喜欢说大话的人，将来往往都是没用的，不会成就什么事业！你给我记住，我不会听你瞎胡闹的，你还是要把握时间好好读书。"

唐太宗李世民

　　说完，杜夫人转身回屋睡觉去了，撇下匡胤呆呆地站在客厅里。匡胤怎么也想不明白母亲为什么生这么大的气，他觉得乱世纷纷，皇帝隔三差五地轮换，自己为什么就不能当皇帝呢？当初来东京时他与石守信等人结拜，大家也是拥立他当皇帝的。想来想去，匡胤依旧无法认同母亲的观点，他觉得母亲太小瞧自己了，不过母亲最后一句"喜欢说大话的人将来都是没用的"，也给他一些提醒，让他觉得母亲似乎又在支持自己。

　　匡胤一心效法唐太宗，想着做个英武豁达、整日与豪侠相伴的少年英雄，与父母之间的分歧越来越大。这天，赵弘殷为匡胤请来了一位有名的文士，打算再次教导他读诗书、长学问，也好将来入仕为官。匡胤听说后，有心反抗，无奈家教甚严，父母根本不听他的，他也只好同意了。

　　为了阻止匡胤出去玩，赵弘殷把先生请到家里，在后院腾出一间房子专门供匡胤读书学习。这下，除了一日三餐，匡胤只有在书房里度过。他能否做一个安心读书，让父母放心的乖巧孩子呢？

志在戎马

匡胤二次入学读书，就在自己家的后院里。一开始，他一心想着外面精彩纷呈的大好世界，说什么也安不下心来。好在先生脾气不错，每天的课业不多，这样匡胤读完书后还可以伸展一下腿脚，温习一下学过的武艺。

一天早上，先生考问匡胤学过的内容，发现匡胤回答得非常准确，高兴地夸奖他聪明。匡胤说以前早就学过了。先生又问了一些四书五经的内容，结果匡胤掌握得很熟练。先生不解地找到赵弘殷问："公子熟读四书五经，你还要我教他什么？"

赵弘殷惊喜地说："真的吗？他不过读了两年多书，竟学会这么多东西！"

先生说："公子虽然熟读诗书，可是我看他志不在此，将军也不要强逼他了，说不定公子在武功方面会有天赋，你应该培养他这方面的才能。"武将羡慕文人文采飞扬，治国安民；文人羡慕武将能征善战，功绩赫赫，倒也是常见的现象。

赵弘殷略显尴尬地笑了笑，一边请先生吃饭，一边继续与他谈论匡胤学习的事。

过了一段时间，赵弘殷来到书房观看匡胤学习情况，和先生顺便聊了起来。聊着聊着，不知不觉就谈到这次北去契丹送贡品的事。赵弘殷身为后晋禁军指挥使，几年来一直默默无闻地拿着薪俸过日子，既无战事也无晋升机会，这也许是他从内心厌恶石敬瑭导致的结果吧。不过，随着刘知远得势，赵弘殷的朋友郭威开始崭露头角。郭威曾经救过刘知远，因为作战勇敢，又有些文化,成为刘知远的心腹。现在刘知远镇守边关,握有后晋兵权,郭威自然随其左右,水涨船高。

今年,朝廷给契丹进贡的日期快要来到了,石敬瑭把这件事委派到赵弘殷的头上。赵弘殷不知道该高兴还是该气愤,只好先默默应承下来。他知道这 30 万匹丝绸和大量茶叶,都是民脂民膏,就这样白白送给契丹,真是令人心痛!但是他一个普通中级武官,又怎么敢违抗皇帝旨令呢?今天,他到书房来正是为了查看匡胤学习情况,顺便向先生言明自己就要外出,嘱托他严格管教匡胤。

听说父亲要押送贡品北上太原,匡胤立即凑上前说:"父亲,年年给契丹进贡那么多财物,也太便宜他们了。我朝人多物博,势力雄厚,为什么还不派兵驱逐他们?"

赵弘殷吓得脸色发白,低声呵叱:"不要胡说!朝廷大事哪是你小孩子私自议论的?我走后,你在家好好读书,不要出去闯祸,知道吗?"

匡胤不服气地低声说:"知道了。"

先生听了匡胤刚才的话,也有些吃惊,他教导匡胤时间不长,不过发现这个少年胸有大志,气概非凡,志向绝不在诗书诵读上,现在又说出驱逐契丹的话,真是不一般。他看着赵弘殷说:"公子志在戎马,恐怕将来要比将军还要勇猛善战。"

赵弘殷叹气说:"唉,只要他不惹祸就好了,我也不指望他将来会成为什么了不起的人物。"

匡胤忍不住说:"我要冲锋陷阵,统率三军。"

赵弘殷瞅他一眼,随后对先生说:"我走了,匡胤就交给你了。"说完,转身离去。

反映契丹贵族生活的壁画

父亲走后,匡胤的读书生活悄悄发生着变化,他开始往书房里添置各种兵器,把自己喜爱的刀、剑、弓摆放在墙角,只要有空就拿起来舞动;他的书桌上增添了各种兵法书籍、武功秘籍,只要先生一不注意,他就开始研读。有一次,先生出去了,让他背诵《诗经》中的《鲁颂》,他当然不会听从先生的安排,而是拿出《孙子兵法》仔细研读。一直到天黑了,他点上灯依旧在看兵法,先生回来后看他在灯下苦读,心想,《鲁颂》不算难,匡胤怎么还没有背会?他上前一看,匡胤读的哪是《鲁颂》?而是一本兵法书籍!

又有一次,匡胤早早地起来在书房外面练剑,先生一时兴起,悄悄走过去观看。匡胤舞得兴致正浓,没有注意到先生就在身边,只见人随剑动,舞姿潇洒,剑影透出阵阵杀气,周围树叶晃动飘落。匡胤猛一转身,挥剑刺向身后一丛灌木,这可吓坏了先

生,他正站在灌木前面呢! 先生来不及躲闪,呆立当场。再看匡
胤,剑锋所指,速度极快,他无法稳住身子,只好将宝剑稍一偏
斜,就见宝剑带着他扑向一边的乱石。虽然匡胤身手敏捷,没有
造成大的损伤,但还是受了点轻伤,擦破了胳膊和腿上的皮肤。
受到惊吓的先生更是失魂落魄,几天都提不起精神。

　　这件事后不久,韩令坤和慕容延钊来找匡胤,他们三个偷偷
溜出去骑马打猎,一天都没有回来。先生知道匡胤无心诗书,主
动找到杜夫人提出辞职。杜夫人想想时局如此混乱,举业多年
不兴,要真是入仕无门,还硬逼着孩子读诗书,恐怕也不是明智
之举。况且匡胤志在戎马,愿意效法唐太宗,如果如他所愿,说
不定还真能做出点什么成就。杜夫人是个有谋略、有志气的女
子,她思索以后同意了先生的提议,决定不再逼迫匡胤读诗书文
章,顺其自然发展个性。

　　匡胤回家听到这个消息后会有什么想法? 他日后的生活又
会怎样呢?

第四节　智勇双全展威名

误中结草计

　　杜夫人不再逼着匡胤整日在家里读诗书背文章,这下匡胤可开心了,他又开始了与朋友们涉猎骑马、练习武艺的生活。转眼间,匡胤来到东京已经两年多了。这两年间,他结识了许多贵族子弟和豪爽侠义的年轻人,也成长为十三四岁的英武少年。由于他的骑、射、拳、剑各种功夫都比较出众,因此在朋友之中颇具声名,更加上他仁侠义气,得到了众多少年朋友的敬爱,大家都喜欢和他在一起弄拳舞刀、切磋技艺。由此,匡胤成为颇受瞩目的一位少年俊杰。

　　与匡胤来往最密切的除了韩令坤和慕容延钊外,还有郭融。他本来跟随父亲在太原,上次赵弘殷押送贡品北去太原,郭威让赵弘殷护送自己的家属回了开封。郭融本是匡胤幼时好友,两人久别重逢,更显亲热,匡胤天天带着他四处游猎,很快成为他们这个小集团中的一分子。

　　几个少年日夜相聚,走马涉猎,倒也快活,不过匡胤胸怀远大,并没有沉迷于玩乐,而是时时不忘练习武艺,增长才能,这样一来,他的名声和地位越显突出。诚所谓树大招风,匡胤在开封城内日渐响亮的名声,引起了一人的不满,这个人是谁呢? 为什么会嫉妒一个少年人?

　　此人便是刘承嗣。如今他父亲刘知远身为皇帝宠臣,手握国家兵权,一人之下万人之上,权势如日中天,开封城内哪个不敬畏他三分? 刘承嗣因此嚣张跋扈,不可一世。他身边收养了许多恶徒少年,他们横行街市,欺压百姓,形成了一大恶势力。刘承嗣被人奉承惯了,容不得他人超过自己,也容不得优秀人才与自己并立,他听说赵匡胤也在开封,而且武艺精湛,名声鹊起,在贵族子弟中极有声望,竟有盖过自己的态势,心里一百个不痛快,恨不能立即派人打杀匡胤,以显显自己的威风,杀杀对方的锐气。

　　刘承嗣的心事被手下一个少年发现了,这个少年姓王名睿,也是一个贵族子弟,他很有心机,猜到刘承嗣嫉妒赵匡胤后,即时刻留意寻找机会报复匡胤。

　　很快,机会来了,开封府举办一年一度的赛马比赛,王睿四处寻找良马,打算献给刘承嗣让他在比赛中打败赵匡胤,夺取冠军。刘承嗣得到宝马喜不自禁,他高兴地夸奖王睿聪明会办事。得到夸奖的王睿十分得意,他为了不让赵匡胤夺冠,秘密派人盯着赵匡胤,以便伺机陷害他。

　　这天,赵匡胤骑马与郭融等人来到郊外,打算提前热热身,为比赛做准备。这是一处开阔的丘陵地带,草深叶茂,坡地蔓延,非常适合骑马。匡胤几人打马纵情飞跃,心情无比舒畅。就在这时,王睿派去的人跟踪到此,他们偷偷地将繁密的绿草结成绳索,隐藏在深草丛中,结果,匡胤飞马奔跃一不留神被绊倒在地,摔了个人仰马翻。

　　草深地滑,匡胤挣扎着爬起来,扶起宝马,发现马腿受伤,走起路来一瘸一拐。郭融等人赶过来,看到这种情景,十分担心地说:"马受伤就不能参加比赛了。"

赵匡胤拍拍马头,不在乎地说:"没关系,家里的马多的是。"他父亲身为骑兵指挥使,家里养的马确实很多。

韩令坤说:"这是最出色的一匹马,其他马能夺冠吗?"

赵匡胤想了想说:"马出不出色关键看骑马的人水平高低,我骑过不少马,应该没有问题。"

他们几人边说边走,竟然丝毫没有察觉王睿派人结下的草绳阵。

刘承嗣听说赵匡胤的马受伤不能参加比赛,高兴得手舞足蹈,再次奖赏王睿。王睿更加用心盯梢赵匡胤,唯恐他再得良马战败刘承嗣。

匡胤的马受伤后,立即回到家中挑选了另一匹马,这匹马膘肥体壮,十分威武,匡胤骑着它再次回到郊外草地,希望在这里试骑试骑,预先与马熟识起来。匡胤手中缰绳轻轻一抖,马儿撒踢奔跑,人与马很快就十分熟悉,看来参加比赛问题不大。就在匡胤心情略一放松的时候,突然,这匹马和第一匹马一样前腿绊倒,又一次把匡胤摔到马下。

郭融等人赶过来扶起匡胤,不解地问:"到底怎么回事?"

匡胤也纳闷了,他踢踢脚下草地:"两匹马接连绊倒,会不会是草地有什么问题?"

慕容延钊仔细观察了一会儿,大声叫起来:"不好,这草地结成了绳索。"

大家俯身观察,果见匡胤摔倒处的草接连成几条横七竖八的绳索,正是它们将两匹马先后绊倒。他们看着草绳气愤地说:

"什么人如此卑鄙,用这种下三滥手段害人?"

郭融说:"肯定是害怕匡胤夺冠的人,你们想想会是谁?"

韩令坤和慕容延钊他们七嘴八舌说了好几个人的名字,匡胤摇头说:"不要胡乱猜测了,想夺冠是人之常情,但是用这种手段的人肯定不会夺冠。"听了他这番暗藏玄机的话,郭融几人面面相觑,竟然无法猜测到匡胤的心思。匡胤却不理会此事,牵着马回归家中再次挑马准备比赛。

这次,匡胤挑选了一匹性格偏烈、身材不算高大的胡马。看上去这匹马似乎过于瘦弱矮小,不知道它在比赛中能否胜出?

勇夺冠军

听说匡胤要骑着身材弱小的胡马参加比赛,刘承嗣得意地狂笑道:"看来赵匡胤没有什么良马可骑了,好,这次比赛一定要让他输得难堪,叫他再也不敢在开封逞强!"

王睿提醒刘承嗣说:"赵匡胤骑术高超,不会甘心认输,我们还是要小心。"

刘承嗣怒目圆睁,大声说:"你整天说赵匡胤武艺如何如何高超,他的良马如何如何多,现在他骑出一匹不象样的劣马,你还这样吹捧他,你到底是想帮我还是想吓唬我?"

王睿吓得不敢言语。刘承嗣随即不把赵匡胤放在心上,自己也不再刻苦训练,恢复了以往纨绔子弟的生活。

比赛时日迫近,天天玩乐的刘承嗣突然害怕起来,他又开始怀疑自己的能力,担心无法打败赵匡胤。在这种心理作用下,他又想到了王睿,安排王睿提前观察比赛场地,并在其中设下埋伏,陷害匡胤。王睿受到训斥后,心里不爽,见刘承嗣不积极备赛,反而还想继续坑害匡胤,虽然不敢违抗命令,却对刘承嗣有很深的成见。

王睿带着人观看场地,这也是一处青草地,只是草稀土露,不可能再用草绳阵了。用什么办法可以坑害匡胤呢？想来想去,王睿决定挖一道深沟,用浮土浅草掩盖,不了解内情的人飞马到此不陷进去又能如何？

设好陷阱,刘承嗣亲自前来观看,他高兴地大笑:"赵匡胤,这次你插翅也难飞过去了,你就等着掉进陷阱出丑吧！"

几天后,比赛正式开始了,前来参加比赛的贵族子弟、将门之后、有志少年、豪侠义士非常多,一个个穿戴整齐、精神焕发;再看他们座下马匹,一匹匹高大威猛、鞍辔鲜亮、斗志正盛、跃跃欲试。人群中,刘承嗣一脸志得意满的神情,他不时扫视一下比赛队伍,似乎在寻找什么人,又似乎不把其他参赛选手放在眼里。其实,刘承嗣依旧对赵匡胤不能释怀,对他既恨又怕,所以他临场不忘看看赵匡胤身在何处。

赵匡胤此时正在比赛队伍中间,他人小马瘦,在队伍中不算显眼,但他准备充分,看上去一副成竹在胸的模样,已然让他人暗自生畏。

随着一阵鼓声响过,比赛选手各握缰绳,打马奋勇向前冲去。顿时,人喊马嘶,助威声声,锣鼓阵阵,比赛场地成了沸腾的海洋。赵匡胤飞驰在队伍中,很快脱颖而出冲到了前面。前面几人互不相让,你争我夺,竞争异常激烈。赵匡胤在其中灵活腾跃,始终不落其后。眼看着跑了大半路程,突然,赵匡胤座骑飞腾而起,一跃数丈,跳过众人跑到最前面。匡胤心下惊异,只听身后传来几声扑通声,与他并列而行的几个人纷纷中了刘承嗣设下的埋伏坠落马下。匡胤安全脱险,抚摸着马背安抚它一下,而后继续飞速前行。

　　刘承嗣眼见赵匡胤没有中计,又气又恼,打马狂追。可是匡胤的马好似离弦之箭,转眼间把众位选手远远落在身后,直冲终点。

　　赵匡胤一路领先,成为这次赛马的冠军。郭融等人上前祝贺,赵匡胤却拍着马背说:"多亏它临机应变,反应迅速,要不然我也要落进陷阱了。"韩令坤奇怪地说:"匡胤,这匹马比较瘦弱,怎么会如此神勇呢?"匡胤说:"它虽然不起眼,但它身经沙场,经验丰富,所以才能预知陷阱,一跃而过。但是那些在太平环境下长大的马就不同了,它们生活优越,接受的训练比较温和,哪能承受这

清朝光绪年间线装古旧书——《绣像南宋飞龙传》插图,中立者为宋太祖赵匡胤

么危险的刺激。"原来,匡胤在前两次中计的事上受到教训,他想,这些马连一点障碍都难以跨越,要是比赛中遇到什么危险怎么克服?再说了,有人千方百计算计我,要是我再选一匹健壮的宝马恐怕依旧难逃厄运,不如挑选一匹看似弱小实则很有战斗经验的良驹,一定可以麻痹敌人成功胜出。结果,事情真像他猜测的一样,他这匹马不但麻痹了刘承嗣,还为他最终胜出立下功劳。

　　听完他的分析,慕容延钊笑着说:"匡胤,你果真智勇双全,

考虑周到，难怪会夺冠。"

不说匡胤他们如何庆祝胜利，再看刘承嗣，他害人不成加之自己失利落败，恼羞成怒，喊来王睿一阵大骂，责令他再想办法报复赵匡胤，以报此次失败之仇。王睿表示一定会想出更加高明的计策来对付匡胤，替刘承嗣出气。

王睿会想出什么阴险的计策呢？匡胤能否逃过一劫？

驾驭烈马

王睿经过仔细思索，想出了一条颇为阴险的计谋。他派人四处打听，访得一匹性情暴虐、多次伤害骑手的烈马，他购来此马，放在家里备用。然后，他假意与赵匡胤交往，经常与他一起骑射游猎、谈古论今，渐渐地，双方关系变得比较亲近。

赵匡胤为人豪爽，喜欢结交各路人士，见王睿聪明多智，知识渊博，又主动与自己交往，心里十分高兴，竟然对他不加防备。

王睿眼见时机成熟，有一天，大家提议去郊外赛马，他就把家里那匹烈马牵来了，当着大伙的面故意对赵匡胤说："这匹马雄壮矫健，是一匹难得的宝马，可惜生性暴烈，难以驯服，我们这些人里恐怕只有你敢骑。"

赵匡胤一听，不觉有些得意，盯着烈马仔细观看，只见这马体型高大，身材健壮，确实雄壮得很。他从小骑马爱马，见到这等不同一般的马自然产生一种想要驯服的冲动，于是绕着马转了一圈。

王睿见赵匡胤心动，进一步说："匡胤，你最懂骑术，你看这匹马至今无人敢骑，是不是注定无法驯服，我们也不要冒险了吧？"

匡胤正在琢磨如何驯服此马,听到王睿这么说,不由得反驳道:"天底下没有难驯服的马,只要方法得当,再烈的马也能驯服!"

王睿心里一阵暗喜,假意说道:"这也不能一概而论,的卢马经常妨害主人,所以应该小心为上。"他说的"的卢马妨主"一事,正是三国时期一段有名的故事:有人赠送刘备一匹宝马,他的军师看到了,提醒说这匹马名为的

《三国演义》中的刘玄德飞马跃檀溪

卢,谁骑它谁会倒霉。刘备不以为意,认为人的命运与坐骑无关。后来,刘备遭到敌人追杀,的卢马驮着他一路逃奔,来到一条大河前的卢马突然不走了。前有大河,后有追兵,刘备拍着马背说:"的卢马,的卢马,人人说你会妨主害我,难道今天真的要应验吗?"话音刚落,就听的卢马一声长嘶,飞身越过大河,驮着刘备逃离了险境。

今天,王睿有意刺激匡胤骑烈马,所以一再采用激将之法。匡胤有心驾驭烈马,也就中了他的计谋,笑着说:"不敢驾驭烈马,怎么能够统帅千军万马。"说着,伸手拿过王睿手中的马鞭,这就要飞身上马。王睿忙伸手拦住他说:"等一下,这匹马光溜溜的,还没有马鞍辔头,等我让人给它收拾好了再骑不迟。"

赵匡胤艺高人胆大,笑着说:"要那些东西干嘛。"说着,纵身

一跃，上马而去。

这匹马果然凶悍狂野，赵匡胤上马后它即撒开四蹄狂奔，风驰电掣一般，眨眼间跑出去五六里路。赵匡胤紧紧抓着马鬃，俯身贴在马背上，就像长在上面一样，一动也不动。烈马撒了一会儿野，没有摔下匡胤，便突然掉转方向，冲着城内飞驰而去。此时正值上午，城内做生意的、卖东西的、开小铺的应有尽有，大街上熙熙攘攘，马车来回穿梭在大街上，很是繁华。烈马疯了一般冲将过来，人群顿时像退潮似的往两旁闪去，繁华的大街一时显得空荡荡的。

匡胤唯恐烈马冲进城内伤害百姓或者撞坏器物，尽力想阻拦烈马前行，试图按原路返回。可是马身光赤，既无辔头又无衔口，简直像匹野马，匡胤不由得焦急地一手使劲抓住马鬃，一手向城内摆动着希望大家能够注意到狂奔的烈马，不要造成伤害。再看烈马，扬开四蹄已经冲到城关门口，匡胤抬起头来，大惊失色，这城门低矮，眼看就要撞到自己的头了。

就在城门楣与匡胤的前额接触的刹那间，就见匡胤猛一翻身，从马上跌落当地。远处围观的人看了，一个个惊呼大叫："不好了，骑马的少年撞到城门摔下来了。"在所有人看来，匡胤的脑袋撞到石头门楣上，肯定被撞得碎裂，已然死在当场。

紧随其后赶上的王睿见此，心里竟然一阵难受，他虽然受命陷害匡胤，但是多日接触让他对豪爽义气的匡胤深感佩服，比较之下，他更加厌恶霸道的刘承嗣。在他看来，匡胤智勇双全，不知要比刘承嗣强出多少倍，没想到这样一个风华正茂的少年竟然因自己而死。他越想越难过，大声呼喊着："匡胤！匡胤！"冲了过来。

少年英雄赵匡胤降服烈马

众人惊叹之时，却见倒在地上的匡胤猛地站起，飞身追赶受惊的烈马。烈马已经转身从斜道上奔上城墙，渐渐放慢了速度。匡胤抢步追赶，抓住马脖子再次纵身上马。说也奇怪，经过这番折腾，烈马的倔脾气似乎磨平了，它慢悠悠地走动着，全然不似刚才疯狂的样子。匡胤挥动马鞭，驱赶着它顺着原路返回。周围人们看了这惊险的一幕，不由得都为这个少年刚毅无畏的精神和高超的骑术大声喝彩。

匡胤安然无恙地骑着马回来，正好遇到了追赶而至的王睿。王睿看到匡胤脸色自然，毫发无损，烈马也被驯服，乖乖地听从匡胤的指挥，上前十分疑虑地问："我正为你担心呢！以为你坠马会受伤，没想到你安然归来，还驯服了烈马，真是太好了。你摔伤了哪里，我给你找些药物来。"

匡胤若无其事地说："哪里会摔伤？刚才真是危险，我额头差点撞到城门上。"

听他这么说，王睿忍不住问："刚才我明明看见你被撞了下来，怎么会没有受伤呢？"

匡胤笑着说："就在门楣快要撞到我脑袋的一刹那，我顺势向后一仰，翻身下马，侥幸逃过一劫；如果不是我见机行事，即使铜头铁脑,也早被撞得粉碎了。"

王睿听罢,暗自称奇,心想,匡胤胆略超人,骑术非凡,确实是难得一见的少年英雄。他陷害匡胤不成,反而被对方的人格魅力征服,至此,他再也不愿意听命刘承嗣,而是真心诚意与匡胤结交。

匡胤勇敢驾驭烈马的事很快在开封传开,他的名声更加响亮,各路少年对他敬重有加,多来归附结交,从此,匡胤身边聚集了越来越多的少年豪杰之士。

在匡胤少年时代,有一个非常有趣的故事,这就是他和好友韩令坤射乌鸦的事,这到底是怎么回事呢? 两个翩翩少年,射杀乌鸦本是常事,有什么值得人们如此称道的呢?

少年匡胤为母求医,意外地进入一座寺庙,当他听说契丹派人抢夺庙中宝物龙泉木时,不由分说出面保护。在这个过程中,龙泉木显灵退敌人,黄龙显身护神木,上演了一出离奇曲折的故事。匡胤在寺院中占卜问卦,竟然求得了一个令人震惊的结果,就连他母亲也为之惊讶,这个结果又是什么呢?

第五章

黄龙显身　寺院占卜示未来

第一节　射乌鸦的故事

义救乌鸦

五月间,东京开封阳光明媚,三五少年骑马游猎在郊外林间,他们一会儿纵马狂奔,一会儿驻足射猎,好不自在惬意。其中一匹枣红色高头大马上端坐一位相貌堂堂的少年,他手挽长弓,身背刀剑,被众人簇拥着,当真威风八面。少年正是赵匡胤,今天,他与韩令坤等人相约到郊外打猎,一大早就出城来到了林中。

时近中午,大家查点猎物,发现收获颇丰。慕容延钊高兴地说:"我回去吩咐下人烧制猎物,晚上我们可以品尝野味,开怀畅饮。"

韩令坤满脸喜色:"走,赶快回去准备。"

几人打马出林,转身就要回城,却见匡胤落在后面,依旧在林中徘徊。韩令坤折身进林问:"匡胤,你怎么不快点走?"

匡胤慢慢地说:"令坤,我们曾经在东郊林中学习兵法,现在过去大半年了,也不知道老师的情况如何,我想过去看看我们学艺的屋子。"

韩令坤点头说:"是啊,自从老师走了我们还没有去过,好,咱俩一起去。"

他们与慕容延钊兵分两路,径直往东郊方向而去。两人在路边的小饭馆吃了饭,然后直奔林中。人去屋空,破旧的小土屋更显落破不堪,有种摇摇欲坠之感。睹物思人,赵匡胤心绪一阵低落,跳下马在屋周围转了几圈。韩令坤跟在他的身后,两人徘徊许久才推门而入,屋子里落了厚厚的尘土,一张木桌上摆放着一副棋具。

赵匡胤拿起棋具,吹净上面的尘土笑着说:"令坤,你记得吗？我们两人还是在棋馆认识的呢！"

说起那次惩治赌徒的事,韩令坤嘿嘿一笑,接过棋具说:"今日没什么事,我们再来上一盘如何？"

赵匡胤欣然应允,两人就在土屋木桌上展开棋盘,摆上棋子,你来我往下起棋来。两人棋艺相近,所以斗得十分激烈,你争我吵,倒也别有一番趣味。匡胤连输了两盘,他不服气,又重新摆上棋子与令坤相斗。令坤也不含糊,迅速回应匡胤的招数。两人玩兴正浓,忽然听到屋外面传来唧唧喳喳的鸟叫声,一开始两人并没有在意。可是不久,鸟儿的叫声变得嘈杂喧闹起来,声音中似乎带着惶恐不安之意。

喧闹的叫声越来越响、越来越乱,终于引起匡胤的注意,他不由惊讶地抬头看着屋外,对令坤说:"鸟叫声喧闹嘈杂,不是平常动静,会不会有毒虫猛兽经过此处,所以惊动了鸟雀,发出这般刺耳的叫声？"

韩令坤侧耳细听,也紧张起来,他顺着匡胤的目光向外望去,不知道外面发生了什么可怕的事情。

匡胤接着说:"好在你我都带着弓箭刀枪,我们不用害怕,尽可以到外面看看。若果真有毒虫猛兽,我们可以射杀它们,一来解救鸟雀危难,二来可以为此地百姓除害,令坤你觉得怎么样?"

韩令坤当即拍手站起,高兴地说:"说得好,我也正是这么想的。"

他们推开棋盘,各自拿起弓箭刀枪,纵身来到屋外,四下里观望,却没有见到一只毒虫猛兽,这就怪了。他们顺着鸟叫声望去,只见屋顶上一群乌鸦正在互相攻击着、搏斗着,聒噪声盈耳扑面,十分烦人。韩令坤拈弓搭箭,朝着屋顶就要射。匡胤上前一步按住他的弓箭说:"且慢,不要轻易伤害生灵! 我们观察一会儿再做处置。"

韩令坤一边收起弓箭一边说:"乌鸦同类之间,却要互相搏杀,争闹不休,自相残害,实在可恶!"

赵匡胤说:"岂止乌鸦如此可恶,你看看当今社会,人人争相自立,互不相让,为了一点利益得失,动不动就拔刀动枪、杀人无数,不比乌鸦更可恶吗?"

韩令坤点头称是。

两人边说边观察,赵匡胤接着说:"有没有好办法可以为这些乌鸦解围,制止它们在此争斗喧闹呢?"

韩令坤笑着说:"这有什么难的,你我吆喝几声或者扔几块石子,驱赶它们,它们自然就四散飞走了。"

赵匡胤却另有想法,他望着乌鸦说:"我们两人身负武艺,胸怀志向,也算是当今好汉人物,怎么能够效法顽童的举动去驱赶乌鸦呢? 这样做太幼稚了!"

韩令坤伸手摸一下脑门,不好意思地说:"依你看我们该怎么做呢?"

赵匡胤经过观察,已经发现乌鸦群中有几只特别暴戾凶悍,正是它们肆意欺凌弱小，争夺地盘和食物，才挑起这场争斗，于是用手一一指点着对韩令坤说："这群乌鸦的争斗完全是那几只凶暴的乌鸦引起的，惩治强暴，以儆效尤，这场搏斗自然就会平息。我们正好带着弓箭，不妨射杀这几只暴戾乌鸦来惩戒它们。"

韩令坤连连点头："好，这样做正是仁者所为，今天我们就惩强救弱，来帮助这群乌鸦解围。"

两个人各自抽箭搭弓，瞄准屋顶几只暴戾的乌鸦。不知道他们能否射中乌鸦？事情会不会像他们想的那样发展？

埋鸦谢恩

赵匡胤和韩令坤一左一右，各自瞄准屋顶上几只暴戾的乌鸦拉弓远射，只听飕飕两声，箭响处，屋顶上两只大个儿乌鸦惨叫着摔落地面。顿时，剩下的乌鸦一哄而散，飞逃得无影无踪，不知去向。两人一边看着群鸦乱飞，一边笑谈着："今天我们可是做了一件除暴安良的大好事。"说话间，他们收弓放箭，正要回屋，就听轰隆一声巨响，仿佛地震一般，只见尘土飞扬，有遮天蔽日之势。

两人慌忙跑出老远，目不转睛地盯着尘埃飞舞之处。一会儿，尘土消散，鸟声消失，原来是那间土屋无缘无故坍塌下来，造成如此巨大的震动。韩令坤讶然失色说："好好的一间土屋，怎么会突然坍塌？真是意想不到，多亏我们跑出来射乌鸦，倘若我们还在土屋之中，恐怕就要被压死在里面，到时候想喊冤都无处喊呀！"

赵匡胤看着坍塌在地的土屋，也是心有余悸，他若有所思地说："这真是奇怪了。想必你我命不该死，所以乌鸦聒噪相救，叫我们出来免遭此难。"说到这里，他看看地上两只被射死的乌鸦，摇着头说："乌鸦来救我们，我们却要了它们的命，这真是太不应该了。后悔已经无用，我们不如将这两只死乌鸦掩埋，以此表示我们的歉意。"说完，他弯身捡起两只死乌鸦。

韩令坤听了，十分佩服匡胤的仁义之举，点头应允："对，我们应该掩埋乌鸦，答谢其救命之恩。"两人一前一后迈步走到一棵树下，挥刀挖土，顷刻间挖了一个土坑。他们把乌鸦放在里面，默默将其掩埋。

事情做完之后，匡胤和令坤又在坍塌的土屋边默立许久，他们也许在回忆刚才发生的一切，也许在怀念土屋学艺的种种经历，总之，这个下午充满了奇异色彩，让少年匡胤一时间无法从中解脱出来，他对于发生的这些事情既感到非常好奇，又觉得冥冥之中似乎预示着什么。

很快，日头西沉，已是黄昏时分。赵匡胤和韩令坤与坍塌的土屋作最后道别，然后他们走出树林，飞马奔回城内。

慕容延钊已经吩咐下人做好了几道美味，他听说匡胤和令坤赶回来了，忙出来迎接。郭融等人也先后赶到，几个少年围坐在一株石榴树下，一边品尝野味一边啜饮佳酿。韩令坤把下午的惊险遭遇绘声绘色讲给大家听，众人听了，无不称奇，为他二人安然脱险庆祝。郭融最近学了些相术，他听了看着匡胤说："我听人说'大难不死，必有后福'，今天你俩承蒙上天派来的乌鸦相救，说不定日后会发达呢！"

韩令坤笑着说："今天先是射乌鸦，之后反而乌鸦救了我们，真有点把我弄糊涂了。"

众人呵呵大笑。匡胤接着令坤的话说："射乌鸦是为了替乌鸦解围，除暴安良；埋乌鸦是为了感谢乌鸦相救，表示我们知恩图报，这有什么好糊涂的。"

几人谈笑风生，很快将话题转移到武艺战事上去。慕容延钊拿着一本书对匡胤说："这是我父亲刚刚从蜀地带回来的一本书，据说是三国时期的兵法书，你看看是真的吗？"

三国时代的吴王孙权

匡胤忙伸手接过来，借着灯光细看，不由得失声叫道："这是记载赤壁之战的书，不知是什么人写的？"其他少年听了，一下子围拢上来，争着观看此书。

匡胤把书拿在前面，一一为大家讲解书中内容和人物，他指着其中一段说："你看，我们都知道诸葛亮草船借箭，却没有听说过孙权驾船巡视江面这个故事。"赤壁之战时，孙权身为吴王，却亲自勇敢地乘坐小船来到曹操营前巡查，结果被敌军发现。敌军纷纷拔箭远射，无数支箭射中船帮，箭支的重量导致船体歪斜。孙权毫不胆怯，从容地让人掉转船头，让船体的另一面也中了无数箭，这样，船体左右负重均衡，就不再歪斜。远处的曹操看到孙权如此镇静自如，感叹地说出了"生子当如孙仲谋"这句话。

　　看到这个故事的匡胤深深感叹说："像孙权一样临危不惧，勇敢对抗强大的曹军，这才是真正的国主啊!"言外之意，如今石敬瑭懦弱胆小，向契丹俯首称臣，算得上什么国主!

　　就在大家议论此书时，忽然跑来一个下人，他来到石榴树下分辨半天，最后才看着赵匡胤说："赵公子，你府里来人请你回去。"

　　匡胤微一皱眉，什么也没说起身告辞回府，不知道他家里出了什么事。

第二节　龙泉神木

为母求医

匡胤回到家里，才知道原来母亲杜夫人病了。杜夫人躺在床上，气色虚弱，精神不振，看到匡胤回来，有气无力地说："匡胤，你父亲不在家，我又病了，你就在家里好好待着，多照顾照顾你的弟弟。"

赵匡胤一家搬到开封的第二年，杜夫人再生贵子，取名匡义，这个孩子就是后来的宋太宗，后因避太祖匡胤讳，改名光义。赵匡义出生时正逢雷雨天，当时天空中电闪雷鸣，赵府内红光四射，邻居还以为他家失火了呢！

匡义比匡胤小十二岁，他的出生给赵府增添了不少喜庆。十二年了，府内只有匡胤一个孩子，多么孤单，现在好了，又添了一个男孩，赵弘殷夫妇关注匡胤的心情也稍微放松了些。匡胤正值青春年少，对于幼小的弟弟关注不多，不过，他从内心里十分喜欢这个弟弟，觉得将来会是自己的一个好帮手。

赵匡义与哥哥匡胤不同，他抓周时抓了书本，这件事让他们的父母高兴了好一阵子。当时，正是匡胤闹着不读书的日子。杜夫人背后对丈夫说："匡胤不喜欢读书也就罢了，将来匡义喜欢读书，他们一个习文，一个尚武，正好相得益彰。"

随着匡义一日日长大,赵弘殷夫妇的信心也越来越足,原来匡义十分迷恋书本,不管什么书他都喜欢看,不到三岁的时候已经会读好几篇诗经了。每当杜夫人拿出匡胤读过的书时,匡义总会手舞足蹈地拿过来翻着看。

匡胤看到弟弟爱书,索性把自己的书都拿出来,有时候还会读给他听。两个年龄悬殊的兄弟就坐在屋前的大树下,一个读,一个听,看上去其乐融融。杜夫人每每看到这种场景都会舒心微笑。

匡义非常崇拜自己的哥哥匡胤,只要看到他就会跑过去,跟在屁股后面不离左右。匡胤带着他观看自己的各种兵器,还特意把自己的木制兵器送给他玩。不过匡义不爱兵器,每件兵器玩一阵子就不要了。

赵匡胤的弟弟赵匡义,北宋王朝的第二任皇帝,庙号太宗

如今母亲病重,父亲又不在家,家里的重担落在匡胤肩上,他安慰母亲说:"母亲,您放心养病,家里的事匡胤自会处理。"

这时,匡义跑进跑出,乐呵呵地看着匡胤,似乎十分开心。匡胤蹲下来问:"匡义,什么事让你这么开心?"

匡义天真地说:"你不出去了,就可以天天和我一起玩。"

匡胤抚摸一下他的小脑袋:"好,天天跟你玩。不过,母亲病了,你不能乱闹,要听话,知道吗?"

匡义懂事地点点头。

一连几天,杜夫人病体不见好转,反而越显沉重,进食都有些困难了。匡胤心急如焚,天天派出家人去各地请医问药,效果甚微。这天,他看着母亲一日日憔悴下去的脸庞,下决心说:"母亲,我要亲自为您去请大夫,您一定要等我回来。"

杜夫人微微摇摇头,似乎不同意匡胤的想法。几天来,家里进进出出的大夫不下十人,既然他们都没有办法治病,匡胤又能到哪里去寻找到为母亲治病的良医呢? 但是匡胤不忍心看着母亲就这么憔悴委顿下去,他把家里的事务交给小翠处理,带着简单的行装骑马出门去了。

匡胤心里一片茫然,也不知道该到哪里去请名医,想了一会儿,他记起小时候身体略有不适时,母亲总带他去夹马营后面的寺院里请僧人医治,他记得开封城外也有一座寺院,而且那里的香火很盛,于是他打马直奔寺院而去。

很快,匡胤来到寺院门前,只见门口十分冷清,除了一个年老的僧人抱着一把破旧的扫把扫地外,别无他人。匡胤心想,不久前我和郭融等人路过此地,这里还十分热闹呢,怎么转眼间就如此败落? 他边想边迈步来到僧人眼前,拱手问话。他这一靠近不要紧,竟然吓得老僧人慌忙扔下扫把躲到门后,半天不敢出来。匡胤心里焦急,拍打着门板说:"我是来为母亲求医看病的,你们这里有没有治病的良方?"他重复几遍,老僧人才微微露出半个脑袋,怯生生地回答:"公子,小寺粗鄙,哪有治病良方? 请公子另请高明吧!"匡胤想了想又问:"前不久我路过这里,贵寺香火还十分鼎盛,怎么如今这么冷清? 遇到什么灾难了吗?"

　　老僧人又往外探探脑袋,细细打量着匡胤许久,突然泪眼蒙眬地说:"公子,说来话长啊,前不久我们这座小寺被人砸了。"

　　竟有这样的事?匡胤心里不由得一震,忙询问详细原因。老僧人见匡胤虽然相貌威武,而且骑马跨刀,一副神武模样,但是举止豪爽,很有礼数,也就不再害怕,从门后走出来一五一十向匡胤述说了事情的经过。

　　不久前,寺院里突然涌进一群纨绔子弟,他们叫嚷着要僧人献上宝物。僧人莫名其妙,不知道他们到底索要什么,双方因此争执起来。这群纨绔子弟手拿刀剑,不分青红皂白到处乱翻,结果伤了好几个僧人,还把寺院折腾得一塌糊涂。从此,没有人敢来寺院进香,寺院也就日渐冷清了。

　　匡胤听罢,攥着拳头说:"这群人也太可恶了,要是碰到,我一定要好好惩治他们!"

　　老僧人忙制止他说:"公子不要乱说,那群人闹事以后,没有就此罢休,还经常上门讨要宝物,你这么说要是被他们听见了,非要倒霉不可!"说着,他四处观望,生怕有人暗中盯梢似的。

　　匡胤见他如此胆怯,不免着急地说:"你可以报官让官兵拘捕来闹事的人啊。"

　　老僧人慌忙摇手,声音低低地说:"我们去报了,可是闹事的人来头不小,当地官府根本不敢管,他们说带头索要宝物的正是当今太尉的长子——刘承嗣。"

　　匡胤顿时瞪大了眼睛,他不明白一个小小寺院里会有什么宝物,值得刘承嗣兴师动众前来索宝。

神木显灵

赵匡胤听说刘承嗣前来寺院索宝,惊讶不已,他不明白地问:"贵寺到底有什么宝物,竟然引来了刘承嗣?"

老僧人叹气说:"说的也是,贫僧在这里住了几十年,从来不知道小寺有什么宝物,可是他们非得索要,所以才闹得如此!"

两人正在交谈,就听寺外人喊马嘶,十分喧闹,老僧人手忙脚乱地退到一边,脸色极其惶恐。匡胤刚要到寺外观看,就见门外呼啦涌进一群人,为首的正是刘承嗣。

刘承嗣与赵匡胤在这里相见,感觉十分意外,他皮笑肉不笑地说:"呵,敢情你也来这里寻宝?"

赵匡胤脸色沉静,十分冷淡地说:"寺院是祭拜佛祖之地,普济众生的处所,人人来此进香求平安,与宝物有什么关系?"

刘承嗣一时语塞,想了一下才说:"我知道你赵匡胤仁义豪侠,不为财动,是条好汉,可是我刘承嗣与你不一样,我喜欢财宝,我们互不相扰,你进你的香,我寻我的宝,这样可好?"他素知匡胤威名,担心匡胤阻挠自己的大事,所以才这么说。

匡胤不为所动,正气凛然地说:"寺院之中即便有宝物也该归寺院所有,刘公子强人所难,恐怕有失英雄气概。依我看,你就放过寺中僧人,不要惹是生非了。"

刘承嗣气得眼珠翻白,瞅着赵匡胤叫道:"你不要多管闲事!否则别怪我不客气!"说着,挥手招呼手下人,打算围攻匡胤。匡胤毫无惧色,手按宝刀,怒视他们。双方剑拔弩张,眼看就要展开一场拼杀恶斗。

突然,空中飘来一团乌云,遮天蔽日地遮盖了日光,明亮的白日顷刻间变成了黑夜。刘承嗣一方做贼心虚，有人便悄悄后退，快退到院门口时，天上开始落下大滴大滴的雨水，片刻就变成瓢泼大雨，将刘承嗣诸人淋得浑身都湿透了。这场雨来得突然，去得快速，刚好把刘承嗣等人淋湿，立刻风起云散，日光晴朗。

赵匡胤一直站在院中，说也奇怪，刚刚大雨落下时，他身边一株高大的树木突然伸展树冠，将他严严实实地遮挡在下面。所以雨过天晴，他竟然身无湿处，与下雨前没什么两样。双方再一对阵，刘承嗣心里也不由得发毛，他心想，难道赵匡胤有神佛护佑？联想多次与他比试都落败的经历，他不敢再在此逞威风，怒气冲冲地带人离去。

老僧人见赵匡胤一人吓退刘承嗣诸人，慌忙走上前施礼答谢：“多谢义士出手相救，要不然今日本寺不知又要遭受什么劫难了。”

赵匡胤抬头看着上方巨大的树冠，不解地问：“这是什么树？树冠好像会移动。”

老僧回答：“此树叫做龙泉木，贫僧听师父讲已有好几百年的历史了，是本寺的镇寺之宝。”

赵匡胤端详龙泉木，只见它树干粗大，树冠仿佛一个庞大的华盖笼罩半个院落，煞是壮观威武，树枝盘错交叉，树叶形状怪异，与一般树木果真不一样，大树散发出一股清雅的香味，弥漫在整个寺院之中。他俯身捡起几片龙泉木的树叶，放在鼻子上闻了闻，问道：“龙泉木是镇寺之宝，它有什么奇特功效吗？”

“当然了。”提起龙泉木来老僧显然十分开心，他指着高大的龙泉木说，“龙泉木浑身是宝，神奇无比。当年唐太宗东征洛阳时,有一次带兵巡查敌营,被王世充的兵马围困在山林,唐军只有十几个人,随身携带的弓箭也不多。唐太宗打算突围,却苦于缺少弓箭。这时,他看见龙泉木树枝繁茂,就让士兵折断树枝为箭。结果,龙泉木比一般铁箭还要锋利,射杀敌人无数,帮助唐太宗顺利脱险。后来,唐太宗做了皇帝,不忘龙泉木救驾之功,特地命本地寺庙种植此树,并且赐名龙泉木。"

听了这段故事,赵匡胤激动地说:"原来如此,可见此木果真神奇。"

两人谈论多时,匡胤问道:"老师父,龙泉木这么神奇,您说可不可以治好我母亲的病?"他把母亲的病况简单复述给老僧。

老僧沉思着说:"贫僧不懂医术,不过以前听师父说过,要想用龙泉木树叶治病,必须由有缘人采摘才行。刚才神木显灵护佑公子不受雨淋,贫僧想来你也应是有缘人,你不妨采摘树叶回家为夫人治病。"

匡胤高兴地谢过老僧,转身面对龙泉木,大声说:"龙泉神木,赵匡胤今日为母求医,希望你显灵治好我母亲的病。"他刚说完,就听哗啦啦一阵风吹过树冠,数片树叶飞飞扬扬落到匡胤的身旁。看到这个神奇景象,老僧人不住地合掌念佛,感叹道:"老僧在此几十年,第一次见到这样的奇事。"

匡胤捡拾起树叶,放到随身携带的包裹里,辞别老僧匆忙回家。杜夫人服下龙泉木树叶熬的药,很快精神好转,没几天就能起床下地。她听说了匡胤寺院求药的经过,思索着说:"匡胤,龙泉木是我家的救命恩人,你应该再去进香祭拜一下。还有,你把刘承嗣吓退了,他肯定还会去寻宝闹事的,你也该想个办法。"

赵匡胤答应着,决定第二天一早就去寺院进香。傍晚时分,韩令坤来找匡胤,对他说了一件重要的事情,匡胤听了,当即拿起刀剑冲出家门,杜夫人望着他怒气冲冲的身影,担忧地问:"到底出了什么事?"

第三节　黄龙赤蛇

保护龙泉木

原来,韩令坤听说刘承嗣准备带人夜袭寺院,所以匆忙赶来相告。赵匡胤当然不会袖手旁观,抽刀拔剑赶往了寺院,韩令坤也紧随其后。上次刘承嗣被匡胤吓退后,一连多日都没有上门闹事,寺院渐渐恢复了以往的生气,前来进香拜佛的人日渐增多,寺内又出现了香烟缭绕、诵经声盈耳的热闹场面。

匡胤和令坤身带兵器冲进寺院,吓坏了不少香客、僧人,他们不知道这两个杀气腾腾的少年要干什么,纷纷躲避。老僧人忙走出禅房观望,一看是匡胤当即笑容满面迎上来,把他们迎进上房落座。匡胤落座后言明母亲的病已经好了,本来打算明天前来进香答谢,没想到刘承嗣今夜要突袭寺院,所以提前来通知僧人,并愿意帮助应战。

老僧人口念佛号,摇头叹息不止。

韩令坤着急地催道:“光念佛有什么用? 你赶紧想办法对付刘承嗣,要不然他就是挖地三尺也要找到宝物。”

老僧激动地说:“就是挖地三尺,老僧也不知道宝物何在!”

赵匡胤一直注视着窗外的龙泉木,他突然说:“龙泉木神奇名贵,自当是寺内第一宝物,刘承嗣寻来找去的,难道寺内还有比龙泉木更贵重的宝物？"

契丹贵族出行图

老僧摇头否认。

这时，门外跑进一个小僧人，他急三火四地说："师父，刘承嗣派人送来了口信，他说寻找的宝物正是龙泉木，要师父主动打开寺门，让他们进来砍树伐木。"

刘承嗣多与契丹人勾结，他最初前来寺院寻宝就是听了契丹人的命令。在契丹流传一个说法，谁拥有神珠谁就可以长命百岁。他们所说的神珠，正是龙泉木制作的一种木珠。不过，他们并不知道木珠的来历，只听说在这个寺院内可以得到。前不久，一个契丹贵族子弟委托刘承嗣给自己寻找些神珠，刘承嗣唯恐得罪契丹人，所以一口应承下来。结果，他也不知道神珠就是龙泉木制作的，他带人几次翻遍寺院，就是没有神珠的影子，后来遇上赵匡胤，还碰了个不软不硬的钉子，当真让他十分恼火。就在他焦躁之际，有人向他透露了神珠就是龙泉木制作的秘密，他才恍然大悟。他十分高兴,当即决定砍伐龙泉木,献给契丹人。

听说刘承嗣要砍伐龙泉木,老僧人既愤慨又伤心,不住地念叨着:"龙泉木庇佑本寺数百年,没想到今日遭此一劫,老僧将如何向师父师祖们交代啊!"

赵匡胤义愤填膺,劝慰老僧人:"不要怕,我有办法对付他们,不让他们砍伐神木。"

韩令坤看看赵匡胤,有些犹豫地说:"对手可是刘承嗣,他想把龙泉木进贡给契丹,这件事恐怕来头不小,你我能够阻挡吗?"

赵匡胤目光中闪着一团烈火,字字沉重地说道:"六七年了,我国对契丹俯首称臣、进贡纳献,国人遭受凌辱欺压,如今刘承嗣竟然要把神木砍伐了送给契丹人,真是太可恶了!不管怎么说,我们都要想办法制止这件事,不能让他得逞!"

韩令坤受到鼓舞,抽出宝剑说:"你我武艺高强,不如冲出去与他们拼了。"

赵匡胤制止说:"刘承嗣人多势众,你我即便一时将他赶走,恐怕他日后还会再来,为今之计还是要想个长远的计策。"

说着,他站立起身,走到窗前望着院子里的龙泉木想办法。

此时,寺院内点燃了盏盏烛光,龙泉木在烛光映照下显得越发挺拔壮观,俨然一尊巨大的守护神护卫着这座历史久远的寺院,护卫着寺院内外千千万万的生灵。匡胤观看了一会儿,觉得树冠好似一条飞舞于云端的巨龙,散发出一种威不可侵的气势。他猛然有了主意,转身对老僧人说:"我有办法了,你只管开门迎接刘承嗣,我保证他进来了也不敢砍树。"

老僧人口念佛号,站到匡胤面前说:"公子有什么良策,说出来听听,老僧也好有个准备。"

匡胤镇静地说:"上次我为母求医,你曾经说过龙泉木神奇灵验,只会帮助有缘人,今天刘承嗣打算砍树害树,我想龙泉木绝不会听从刘承嗣摆布。"随后,他把自己的计划详细说给老僧和韩令坤,他二人听了,点头答应。

几个人依计行事,各自分头行动。这时,刘承嗣带着人马到了寺外,他命人敲门喊话。老僧在几个小僧人簇拥下,提着灯笼来到寺院外门,一边答话一边慢慢开启寺门。寺院外,刘承嗣骑着高头大马赫然而立,身后跟着十几个打手,一个个横眉立目,一副凶神恶煞模样。看到这个阵势,几个小僧人吓得战战兢兢,提灯笼的手不住打颤,以致一人手里的灯笼突然落地,忽地燃起一阵火来。火借风势,冲着小僧人扑过来,唬得他又蹦又叫。

刘承嗣皱着眉头,示意身边的人前去阻止小僧人吵闹。这个人上前一把揪住小僧人的衣领,怒喝道:"敢在公子眼前闹事,你是不是不想活了?"说着,三下两下就把小僧人捆绑起来,顺手扔到一边。

老僧人和其他小僧人眼睁睁看着此情此景,内心充满了仇恨,嘴上却什么也不敢说。刘承嗣斜眼瞅了瞅老僧人,竟然不理不睬地径直进了寺院。他身后的十几个人鱼贯而入,丝毫不把寺内僧人放在眼里。

走进寺院,迎面就是高大的龙泉木,刘承嗣喜不自禁地冲上去,跳下马狂笑道:"找了这么多天,没想到宝贝就在眼前,哈哈,这棵大树足够我进献的了。"

刘承嗣不顾一切地冲到树下,激动得伸开双臂就要抱树,却听他突然怪叫一声,似乎遇到了什么特别惊奇的事情。

黄龙显身

刘承嗣得意地上前抱树,哪里想到树上正盘着一条黄龙张牙舞爪怒视着他,烛火映照下,黄龙摇头摆尾,跃跃欲试,血盆大口正对这刘承嗣,似乎要将他一口吞没。刘承嗣吓得一连倒退数步,一气逃到了寺门外,惊魂未定地喘着粗气。

在场众人见刘承嗣受惊,跟着跑到门口上前扶住他,有人不解地询问原因。刘承嗣指着龙泉木结结巴巴地说:"有……有黄龙。"诸人听了,一个个惊慌失措,站在寺内的几个人慌忙跑出寺院,不敢站在树下。

老僧人见此,走过来对刘承嗣说:"几百年来,这棵龙泉木一直无人敢动,我听我师祖说过,一旦黄龙显身,表示神木发怒,会迁怒靠近它的任何人。为了公子安全,还是请您暂时不要惊动神木了。"

刘承嗣受了惊吓,又听到老僧这番话,心底十分恐惧,这时,有人伏在他耳边低语:"公子,既然神木如此灵验,我们还是不要轻举妄动了。在下觉得不如砍伐寺外其他树木代替龙泉木献给契丹,我想他们也不一定会发现问题。"刘承嗣听了,心神不安地说:"这样做会不会得罪契丹人?"献计的人声音更低了:"我们机密行事,契丹人哪里能够得知?"刘承嗣无可奈何地点点头,挥手撤出所有人马,对老僧人说:"既然你说神木发怒了,我今晚暂不行动,过几天再来!"说完,带着人灰溜溜走了。

刘承嗣撤走,寺内一片欣喜,再看龙泉木上,"噌噌"跳下了赵匡胤和韩令坤两人,他们怀里抱着褐黄色的僧袍,相视大笑。原来,树上攀附的黄龙正是他们二人假扮的。刚才赵匡胤知道刘承嗣来势汹汹、势在必得,而寺院内僧人不会武功,他与韩令坤如果强行对抗刘承嗣，一来激化矛盾，二来会伤及寺院及僧人。怎么办才能既保护神木，又不造成伤害呢？他观望龙泉木想出了假扮黄龙吓退刘承嗣的策略。他把这条计策告诉了老僧人和韩令坤，他们一致认同称好，所以，这就有了刚刚老僧人坦然面对刘承嗣，而刘承嗣突然见到黄龙吓跑的精彩场面。

老僧人上前对赵匡胤说："义士两次解救小寺危难，老僧多谢了。"

赵匡胤虔敬地说："神木是我国宝物，怎么能够轻易献给契丹人？匡胤有责任保护神木！"

他们说着走进屋内，在烛光下品茗交谈。韩令坤不解地说："刘承嗣怎那么胆小，区区一条假黄龙就把他吓成那样？"

老僧人合掌说："多行不义，心必有愧，这是他自作自受的结果。"其实，刚刚刘承嗣之所以如此恐惧，是因为他眼中的黄龙特别逼真威严，这当然不是因为赵匡胤和韩令坤的演技高超，而是神木显灵，映照出赵匡胤未来的皇帝气象，真龙附身，当然不同凡响，一下子就把刘承嗣吓傻当场。

若干年之后，身为后周大将的赵匡胤在部下的拥护下黄袍加身，成为宋朝的开国皇帝

赵匡胤却不知道自己未来的命运，只是一心一意保护龙泉

神木,他对老僧人建议道:"刘承嗣这次被吓跑了,会不会再次来闹事呢?我看我和令坤多在这里住几日,以防不测。"

老僧人感激地说:"义士考虑得如此周全,真是太好了。只是小寺僻陋,义士住在这里要受委屈了。"

赵匡胤呵呵一笑:"寺院清静安宁,我们住在这里正可以安心地读书习武,这是我们难得的机会,怎么会受委屈。"

韩令坤也高兴地说:"抛却凡间事,修行在佛门,这可是我俩一次有意义的经历。"就这样,赵匡胤和韩令坤在寺院内住了下来,以保护龙泉神木不受砍伐之灾。

过了两天,赵匡胤和韩令坤正在寺内后院练习武功,忽然听到墙外传来伐木之声。他们爬上墙头向外观望,见是刘承嗣带人砍树,看来他果然接受手下人意见,准备以次充好,欺骗他的契丹主子。韩令坤笑嘻嘻地说:"这个刘承嗣,胆量果然小得很,竟然再也不敢进寺闹事了。"

赵匡胤沉思着说:"刘承嗣有心巴结契丹,不会善罢甘休,我看我们必须把握时间再想良策。"他找到老僧,把自己的想法说了,老僧点头说:"义士说得有理,可是我们怎么做刘承嗣才会死心呢?"

匡胤望着寺院门口,想了想说:"刘承嗣惧怕黄龙,我们就从这上面做文章。"他再次向老僧献上一计。老僧答应着按照匡胤的计策行事。不久,寺院内多了会活动的黄龙白马,两者都是用泥制作的,但是却能动会跑,每每有人进香祈愿,就可以看到黄龙摇头摆尾,泥马撒蹄乱跑,这可真是前所未闻的奇事。前来进香的香客们听说龙泉木显灵,黄龙白马降临寺院,纷纷来进香观看,很快,寺院的盛名远播,龙泉木的神灵也越来越受到人们关注。许多来进香的人都说黄龙白马如何如何威猛、如何灵验,一传十十传百,最后开封城内无人不知。其实,这是匡胤根据三国时期诸葛亮制作木牛流马故事想出的办法。三国时,蜀国丞相诸葛亮曾经六次出祁山攻打曹魏,但是蜀地道路崎岖,运送军粮不便,诸葛亮就发明了一种木制牛马,把粮草装到木牛木马的肚子里运送,并将其命名为木牛流马。木牛木马形似真的牛马,里面安装了机关,能够自由活动,会走能动,非常神奇。

刘承嗣当然不知其中奥秘,他听说黄龙白马显灵的事后,一是惧怕黄龙威名,二是畏于时局变化——石敬瑭重病卧床,眼看要不行了,他这个儿皇帝一旦毙命,还不知道国家会出现什么变动呢!手握兵权的各地节度使们蠢蠢欲动,刘知远当然也不例外,他早已派人通知刘承嗣,让他尽早北上太原。鉴于以上两种原因,刘承嗣不便继续到寺院闹事,暂时死了砍伐龙泉木的心。

三次出手相救,龙泉木得以幸存,寺院众僧为了感谢匡胤侠义之举,决定为他塑像纪念。赵匡胤摇头谢绝,态度虔敬,并没有半点贪功倨傲之心,反而再次感谢龙泉木和老僧人救母之恩。看到他如此豁达豪爽,老僧十分钦佩,决定将寺院改名为黄龙寺,并再次挽留匡胤在寺内小住。

蜀汉良相诸葛亮,其忠于汉室的高风亮节和鞠躬尽瘁的献身精神,被历朝历代人士称颂不已

赤蛇进出

　　赵匡胤接受老僧邀请,在寺内一连住了多日。在这里,他继续修习武功,研读兵法,间或与老僧谈古论今,增长了不少知识和见闻。佛法无边,在古刹旧寺的这段日子,匡胤心神宁静,感受颇多。可以说,这些时日的生活不但让他了解到很多前所未知的东西,也开阔了他的胸怀,使得他视野更加宽阔。

玄奘取经回长安图

　　这天,老僧和匡胤漫步在寺院后面的石板路上,路两边低矮的灌木一丛丛茂密青葱,其间夹杂着五颜六色的鲜花,十分好看。两人走了一段路,在一块大石板上坐下,老僧开始为匡胤讲述玄奘取经的故事。当匡胤听说玄奘历经艰苦回归祖国,受到唐太宗热烈欢迎时,感叹道:"唐太宗是位马上皇帝,东征西讨创建帝业,但他没有以武力治国,而是善用人才,开创贞观盛世,真是古往今来最成功的帝王。当今天下纷乱,朝代更替频繁,帝王们为什么不能效法唐太宗,重新开创一代盛世呢?"言语之间,既流露出对唐太宗的钦佩,也有种种忧郁难解的情怀。

经过多日相处,老僧对赵匡胤已经十分了解,知道他不光豪爽侠义,还胸怀抱负,如今听了他这番话,对他更是刮目相看,由衷地说道:"自古以来,分久必合,合久必分,东汉末年三国鼎立,后归入晋朝,南北朝分裂数百年,隋朝一统天下,现在群雄并起,各自为王已经数十年,老僧看不久必有明主出世,结束这纷乱局势。"

赵匡胤情绪高昂,激动地抽出宝刀挥向身边一株灌木丛,断然说道:"乱世必然终结,国家必将统一!"话音落处,只见灌木枝叶沸沸扬扬洒向空中,随后悄然无声归落地面。

看到匡胤如此激愤,老僧不由得含笑说:"义士少年英雄,生逢乱世,将来一定会有所作为。"

两人越谈兴致越高,不知不觉已近中午,这时,寺院内匆匆走出一名小僧人,来到两人面前请他们回寺用饭。赵匡胤与老僧人起身回寺,用过餐后匡胤在佛殿内转了几圈,突然感觉困意袭来,眼睛似乎都睁不开了。中午的寺院内十分安静,进香的人非常少,只有少数僧人还在默默诵读经书。佛殿内香烟氤氲,一股催人欲睡的气氛笼罩其间。匡胤不觉向后一仰,竟然就在佛殿西南角的柱子边睡着了。

佛殿的花格窗子里,透进斑斑驳驳的阳光,照射在匡胤的脸上,看上去他的脸色红中透着紫,一股与常人不同的气势令人望而生畏。就在他酣然卧睡的时候,老僧人来到佛殿,远远看着匡胤睡在柱子边,忙走了过去。可是他走到半路突然停住了,脸上露出惊异神色,原来他看到匡胤的鼻孔里正有一条红色的蛇进进出出,实在骇人!匡胤睡得正浓,丝毫没有感到不适,依旧坦然睡卧。老僧人呆呆地注视着赤蛇来回进出了两圈,随后便消失了！惊骇之下，他快步来到匡胤身前，仔细一看，匡胤睡意正浓，毫发无损，当真令人称奇叫绝！老僧人喊了两声，匡胤睁开惺忪睡眼，发现自己睡在佛殿之内，不好意思地笑笑起身。他看到老僧人神色惊异地注视着自己，不觉问道："怎么，匡胤有什么不妥之处？"老僧人摇摇头，摆摆手，盯着匡胤的脸孔问道："你刚才一直睡得十分香甜吗？"

"是啊。"匡胤回答，"我也不知何故竟然在佛殿睡着了，真是冒昧。"

老僧人没再说什么，带着匡胤转身回禅房，从一个古色古香的木盒子里取出一本书交给他，说："听师父说这是唐太宗留下来的书籍，今天就送给你吧！"

匡胤双手接过书本，看到竟是唐太宗亲书的一本兵法心得，当即激动地说："真是太好了。我最崇敬唐太宗，今天能够得到他的手迹真令人激动。"说着端坐下来仔细阅读。

老僧人没有道破赤蛇之事，但是他心里想了很多。他听说唐太宗李世民出生时，门前有两条大蛇游走，今天匡胤的鼻孔里进出赤蛇竟然丝毫不觉，种种现象表明，少年匡胤有着非同常人的气质与命运，他会不会像唐太宗一样在乱世群雄中脱颖而出，开创一代盛世呢？其实，他这么想除了赤蛇的原因外，当然还基于他对匡胤深刻的了解，他认为这个少年将来一定会做出一番事业。后来，匡胤做了皇帝，老僧人将黄龙赤蛇之事公布于众，这段充满传奇色彩的故事大白于天下，引起世人惊叹。

再说匡胤，他得到唐太宗所书兵法心得之后，日夜苦读，不踏出住所半步，就连一日三餐也要人送到屋内。三天后，他读完第一遍，老僧人请他出来吃饭，他一口谢绝说："匡胤还要再读几遍,才能尽得其中精髓。"就这样,匡胤将这本书读了好几遍,一直到能熟练背诵了才肯走出住所。这种刻苦学习的精神一直贯穿了他日后行军作战的岁月,最终使他成为一位出色、成功的将领,人们由此逐渐认识到他好学肯读的一面,而他童年时期调皮贪玩、不愿意诵读诗书的日子也被人淡忘了。

第四节　寺院问卜

杜夫人进香

匡胤在寺院居住的时日里，朝政发生了一次大变动。公元942年7月，儿皇帝石敬瑭结束了备受唾骂的一生，在开封病亡。石敬瑭生有六子，大多早夭，仅剩幼子石重睿一人。本来石敬瑭在病中托孤于宰相冯道，想要冯道辅佐石重睿。但他死后，冯道却与当时掌握实权的侍卫亲军都指挥使景延广一道，擅立石重贵为帝。

石重贵是石敬瑭的侄子，他父亲石敬儒早亡，石敬瑭就将他收为己子。后唐清泰二年（公元936年），石敬瑭在太原举兵叛唐，后唐大军围攻太原。石重贵出谋划策、冒死拒敌，受到石敬瑭赞赏。石敬瑭借契丹兵挫败后唐军队，离开太原赴洛阳夺取帝位，临行前命石重贵留守太原，授以北京（指太原）留守、金紫光禄大夫、检校司徒、行太原尹，掌河东管内节度观察事。官衔不少，可见石敬瑭对他厚爱有加。但石重贵虽然作战勇猛，做官却政绩平平，既缺乏政治手段和谋略，又不懂得体恤民情，所以为官期间"未着人望"。尽管如此，因受到叔父倚重青睐，石重贵仍步步高升，到天福七年（公元942年）石敬瑭死前，石重贵已进封齐王，兼任侍中。因此，他得以联合权臣继承帝位。

　　听说石敬瑭死了,中原百姓无不暗自庆贺,多年深受契丹凌辱欺压,他们十分痛恨卖国贼石敬瑭,十分渴望早一日摆脱契丹压迫。如今石重贵做了皇帝,还会继续奉行石敬瑭的策略,甘心做契丹的"孙皇帝"吗?

　　其实,石重贵即位前,后晋的形势并不乐观。契丹凭借扶立石敬瑭有功,压制中原,虎视眈眈;后晋的南面有割据称王的南唐、后蜀;后晋统治集团内部矛盾重重,加之连年的旱、蝗、涝,饿殍遍野,民怨沸腾。后晋的政权内外交困,危机四伏。

　　石重贵一即位,就遇到一个棘手问题,就是如何向契丹之主耶律德光报告这件事。景延广傲气十足,力主向契丹主称孙不称臣,石重贵依靠他坐上皇位,当然听他的主张,结果,这份表章一送到契丹,就惹得耶律德光十分不满,为他伺机南下提供了借口。

　　再说十五岁的赵匡胤,他虽身居寺院,却心念天下,他听说石敬瑭死了,高兴地跑回家中向母亲报喜。杜夫人看着他眉飞色舞的样子,制止他说:"小孩子不要乱说话,这样的朝政大事不该是你们议论的。"

　　赵匡胤不服气地说:"我已经十五岁了,身健体壮,完全可以参军入伍、杀敌报国,怎么就不能议论国家大事呢?"

　　小匡义站在一边,认真地听完匡胤和母亲的对话,天真地说:"老皇帝死了,哥哥就能做新皇帝了。"

　　杜夫人一惊,示意身边的小翠把匡义抱走。匡胤听了弟弟的话很开心,看着匡义离去了笑着说:"别看匡义小,却能知道我的心思。"

　　杜夫人更加吃惊,瞪着匡胤喝叱:"愈发不像话了,什么话都敢说！"

赵匡胤不在乎地说："我近日读了一本唐太宗谈兵法的书，唐太宗说得很清楚，乱世纷纭中，梦想做天子不为错，错在做了天子却不知道如何统治天下，进而造成更大的灾难，伤害臣民和江山社稷。从朱温建梁到石敬瑭卖国，不到四十年间更迭三朝，换了近十个皇帝，他们哪一个治理好了国家？哪一个抵御了契丹侵略、收复了江南各地？说起来他们当中没有一个英主明君，确实需要新的明君出世了。"

听着匡胤侃侃而谈，杜夫人又是惊又是喜，她想了一会儿才说："母亲知道你读书进步非常高兴，不过这些大事还是留待长大成人后再去深究吧！现在你能平安无事，母亲也就放心了。"

母子二人正在说话，家人来报赵弘殷回来了。他们慌忙迎出去，赵弘殷已经走进家门。多日奔波在外，赵弘殷看上去有些疲惫，人似乎瘦了一圈，眼角的皱纹非常显眼，他看到匡胤母子，脸上露出一丝笑意，不过，这丝笑容就像夏日的凉风很快消失了。杜夫人一面命家人备饭，一面陪着丈夫走进内室。

赵弘殷这次外出，本来是奉石敬瑭的命令北上太原送军粮，没想到时隔几个月，石敬瑭竟然命归黄泉。赵弘殷像所有朝廷官员一样忧心自己的命运前途，在他们看来，政权不稳，恐怕旧主一去，新的朝代更迭又要来了。赵弘殷回想在太原见到刘知远和郭威时的情景，他们虽为后晋臣子，实则暗蓄势力，预谋不轨。特别是刘知远，他在太原一面勾结契丹，寻求支持；一面收买人心，扩充力量。他到了太原后，为了笼络人心，曾经设宴招待以前自己的仇人，人们见他不计前嫌，胸怀宽广，纷纷传颂他的英名，结果，刘知远在太原一代颇具声望，前去归附的人非常多，他的势力也一天天强大，到石敬瑭病亡时，他已经是中原最有势力的节度使。这次赵弘殷北上，刘知远派郭威接待他，想凭借郭威与他的关系拉拢他投靠自己。赵弘殷已是历经两朝的官员，他知道石敬瑭所作所为造成的巨大危害，也清楚石敬瑭一死，国家必将再次易主，朝代更替，自己何去何从确实令人头疼，所以，几个月来他思虑重重，以致人都瘦了。

杜夫人倾听了丈夫的种种苦恼，轻轻摇着头叹息着："唉，国无宁日，家无宁时，人人想当皇帝，乱世风云，前程莫测啊！"她决定去寺院进香，一来祈求丈夫的运程顺畅通达，二来祈求儿子们健康成长，前途远大。

听说母亲要去进香，匡胤主动去准备马车，小翠收拾好进香用物，然后他们搀扶着杜夫人走出家门，陪伴她朝黄龙寺而去。小翠来到开封不久就嫁给了赵府内的一名家人，依旧留在府内侍奉杜夫人，十分尽心。一行人紧走慢赶，很快来到黄龙寺。老僧人听说杜夫人亲来进香，赶紧迎出寺外，引着杜夫人走进寺院。

四次占卜

杜夫人在寺院里拜了救命的龙泉木，然后才慢慢走到佛殿内，虔敬地点香祈福。进香过程中，匡胤一直陪伴左右，不曾离开半步。此时寺内进香拜佛的人很多，大家进进出出，有人还在殿前求神问卜。小翠见此指着占卜的人悄悄说："夫人，听说在这里问卜很灵验，您也为将军和公子们卜一卦吧！"

杜夫人想了想，点头应允。小翠忙到香案上取过杯珓（一种求神问卜的器具，用蚌壳、杯片或木片制成），递到杜夫人手里。

杜夫人手握杯珓,心里默默祈祷着丈夫能够官运顺畅,然后将杯珓扔在地上,低头一看,果如心愿,她高兴地展颜一笑。小翠眼明心细,知道杜夫人第一次占卜十分吉利,忙俯身捡起杯珓,再次递到杜夫人手里。站在一边的匡胤觉得十分有趣,凑过来说:"母亲,匡胤也卜一卦,您看如何?"杜夫人欣喜地将杯珓交给匡胤,说道:"好啊,你自己来试一试。"

匡胤接过杯珓,心里想,现在天下不太平,我有心参军入伍,在战场上杀敌立功,报效国家,我就祈求做一名小校吧!小校是军中低级官吏,匡胤年方十五,有这种想法十分正常。他想好了就把杯珓扔向地下,只见杯珓当啷一声砸在地上,盖面朝下,所求不吉。杜夫人和小翠见了,对视一眼,她们有意上前劝告,却不知匡胤求的是什么,就在她们犹豫之际,匡胤已经捡起杯珓,想了想再次投出去。这次,杯珓依然盖面朝下,又不吉。

小翠走过来问:"公子,你求的是什么?"

匡胤回答:"第一次求做小校,不吉,第二次求做校尉(军中中等官吏,统率数百人),依然不吉,我要再求一次。"

杜夫人担心匡胤再投不吉,劝说道:"你还年幼,前途的事过几年再求不迟,我们先去歇息一会儿吧!"

匡胤说:"我已经十五岁了,不久就要入伍参战,你还是让我再卜一次吧!"

杜夫人无奈地摇摇头,不再制止匡胤。

这次,匡胤突然有了新的想法,他不再求军中官吏,而是卜问自己未来的命运前程,年少的他心中燃烧着英雄豪情,有着不可阻挡的成功欲望,他断然祈祷自己将来成为一名节度使。节度使是唐朝以来镇守各地的军政长官,手握兵权,是一方诸侯。

唐末各地节度使纷纷拥兵自立,形成藩镇割据势力,导致了数十年间的乱世。不管五代也好,十国也罢,每个朝代、每个小国家的帝王大都是节度使发迹。他们正是依靠手中兵权夺取帝位,称霸天下,这也是五代十国的一大特色。在这种形势下,十五岁的匡胤卜问命运,竟然要求做一名节度使,可见他果真少年豪杰,志向远大。

祈祷完毕,匡胤把杯珓再次扔向地面,只见杯珓在地上旋转几圈,随后盖面慢慢朝下,又一次所求不吉。

这次,匡胤有些泄气,他想,从低到高一路求来,竟然无一吉利,难道我赵匡胤注定一事无成?这辈子不会有什么功绩?还是我求的不对路?想了一会儿,倔强好胜的天性压倒了一切,他不服气地想,我不能就此认输,我应有更好的出路和前程。什么职务能超越节度使呢?少年赵匡胤心底涌动着一股热浪,这仿佛是他与生而来的能量,是不可阻挡的强大动力,这个想法始终在他内心深处徘徊不去。赵匡胤毫不犹豫,因为这个想法和梦想是如此强大有力地支持着他。他有了明确的目标,那就是将来做皇帝,开创一代盛世。

赵匡胤勇敢地祈祷将来成为一代帝王,果断地将杯珓投向地面。此时,寺内许多僧人和香客围拢过来,他们要看一下这个英武少年第四次占卜的结果。杯珓恰好落在匡胤脚边,盖面稳稳地朝向上面,正是大吉大利之兆。围观者看了一起喝彩叫好。杜夫人和小翠也走过来向匡胤祝贺。

匡胤一边接受众人祝贺,一边拾起杯珓放回香案,他心里无比兴奋,感觉自己四次占卜可谓一波三折,充满了奇迹。

回家路上,小翠好奇地问匡胤后两次都是求些什么。匡胤如实回答了。小翠听后啧啧连声，惊叹道："公子，你这么小的年纪就有这么大的抱负，想着将来做节度使、当皇帝，可真是太不得了了。"

《宋人殿试图》，宋太祖于开宝六年（公元 973 年）在讲武殿策试贡院合格举人，并颁定名次，自此殿试制度成为常制

杜夫人忙制止她："小翠，不要大声，这件事以后不许提起。"她明白儿子的志向，也清楚时局动荡，这种言论可能带来的危险，当然不会允许家人议论此事。

这次占卜，看似风平浪静地过去了，却在匡胤一家人心里留下深深的印象。当时人们比较迷信，特别信任占卜之类的说法，在他们看来，匡胤四次占卜，最后只有求做帝王大吉大利，那么匡胤的未来必将不同凡响。

儿皇帝石敬瑭一命呜呼，新天子石重贵登基称帝，后晋朝廷与契丹之间的关系发生了重大变化，双方矛盾显露，战火再燃。

全国人们奋起反抗契丹，形成一致对外的局势。关注天下大事的匡胤积极练武备战，还组织自己的朋友一起演练兵法，时刻准备上前线杀敌报国。一次，他跟随父亲押送军粮，在路上他们遇到契丹兵马，危险关头，少年匡胤大胆地巡视敌情，联合地方武装力量，巧妙地击败敌军。

一心入伍参军的匡胤终于来到前线，在见到天子巡城之后，他却非常失望。

一次比武，他射中飞鹰，虽然得到天子奖赏，却依然心事重重……

第六章 智勇双全 初登沙场试锋芒

第一节　结拜兄弟相会

桥头救人

石重贵做了皇帝后，后晋与契丹关系日趋紧张。契丹国主耶律德光对石重贵十分不满，连续几次命令他北上进见，但是石重贵唯恐契丹人加害自己，一直不肯前行。此时，各地反抗契丹压迫的斗争依然时有发生，眼看着民族矛盾日渐加深，双方执政者不顾老百姓的利益，不能积极正确地处理彼此关系，只考虑个人得失，导致国家之间的战争一触即发。

赵匡胤时刻关注着时局变化，经常日夜与朋友们聚在一起，讨论国家的命运前途。这天，他与郭融等人漫步街头，看到街上百业萧条，过往路人行色匆匆，每人都是一副心事重重的模样，不由得叹道："看来人人都为即将来临的战事烦愁啊。"

郭融摇头说："哼，开封城内有多少兵马，哪里抵抗得住契丹铁骑？"

韩令坤不满地说："怎么，你说我们打不过契丹人？"

郭融十分不屑地说："打是打得过，可是谁愿意打？就凭那些手无寸铁的老百姓？"他言外之意，各地节度使手握兵权，根本不听朝廷指挥，一旦契丹入侵，区区开封城内兵马哪里抵抗得住契丹大军。看来，他从父亲郭威那里听到了一些信息，知道刘知远等人不会支持石重贵。

韩令坤有些恼火，拽住郭融的胳膊说："你说清楚，为什么打得过却不打？是不是有人还想做石敬瑭？"

看着他俩争吵，赵匡胤劝阻说："你我生在乱世，长在乱世，理应看清乱世的残酷本质，为结束乱世积极努力，不能意气用事乱打乱杀，更不能涨他人志气，灭自己威风。如今契丹虎视眈眈，朝廷却无法凝聚各地力量，如果耶律德光果真领兵南下，你们猜到结果了吗？"

一席话说得韩令坤和郭融低头不语。国难当头，团结对外才是最重要的任务，可是谁能聚合国内各路势力呢？赵匡胤考虑得如此深远，确实比郭融等人高出一筹。几个人边说边走，不觉来到一座桥边。在这里凭栏远眺，可以看到河面上往来不断的船只。有货船，也有客船；有小巧玲珑的私人船只，也有豪华壮丽的大型船只，此处正是运河上最为繁忙的地段。今天，匡胤几人站在桥头远望，看见一艘大船驶过来。船上人影晃动，隐约传来几声叫喊，慢慢地，大船穿过桥下，向着东面的码头驶去。

一直看着大船驶进码头，赵匡胤才收回目光，双臂环抱跳了两下，自言自语地说："一旦交战，我一定报名入伍，抗击契丹入侵。"

郭融和韩令坤模仿他的样子跳了跳，问道："你觉得契丹会在什么时候打过来？"

匡胤刚要回答，突然身后传来一阵呼救声，他们回头观望，只见不远处大柳树下，一个契丹人正与一个汉人纠缠在一起。匡胤几人见此，马上跑过去，大声喝住二人。契丹人见过来几个

契丹贵族与汉族知识分子

少年，并没有放在心上，继续伸手抢夺汉人怀里的包裹。赵匡胤上前抓住契丹人的臂腕，轻轻一抖，契丹人顿时疼得龇牙咧嘴，不敢妄动。那位汉人感激地连声谢过匡胤，转身就要离去。契丹人显然不死心，忍着疼痛去抓汉人。匡胤再次抓住他的胳膊，厉声说："住手，你不要太嚣张了。"

契丹人唔里哇啦说了几句话，可是谁也不懂，他做了个手势，好像在说汉人偷了他的东西。匡胤看一眼汉人，觉得这个人十分面熟，问道："你是谁？为什么契丹人紧追你不放？"

汉人四十岁左右，一副小生意人打扮，他作揖说："义士，小人冤枉啊！小人是开封府西边影子山附近人氏，姓石，开店为生，前些日子，一伙契丹人强占了我的店，逼着我交出家传宝物，小人无奈，打算乘船南去，没有想到他们不依不饶地追着不放，真是逼得我上天无路，入地无门。可怜我的几个孩子，大的不过十四五岁，小的才刚刚会走路，要是我死了，他们可怎么活。"

匡胤听了他的述说,脑子里突然一亮,抓着他的手激动地说:"大叔,您是不是石守信的父亲?我是赵匡胤哪。"

汉人有点迷惑,盯着匡胤看了一大会儿,才拍着脑门高兴地说:"哎呀,是匡胤哪,守信天天念叨你呢!自从跟你学了几套拳脚,他可长本事了,在我们那一带非常有名气。"当初匡胤跟随父母来开封时,曾经在石守信家的客店里住了几日。当时,石守信与赵匡胤都是懵懂少年,他们日夜相聚玩耍,十个小伙伴在关公庙义结金兰,如今一晃四年过去了。

回首往事,少年匡胤非常激动,他拉着石守信父亲的手问这问那,打听石守信等义兄弟们的情况。石守信的父亲叹息着诉说这几年的境况:"唉,官府连年催逼交税,契丹人肆意抢劫,兵荒马乱的,日子过得越来越艰难,他们几个人小小年纪就帮着家里做事,混口饭吃罢了。"

一边的契丹人看他们聊得亲近,想了想打算趁机溜走。匡胤一把抓住他的胳膊严厉地说:"你听好了,中原大地有的是豪侠男儿,你们不要欺人太甚!"契丹人不敢言语,抱头鼠窜。匡胤看着他跑远了,回头问道:"守信呢?你刚才说准备南下,他没有跟来吗?"

石守信的父亲指指身后,刚想说什么,就见远远地跑来一群孩子,这些孩子从十几岁到几岁大小不等,跑在最前面的正是石守信。

练武备战

石守信的父亲带着一家老小离开家乡,准备从运河乘船南下躲避契丹人追杀,没想到契丹人紧追不放。于是他们父子决定由石守信保护家眷、由父亲带着宝物,分头行动,他们约好在码头相会,结果石父还是被契丹人盯上,差点送命。幸亏匡胤等人出手相救,这才让他们一家团聚,也让赵匡胤与石守信这对义兄弟重逢。

赵匡胤了解到石守信一家的遭遇,当即挽留石守信,让他在自己家里住下来。石守信不愿与赵匡胤分开,决定留在开封。石守信的父亲为难地说:"我们留在这里会不会遭到契丹人追杀?"匡胤正义凛然地说:"契丹人还不敢欺负到我家里去!"他说得没错,多年来,他的父亲赵弘殷虽然没有得到重用提拔,但身为禁军指挥使,还是有一定地位。况且,匡胤的父亲历来不与契丹人交往,既不巴结也不敌视,这样反而增加了他们一家的安全度。再说匡胤少年豪杰,在开封城内颇具威名,保护石守信一家还是比较容易的。

石守信安慰父亲说:"赵大哥为人豪爽义气,我们留在城内谋生,不会有什么意外。"

就这样,石守信一家就在赵匡胤安排下在开封住下来,他们重新选购了一处小客店,开张营业,继续做起生意。从此,赵匡胤与石守信日日相聚,或者交流武艺心得,或者一起骑马射箭,或者议论时局变化,总之,青春年少的他们在一起度过了人生当中最为美好的时光,这段时光中既有成长的快乐,又有夹杂着国仇家恨的痛苦。

不久,开封城内开始盛传契丹入侵的消息,赵匡胤聚集石守信、韩令坤等人日夜练武习兵,只等战事一起,他们就入伍参军,正式加入对抗契丹的队伍中去。这天,他们一伙人正在赵匡胤家的后院练习武艺,忽然听到外面传来急促的马蹄声。赵匡胤爬到墙头向外观望，只见一队骑兵装束整齐地走过，这队兵马正由自己的父亲赵弘殷带领。匡胤心想，父亲好久没有带着兵马巡视都城了，看今天这个阵势，兵马整齐，士气振奋，朝廷真要有所行动了。有了这个认识后，赵匡胤习武练兵更加勤奋了。每天鸡鸣即起，一直练到日上三竿才肯歇息；每夜家人都睡了，他依然挑灯夜读，钻研各种兵法战书。在他的感召之下，石守信等人学习备战的态度也十分积极，几个热血少年一心要救国救民、创建功业，其壮志雄心当真非比寻常。

过了不久，石守信告诉赵匡胤，他们的结义兄弟高怀德和王审琦等人因为家里遭难，也相继来到开封避难。原来，石守信一家搬离家乡后，当地百姓苦于契丹人和官府压迫，矛盾激化，打死了几个契丹人。这下麻烦了，负责调查此事的人是石敬瑭的妹夫杜重威，本来石重贵在景延广的支持下有心反抗契丹，可是杜重威却不听他们那一套，依然对契丹"忠心耿耿"，而且这个杜重威心怀不轨，他巴结契丹不是为了朝廷利益，而是因为存在私心——他有意取石重贵而代之。看来，他也想效法石敬瑭，以皇帝妹夫的身份篡夺帝位。

杜重威是有名的酷吏，他不管在什么地方当官，那里的百姓都因为受不了残酷的剥削和压迫而逃亡。这次，杜重威到了出事之地后，采取两种方法拷问百姓，一是命人用长钉钉人手脚，二是用刀把囚徒的肉一片一片割下来。结果，许多人不堪忍受而痛苦死去。高怀德、王审琦等人的家人担心遭难，于是连夜把孩子们送出老家，让他们到开封城内避难。高怀德到了开封，就带着几个人投奔了石守信。

听说几位义兄弟全部来到开封，赵匡胤很高兴，很快就把他们都安顿下来,并且带着他们一起练武习兵。经过一段时间训练,赵匡胤手下有了一支二三十人的骑兵,个个都是风华正茂的英俊少年,身手不凡,勇敢善战。特别是石守信,他善于学习,头脑灵活,与赵匡胤相处半年后,不仅武艺提高了,而且对于兵法也很有研究,成为这支队伍中仅次于赵匡胤的俊杰之才。

　　眼看着自己的队伍一日日壮大,赵匡胤十分开心,一天,他精心准备之后决定请父亲赵弘殷来视察一下。赵弘殷听说匡胤组织了一支骑兵,又惊又喜,随着他来到护圣营空地观看,果见二十多个英俊少年骑马跨刀,威风凛凛。这处营地是赵弘殷训练正规军的处所,今日见到匡胤训练的兵马如此威武,他有心检验一下这支队伍的战斗能力,于是下令调集了一队正规军,与匡胤的队伍实地对阵演练一下,看看谁的实力强大。

第二节　契丹入侵

一次演练

匡胤听说父亲要调集正规军与自己的兵马对阵,当即兴奋地应战。赵弘殷调集了一队骑兵,并派一位具有战斗经验的将领带领,与匡胤交战。双方在护圣营外排兵布阵,拉开了阵势。石守信首先请缨出战,他手握长枪直取对方将领。对方将领看到来者凶猛,慌忙侧马抽刀迎住石守信进攻,两人你来我往,战到一处。

匡胤在后面仔细观战,看到对方虽然受命与自己交战,但是大多数人并没有把他们这队娃娃兵放在眼里。看了看,他心里有底了,悄悄对韩令坤说:"你带十个人从左面佯攻,只需大声叫喊,不要真刀实枪地与敌交战,一旦敌人反攻你就假装败走,懂吗?"韩令坤点头领命。接着,匡胤吩咐慕容延钊说:"你带十个人埋伏在左面的山坡后,一旦敌兵追杀过来,你就冲杀出来,杀他个措手不及。"慕容延钊笑着领命。

安排已毕,赵匡胤带着剩余几人挥刀舞枪喊杀着冲向对方阵营。对方士兵正在引颈观看石守信与将领交战,哪里真心防备匡胤的兵马,忽然看到匡胤带着兵马冲过来,一个个慌里慌张提马拔刀,准备应战。这一慌乱之时,左面韩令坤带着人也冲上来。霎时马嘶人叫,尘埃乱飞,他们的将领被石守信缠住,一时无人指挥,只好各自奋勇向前迎住来者。韩令坤依计行事,并不恋战,而是边战边退。对方士兵以为他们年少怯战,没有作战经验,于是策马追赶。

匡胤见对方中计,忙带着人从后面掩杀。正规军兵马追了一阵,来到山坡前,只听一声喝叫,慕容延钊带着十骑兵马冲杀出来。韩令坤率领假意败逃的骑兵绕过山坡,已与匡胤合兵一处,这样看来,正规军被前后包围,已经难逃少年骑兵队伍的夹击。

此时,对方将领和石守信一前一后赶到,看到这种局面,对方将领笑着说:"公子果然名不虚传,今天这一战我们输了。"

匡胤客气地说:"双方还没有决战,胜负难测。"

对方将领说:"我军中了埋伏,军心涣散,哪里能够抵抗得住你方士气高昂的兵马。"

这时,赵弘殷听说演练结束,骑马赶过来询问结果,得知匡胤用计围困了对方,看看双方对阵情况,笑了笑什么也没说。

石守信等少年见状高兴地欢呼:"我们赢了,我们赢了。"

演练取胜,更激发了匡胤等人习武练兵的决心和信心。随后,匡胤多次将自己的兵马分成两路或者多路进行演练,锻炼大家的武艺和作战能力,他们这支少年骑兵队伍的名声也越来越响亮。

这天,郭融兴冲冲地来找匡胤,告诉他柴荣从太原回来了。柴荣一直跟随郭威身边,如今已是二十多岁的年轻将领,很受郭威赏识。匡胤拿出柴荣赠送给自己的宝剑,激动地说:"走,我们去见柴大哥。"

"神卫左第四军第二指挥第五都记"铜印,长 5.5 厘米、宽 5.3 厘米、高 4.2 厘米。此印背刻"太平兴国六年八月铸",即西元 981 年所铸。"神卫"是北宋禁军主力部队之一,属侍卫司步军,与"捧日"、"天武"、"龙卫"三支部队并为上四军,充当皇帝卫队

想到能够再见柴荣,赵匡胤的心情格外兴奋。这些年来,他始终没有忘记柴荣,一直为他博学多智的个性深深吸引。当初,正是听了柴荣讲解兵法故事,赵匡胤才开始读书学习。现在,匡胤已经由垂髫小童成长为能文能武的英俊少年,还组织了一支小骑兵队。

匡胤兴冲冲地来到郭融家里,见到了年轻有为的柴荣,并立刻被他威武的军人气概征服。柴荣身为郭威的亲兵指挥使,多次参加战斗,这些经历将他锻炼成为真正的军人,比起匡胤等人来气质风度自然不同。匡胤一边无比羡慕地倾听柴荣讲述战斗故事;一边暗想,要是我也能参加战斗那该多好。柴荣看出匡胤的心思,拍着他的肩头说:"听说你武艺进步很快,还组织了一支骑兵,不错嘛。"匡胤笑笑,谦谨地说:"比起柴大哥亲临战场,杀敌立功,我们不过是闹着玩罢了。"柴荣说:"你年纪轻轻就有这样的作为和志向,已经很不简单了,过几天我去看看你们的队伍。"匡胤高兴地点头答应。

几天后,柴荣果然让郭融带着,来到匡胤他们平日训练之

处，见到这支二十多人的骑兵，柴荣惊讶地说："没想到兵马还不少啊！"等观看了这支骑兵的演练，柴荣更加惊喜，对匡胤说："有朝一日，你这些兵马肯定会派上大用场。"

匡胤高兴地说："柴大哥，我听说契丹虎视中原，当今天子有意反抗契丹压迫，两国就要开战了，我想参军入伍，你这次去太原就带上我们吧！"

听到这个请求，柴荣吃了一惊，他神色严肃地说："不可私自议论国家大事！我在太原很久了，哪里听说过要与契丹交战的事？以后不要提这件事了。"柴荣当然清楚国家形势，但是他更清楚刘知远和郭威的打算，身为他们手下将领，聪明的他自然不会在匡胤等少年面前议论这些。

匡胤多少有些失望，他本来以为柴荣会像以前那样指导自己，会激励自己奋勇向前。现在看起来，柴荣似乎比较保守，对于契丹的欺压有些麻木了。

柴荣虽然没有同意匡胤的要求，还是十分认真地指出了队伍的优缺点，并且舞刀挥剑与石守信等人对战了一会儿。随后，他带着这群少年来到一座酒肆，与他们在那里痛饮了一场。

战事四起

匡胤一心参军抗敌，却遭到柴荣反对，他心里想不开，在酒肆里喝醉了。回家后，杜夫人看他喝多了，一面让人服侍他休息，一面询问石守信等人原因。石守信将见到柴荣的事告诉杜夫人。杜夫人听了，沉思着没有说话。

过了几天，柴荣离京北上，匡胤前去送行。两人再次离别，柴荣望着自己赠送给匡胤的宝剑，坚定地说："匡胤，你不要着急,以后有的是机会让你杀敌立功。"

匡胤点头说:"这几天我也想过了,只要战事一起,我不会袖手旁观,还请柴大哥有用人之处不要忘记小弟。"两人在开封城外话别,谁能料到他们别后相见竟果真在战场上。

柴荣走后不久,战事果然爆发了。青州节度使杨光远外联契丹造反,将石敬瑭在位时与契丹称臣修好、虽屈辱倒还大致和平的局面彻底打破,从此,与契丹的战争接二连三地发生。面对着内外交困的局面,志大才疏的石重贵不积极行动收拾河山,却一味沉浸于声色犬马之中昏度时日。当时,石敬瑭尸骨未寒,梓宫在殡,石重贵就纳颇有美色的寡婶冯夫人为妃,并恬不知耻地问左右说:"我今日做新婿何如?"可见其为人荒淫无耻。战事开始,朝廷上下矛盾越来越激烈,以景延广为首的权臣力请石重贵亲征,而刘知远等握有兵权的武将却迟迟不肯行动,摆出一副坐山观虎斗的架势。石重贵缺少治理国家的才能,国难当头,更是慌了手脚,他一面听从景延广的主张亲征平乱;一面下令各地官吏赶紧筹集军资。各地贪官污吏借机搜刮民脂民膏,恰逢大旱蝗灾,许多地方颗粒无收,老百姓的生活陷入水深火热之中。石重贵派遣近臣二十人,派往全国各地州府以借粮为名剥夺百姓财产,使臣们奉旨行事,立法严峻,老百姓为了保护粮食,就把粮食藏起来,上面用泥封住。结果,贪官污吏发现了百姓储存的粮食后,竟然杀害平民,抢夺百姓赖以生存的粮食。

不久,契丹与后晋军队在戚城相遇,石重贵亲临战场,不但不积极指挥战事,反而每天耽于声色。石重贵在宫中听惯了"细声女乐"。亲征以来,只能召左右"浅藩军校,奏三弦胡琴,和以羌笛,击节鸣鼓,更舞送歌,以为娱乐",所以他常对侍臣们抱怨说"此非音乐也"。宰臣冯道等投其所好，奏请举乐。石重贵碍于形势紧迫，没有采纳这个建议，不过他这种视国事如儿戏的态度和做法，深深伤害了军民的心，给各地不安分的节度使起兵谋反创造了条件，为后晋快速灭亡打下了基础。

　　杨光远谋反，契丹入侵，皇帝亲征，这些消息当然不会瞒过一心关注国事的赵匡胤，他常常召集朋友们议论战事，展望未来。这天，赵弘殷回家辞别家人，奉命北上送军粮。匡胤听说后决定跟随父亲北上，参军抗敌。

　　赵弘殷看着匡胤摇头不止，连声说："你年少无知，去前线做什么？还是待在家里吧。"

　　匡胤说："我从小习武练兵，为的就是有朝一日参军抗敌，前些日子你曾经检验过我的骑兵，我不是一举得胜吗？"

　　赵弘殷不耐烦地说："不过侥幸取胜，有什么好吹嘘的！"

冯道是唐末五代时期鼎鼎大名的"不倒翁"，做过后唐、后晋、后汉、后周六个皇帝的宰相，最受诟病的是他的政治道德，被称为"奸臣之尤"

　　看到父子争吵，杜夫人劝道："不如带匡胤去吧！"

　　赵弘殷不解地看一眼夫人，纳闷地说："从小到大，我都主张让匡胤读书学文，不要练武习兵，可是就是管不住他。现在战事又起，他当然坐不住了，夫人要是支持他前往，以后还能拴住他吗？"

　　杜夫人使了个眼色,悄悄拉过赵弘殷,对他低语道:"匡胤志在戎马,这是天性,你我哪能强扭过来? 他一心要参军打仗,如今也是十五六岁的人啦,你要是不带他去,难保哪天他就偷偷跑到前线去了。你想一想,他跟在你身边我们还不放心,他要是独自前往,不是更危险吗? 所以我觉得还是带他去吧! 一来满足他的心愿,二来让他见识见识战争的残酷激烈,说不定以后他就不吵着闹着参军打仗了。"

　　赵弘殷仔细琢磨,觉得有些道理,他转身喊过匡胤严肃地说:"匡胤,我可以带你去前方,不过你一定要听从命令,不能擅自行动,不然可要接受军法处置。明白吗?"

　　匡胤兴奋地保证道:"请父亲放心,匡胤一定遵从军中制度,绝不擅自行动。"

　　匡胤随行去前方的消息,很快在朋友中传开,有人为他高兴,有人替他担忧。高兴的人觉得他终于有机会亲临前线,说不定可以杀敌立功;担忧的人觉得战事紧张,前方危险,匡胤此去一定会受不少磨难。匡胤一一听取众人的意见,坚定地说:"我有志杀敌报国,今日前去,不管战事多么危险,我都要尽心做事。"

　　很快,北上的队伍出发了,赵匡胤打扮成士卒模样混杂在队伍当中。宿卫大将史弘肇率领部分官员亲自送行。赵弘殷拜别史弘肇,指挥着士卒们押送军粮踏上北去的道路。

　　这一去,少年匡胤会遇到哪些事情,他的成长之路又会受到哪些影响呢?

第三节 小试锋芒

军粮被阻

匡胤跟随父亲押送军粮去前线,一路上他们风餐露宿,日夜兼程,不敢有丝毫疏忽。这天,他们正在大路上行进,忽然前方探马回报说发现契丹兵马。赵弘殷急忙命令队伍停止前进,驱赶着车辆躲到附近一片树林里。

匡胤走到父亲面前低声说:"父亲,你带人在这里躲避,我出去观望一下敌人的情势。"

赵弘殷看着儿子说:"过一会儿再说。"

过了半晌工夫,树林外边依然寂静无声,出去查看敌情的士卒也没有消息。究竟契丹兵马距此多远、有多少人,赵弘殷不得而知。匡胤再次请命:"父亲,我出去查看一下敌人的情况,我们也好备战。"

赵弘殷想了想,命令一位有战斗经验的将领李茂带着匡胤一起外出查看。匡胤领命走出树林,他轻轻提了提马缰绳,马儿飞快地跑上一座低矮的山坡,匡胤站在坡顶朝四周观望,只见北方不远处旌旗飘扬,确有一队兵马活动,他定睛细看,旗上的图案正是契丹人的标识。匡胤看了一会儿,顺着来路走下山坡,对身边李茂说:"我看那边有座村庄,我们去打听一下,问问这队兵马什么时候出现在此处的?"李茂点头答应。两人一前一后很快来到村前,只见家家闭门关窗,听不见鸡鸣狗吠,似乎村子里没有人。战争面前,老百姓躲之唯恐不及,看来都逃走了。看着如此凄凉景象,匡胤心底一阵悲戚:国家软弱,百姓受欺,这样的日子何时才能结束?

匡胤骑马绕村一周,没有发现一个人影,他正要打马亲自去敌人阵营前打探消息,却见一座破旧的柴门后边跳出一人,此人二十岁左右、体型瘦小,穿着粗布衣衫,手里拿着一根木棍,看上去倒也颇有精神。匡胤忙勒马停在此人面前客气地问:"请问你知道前方契丹兵马有多少人吗? 他们什么时候出现在此处的?"

契丹王子骑射图

年轻人注视着匡胤,目光犀利,神情倔强,似乎要把匡胤看穿。注视了多时他突然开口问道:"你是干什么的? 打听这些事情干什么?"

匡胤指指身穿的戎装说:"我是朝廷派往前线的战士,我要从这里去前方,可是契丹兵挡路,我想知道他们的情况,看看能否将他们一举消灭。"他知道军粮关系重大,不可轻易泄露,所以没有说出军粮之事。

年轻人看着匡胤,有些不信地说:"你多大了就能上前线? 再说了,前方契丹兵不下百人,凭你们两个人还想闯过去?"

匡胤笑笑说："上前线与我多大没关系，只要能够杀敌不就行了。你说契丹有一百人，怎么就知道我们人少呢？告诉你吧，我们是一支好几百人的队伍。"

听匡胤说有几百兵马，年轻人精神一振，他立即上前几步朗声说："太好了，终于盼到大军来了。"随后，他把前方契丹兵马的情况详细说给匡胤听。原来，这支兵马是契丹派遣在此专门阻截运粮队伍的，从一开战就在此驻扎了。多日来，契丹兵横行肆虐，杀人越货，蹂躏着附近百姓。许多人都逃走了，一些青壮年不忍家乡遭难，联合起来对抗契丹兵。可是他们手无寸铁，有心无力。他们上报地方官府，希望官府派军队来抵御契丹兵，保证百姓安全。可是负责当地兵马的节度使不愿得罪契丹，不肯出兵救助，看来他也像刘知远一样，暗蓄势力，准备趁朝廷与契丹作战之际从中渔利。

听完年轻人述说，匡胤愤慨地说："各地节度使太自私了，像他们这样各人顾各人，不是正中了契丹的心意吗？要想击败契丹，没有团结一致的精神哪里能行！"

宋太祖赵匡胤画像

年轻人感叹说："说的也是，我们人心不齐，怎么能打过契丹？我听说士卒们大都愿意奋勇杀敌，就是将领不肯下令。"

李茂听了，反驳说："事情也不都是如此，前几天前方传来捷报,说我军大胜契丹,正是天子亲自下令出战的。"

年轻人摇摇头,看着匡胤问:"小将军,你们带来的兵马在哪里? 我们有二十几人,我们合在一起,肯定能击败前方的契丹兵。"

匡胤大喜,带着他回到树林,这下,年轻人才明白匡胤等人的真实身份和任务。匡胤向父亲请命说:"父亲,前方契丹兵不除,我们就无法将粮草押运到前线,为今之计我愿意带着人马引开敌人,你趁机护送粮草闯过去。"

赵弘殷担心地看着儿子:"这可不是护圣营地前的演练,这要真枪实刀地与契丹对战,太危险了,你还是与我一起押送粮草,让有经验的将领负责引开敌人。"

匡胤固执地请命:"我了解敌方情况,应该由我负责引开敌人。"

赵弘殷厉声说:"你忘了临行前我对你说的话了,一定要听从命令!"

"可是,"匡胤争辩说,"如果我只跟在你身边,肯定会降低士气,不利于作战。"

赵弘殷一愣,随即巡视一眼身边士卒。一般来说,押运粮草的士卒或者年老体弱,或者武艺较低,作战能力相对差一些,这次随行的士卒中除了少数是跟随赵弘殷多年的老兵外,其他人都是临时征调过来的新人。看着这些士卒,赵弘殷心里明白,他们有些人对战事比较生疏,有些人缺乏战斗能力,要想调动这些人的积极性,必须身先士卒,奋勇向前,如果自己把匡胤护在身边,可能真像匡胤说的会降低他们的士气、消磨大家的斗志。

思虑再三,赵弘殷同意匡胤的主张,让他和李茂负责引开敌人。决议已定,赵匡胤即刻点起五十精壮兵卒,与李茂一起走出树林。不多时,年轻人也带着当地自发组织的队伍前来报到,两处人马合在一处,大约七十人。匡胤能否带着这七十人击败契丹兵,保护粮草顺利到达前线呢?

火攻取胜

匡胤发现当地队伍的这二十来人大多没有兵器,他们手中或者拿着木棍或者握着柴刀,一看就是一支杂牌力量,不过他们个个满怀悲愤,对契丹充满仇恨,所以斗志十分高昂。这支队伍的头领叫做李宝钢,也是二十岁左右年纪,他过来见过匡胤和李茂后,粗声大气地问:"说吧,我们怎么打契丹狗?"

李茂转头看一眼匡胤,意思好像在说,就他们这帮人怎么可能打败契丹大军。匡胤却不以为然,他热情地招呼李宝钢,邀请他一起分析敌情,制定进攻策略。

经过简单分析,李茂认为应该兵分两路,一路从正面进攻,一路从后面包抄,前后夹击消灭敌人。李宝钢听了摇头说:"契丹狗不好对付,他们一百人,个个精通骑射,有些手段,在这四野平川之地,我们只有七十人,很难形成包围之势。"

李茂生气地说:"怎么,你刚才还叫嚷着杀敌呢!这会儿害怕了?"

李宝钢一把扯开胸前衣襟,露出伤痕累累的前胸,拍打着说:"你瞧瞧,这都是与契丹狗作战留下的记号,我什么时候怕过他们!"

看着两人互不服气,匡胤劝阻说:"两位不要着急,现在我们必须团结一致,共同商量退敌良策。李宝钢,我看你十分了解契丹实力，依你看该如何对付他们？"

李宝钢抓抓头皮，叹口气说："唉，要我说，契丹狗虽然厉害，不过他们全仰仗那些良马，要是他们没有马，我敢说我们一人能打过他们两人。"

契丹是兴起于北方草原上的游牧民族，他们逐水草而居，以射猎为生，所以男子从小就练习骑射，技艺非常高超，长大成人后直接成为国家的骑兵。这些年来，随着不断南下入侵，他们了解了中原农业文化的特色并逐渐受其影响，经过几代国主的努力，开始建立起比较稳固的国家形式，部分靠近中原的契丹人甚至开始接受先进的农业文化，学习耕种桑植，过起了稳定的农耕生活。不过，契丹虎视中原之心一直没有改变，他们的骑兵队伍也因为得天独厚的条件十分强大，可以说中原部队惧怕的正是契丹强悍的铁骑。

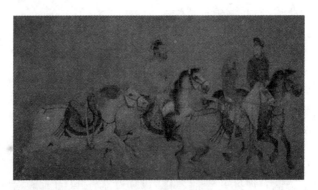

契丹骑射图

听李宝钢这么说，匡胤突然有了主意，他说："我们何不在契丹人的马匹上做文章，就像你说的，让他们没有马骑，看他们还能不能张狂！"

李茂瞪着眼睛问："怎样除掉契丹人的马匹？谁能做到？"

李宝钢接过话茬说："这个倒不难办，我们村子里有人被捉去喂马了，只要我派人通知他，他一定会帮助我们。"

匡胤高兴地说："太好了，宝钢你负责联络喂马人，让他们悄悄接应我们。天黑时我们就一起行动。"然后，他与李茂、李宝钢详细商讨了一个计划，三个人一致同意，并把计划禀告了赵弘殷。赵弘殷听了计划，觉得可行，让他们吃饭歇息再分头开始行动。

李宝钢亲自带着三个人潜入敌人阵营，秘密联络喂马人，原来，他的计划是带人火烧马厩，让契丹的良马受惊四散而逃。喂马人听了这个计划，轻松地说："这好办，不就是点火嘛，我们从小在家烧火做饭的，这点事难不倒我们。"他们拌足了饲料，一边喂马一边说："吃得饱饱的，一会儿好跑得远远的。"李宝钢听了，乐得直笑。

天很快黑了下来，李宝钢他们准备就绪，在马厩里堆起一堆堆柴草。再说匡胤，他披挂整齐，腰挎宝刀，身背弓箭，跨上骏马，与李茂一前一后离开树林，各自带着三十几人，分别从左右两个方向向契丹营地悄悄进发。

接近营地时，匡胤和李茂两队人马停了下来，等待火光冲天的信号。不多时，就见契丹营地后方燃起熊熊大火，火光照亮了夜空。匡胤大喝一声，一马当先冲向敌营。随后，就听左右两队人马也呐喊着争先恐后杀向敌营。

这时，火光冲天，马的嘶鸣惊叫声不绝于耳，很快，一匹匹惊马狂奔乱跳四散奔逃，加上冲杀而来的后晋军，顿时，契丹营地陷入一片慌乱中。契丹将士们急匆匆拔刀抽箭，却见坐骑受惊而逃，只好徒步迎战。匡胤带领骑兵冲杀上来，马踏刀砍，契丹士卒死伤一片。本来,契丹士卒依靠马上功夫取胜,现在没了优势,当然被动挨打。

匡胤带着骑兵横冲直撞时,李宝钢手下的人也不怠慢,他们挥舞木棍镰刀,紧随骑兵后面砍杀没有死去的契丹士卒,经过这番轮流进攻,契丹兵彻底失败,侥幸逃脱一死的契丹人抱头鼠窜,落荒而逃。

等到火光渐渐熄灭,战斗也以后晋军完胜而宣告结束。李宝钢等人围着营地欢呼雀跃,大声叫喊:"我们赢了,契丹狗被打败了。"匡胤立马站在营地前面,望着士卒们一张张兴奋激动的脸,心情无比激动。这是他第一次参加战斗,第一次对阵契丹,第一次就取得如此巨大胜利,对一个十五六岁的少年来说,这就是最大的荣耀、最成功的战绩。如果不是他大胆启用李宝钢,如果不是他勇猛冲杀在最前面,这场战事胜负还很难预料。

赵弘殷听说匡胤他们一举打败契丹人,取得完胜,也很高兴,亲自赶到阵地前查看战绩,抚慰将士。他看到儿子英姿勃发的样子,心里暗自喜悦:匡胤从小爱好兵器武功,果然是个行军打仗的好料子。要像今天这样发展下去,不久他就会超越自己了。

经过简单修整,赵弘殷带着队伍连夜穿过此地,快速向前线赶去。李宝钢等人也跟随队伍前行,成为抗击契丹的正规士兵。少年匡胤火烧契丹的消息不胫而走,成为激励人们抗击契丹的典型事迹,这件事情也传到了前线,匡胤的名声竟然引起皇帝石重贵的注意。不知道皇帝会对匡胤火烧契丹这件事有什么看法,他又会给匡胤带来哪些影响?

第四节　第一次见天子

天子巡城

押送粮草的队伍日夜兼程,终于按时到达了前线戚城。在这里,少年匡胤火烧契丹的消息也广为人知,一些赵弘殷的老相识纷纷登门祝贺匡胤英勇杀敌的行为。赵弘殷一边谨慎地接受祝贺,一边暗地嘱咐匡胤不可招惹是生非,他担心匡胤过分得意会做出什么不当之举。其实,匡胤一心关注战事情况,倒没有把这点虚荣放在心上,他每每见到将士都会打听何时与契丹交战、双方交战的情况如何等等。

这天,匡胤趁父亲不注意骑马来到城下,打算登城观看敌方的情况。守城将士阻拦不让他上去。双方正在争执,就听有人高声呼喊,天子石重贵亲自来巡城了。话音落处,就听城内马嘶鼓响,一队骑兵簇拥着石重贵御马而来。所有将士匆匆俯身跪倒迎接石重贵。赵匡胤随着人流跪倒在地,抬眼悄悄打量马上的石重贵,只见他三十岁左右,身材魁伟,穿着金银打制的盔甲,气势凌人,只是面容显得虚浮,给人一种外强中干的感觉。少年匡胤看了一会儿,心里多少有些失望,在他的心目中,天子应该威武神气、震慑四方,像眼前这个皇帝似乎缺少一些威严,他甚至想,皇帝还没有柴荣大哥有气势呢!

不管匡胤如何胡思乱想,石重贵却摆足了皇帝的架子,他扫视了一下脚边的将士,轻咳一声命令他们起身,随后提马就要上城头。一位将军上前一步说:"陛下,我等为您准备了新的战地乐曲,请陛下登城欣赏。"

古代皇帝巡行的乐队

石重贵嗯啊一声,没有表示什么就上去了。匡胤听了,奇怪地想,皇帝不是来巡城吗?怎么还欣赏乐曲?他哪里知道石重贵亲临战场后召左右"浅藩军校,奏三弦胡琴,和以羌笛,击节鸣鼓,更舞送歌,以为娱乐"的事情呢?

果然,石重贵登城不久,城头上就传来羌笛胡琴之音,声声阵阵,倒也铿锵有力。赵匡胤奇怪地看着这一现象,悄悄问身边士卒:"天子听乐曲,是不是为了鼓舞军心士气?"

士卒撇撇嘴:"我们哪知道,反正天子经常抱怨这样的乐曲不是音乐,听说宰相打算把京城皇宫里的乐师、舞娘们调来给天子助兴。"

　　匡胤大吃一惊，他第一次听说这样的事情：战场烽烟阵阵，刀剑无情，天子竟然还有这样的雅兴。要是真把皇宫里的靡靡之音弄到前线上来，不知道天子该如何指挥一场场血雨腥风的苦战。看着匡胤吃惊的表情，士卒笑笑说："怎么，你担心什么？我们当兵的只管杀敌，不要想那么多了。"

　　匡胤刚想说什么，突然乐声戛然而止，城头一阵骚动，弹奏乐曲的士兵们匆匆逃下城头，看上去一副惊恐神色。士卒趴在匡胤耳边说："看见了吧，又挨皇帝训斥了。守城的将军知道皇帝爱音乐，总想讨好皇帝，每次皇帝巡城都要献上新乐曲，结果经常吃力不讨好。"

　　看着仓惶撤走的奏乐士兵，匡胤心里一股说不出的滋味，就在这时，城上又一阵骚动，石重贵在众人簇拥下走下城头，他边走边指手划脚地安排着什么。随行将士不住点头称是。突然，石重贵停下了，跟身边的将军耳语几句。将军受命后当即大声说："天子有令，不日就要与契丹决战，大家一定要振奋精神，勇猛杀敌。"将士们报以热烈的掌声和欢呼声。石重贵十分得意，转身跨上马背扬长而去。

　　天子巡城就这样草草结束了，目睹整个过程的匡胤快快回到父亲军中。在他看来，这样的巡城如同儿戏，简直不值一提。赵弘殷看到儿子闷闷不乐，问道："是不是觉得军旅生活太枯燥了？"

　　匡胤回答："不是，我刚才去城门边看到天子巡城了。"

　　赵弘殷惊讶地说："你太大胆了，怎么到处乱跑？天子巡城可是非常严肃的事情，你怎么敢随便观看！"

　　匡胤不以为意地说："这有什么，我看天子不过如此，这样的巡城也毫无意义。"

　　赵弘殷怒视儿子，低声呵叱："又胡说了，你不想活了！你小小年纪懂什么，天子亲临战场，鼓舞士气，表明全国上下共同抗敌的决心和信心，你不要胡乱议论。"

雄才大略的唐太宗开创了贞观盛世，被人尊为"天可汗"

　　匡胤没说什么，心里依旧不服，他想象着唐太宗李世民率兵对敌时一马当先、身先士卒的壮观场景，想象着他单骑对敌、毫无惧色的神武模样，想象着他运筹帷幄、战前亲奏琵琶乐曲鼓舞士气的豪迈气概，真是百感交集。李世民是一位非常会打仗的皇帝，他十八岁辅佐父亲在太原起兵，一路征战南下长安，帮助父亲称帝，后来，经过无数次大小战斗，他二十四岁时就削平了隋末各地割据势力，统一了全国。每次战斗，李世民总是奋不顾身冲杀在最前面，极大地鼓舞了将士们的士气，在洛阳对阵王世充时，他多次带着少数人马冲锋陷阵。有一次，对方将领看他人少势孤，将他团团包围，可是李世民毫不畏惧，弯弓远射，一连射中十几个敌人，剩余的敌人吓得不敢近前。后来，李世民做了皇帝，为了扫除北方突厥危害，依旧常常亲临战场。有一次，突厥突然入侵直至长安城边的渭水，李世民率军阻敌，他在渭水桥边飞马出阵，只有五位将领近身相随，李世民坦然面对突厥大军，与他们在阵前谈判，逼退了突厥军队。这一举动不但震慑了突厥,也为后人广为传颂。

如今,有心效法唐太宗的赵匡胤联想古今,能不发出感慨吗?

比武射鹰

一心渴望在战前杀敌的赵匡胤看了天子巡城后,心情颇为失落,他心里疑惑,如此作战能否最终取胜? 这天,他正在城内闲逛,看见一队士兵抬着一张华丽的长弓奔跑。匡胤奇怪地上前询问,才知军中要举办比武大赛。匡胤一听来了精神,忙跟随队伍朝前跑去。

原来,双方对峙多日,将士们情绪不稳,为了稳定人心、鼓舞士气,宰相冯道建议天子石重贵举办一场比武。石重贵也觉得无聊,此计正中下怀,于是同意了这个建议。他特意命人抬出他以黄金珠宝镶嵌的宝弓,决定比赛时自己也显露一下身手。石重贵非常贪财,除了命人搜罗各地奇珍异宝外,还特别喜欢修建宫苑,装饰自己的马匹车辆以及使用的各种器物,在他眼里,好像只有这些东西才是自己的,而国家江山与己无关。看来,石重贵空有帝王之位,却无帝王之心,他的能力实在不值一提。

匡胤来到比武场地,看见将士们摩拳擦掌,跃跃欲试,心情为之一振,他忙走到报名处要求参加比武。报名处官员看他年少,问他是哪个部队的。匡胤哑口了,他还不是正规士兵,哪有什么部队。想了想他回答:“我是负责看管粮草的。”报名处官员听了,哈哈笑着说:“看管粮草的也来比赛,你能打过谁? 快回去好好看管粮草吧! 别误了我们的军粮。”

匡胤脸色通红地争辩说:“谁说看粮草的不能参加比赛,我一定要比武!"

　　报名处官员不理他,继续接待其他报名参赛的将士。赵匡胤被晾在一边,满腹委屈,可是又无处诉说。这时,突然鼓乐齐鸣,石重贵骑着高头大马走进场地,在场将士齐呼万岁,声震城郭。石重贵走上比武擂台,拿起金银珠宝雕饰的长弓弯弓远射,正好射中远处的靶子,他得意地坐到龙椅上准备观看比赛。

　　比赛开始了,参赛选手八仙过海,各尽其能,纷纷显露各自的拿手绝技。赵匡胤在一边看得兴起,不住鼓掌叫好,一时间忘了自己要参赛的事。经过几轮比试,台上剩下三位射术高超的将士,他们再次弯弓远射的时候,空中恰好飞过一只苍鹰。三位射手同时举起弓箭,准备射杀这只苍鹰。

　　说时迟那时快,一边观看比赛的匡胤突然抽出弓箭,没有等到选手射出箭,他已经将天上苍鹰射中。随着苍鹰落地,比赛场地一片哗然,大家纷纷寻找射中苍鹰的人,很快就找出了匡胤。石重贵命人把他带上去,看他不过十五六岁的少年,不由得高兴地夸赞了几句。冯道认识赵弘殷,趁机向石重贵说了匡胤火烧契丹的事,石重贵更加高兴,想了想抽出一支镶着钻石的箭就要赏赐给匡胤。景延广却阻止说:"赵匡胤没有报名参赛就得到奖励,恐怕其他选手不服。我看陛下不如将功折过,免除他私自射中苍鹰这件事。"

　　石重贵素来缺少主张,听了景延广的话觉得有理,又把箭放回去,几句话把匡胤打发走了。匡胤走下擂台,迎来在场将士的一片掌声,大家对这个射术高超的少年十分喜爱。

　　比武之后,匡胤父子返程的日子来到了。赵弘殷辞别天子和各级将领，带着匡胤以及随行士卒离开戚城，踏上回归之路。匡胤不愿意离开前线，几次请求留在这里。赵弘殷断然拒绝，他对匡胤说："现在战事莫测，你留下来能做什么！再说了，我们一路回京，路上也有不少危险，说不定比在前线有更多杀敌的

宋太祖赵匡胤画像

机会。"这句话吸引了匡胤，他想要是路上再遇到契丹兵，还可以像上次一样痛快杀敌，比起在这里来不知要快意多少呢。就这样，匡胤跟着父亲离开前线，随着队伍向开封进发。

不久，少年匡胤带着满腹疑惑，悄悄离家，探索国家和个人的命运前程，一路上他日行夜宿，饥餐渴饮，经历了许多有趣离奇的故事。饥渴之时，他被迫偷吃莴苣；朋友卧病，他勇敢地卖伞求医，成了一名商贩学徒；路过华山，他赌输了棋，竟然把华山卖掉。这一连串故事背后，匡胤究竟经历了哪些磨难？

艰难的旅程没有消磨匡胤的意志，反而激发了他为民为国奋斗不息的信心，他结识了卖油郎郑恩，两人勇敢地抵抗官兵欺凌；他听说了丑姑的事迹，以榆树为香祈求天下太平，又有了一段豹榆的故事。在这些故事中，匡胤又会有什么样引人注目的表现？

第七章

浪迹探索 好男儿志在四方

第一节 国难当头

从军的打算

少年赵匡胤随父押送军粮，第一次亲临前线，经历了一场不大不小的战事，对他来说这是长这么大最为荣耀的事情。回到开封后，他对朋友们提起此事，让石守信等人十分钦羡，大家在一起习武练兵的信心更足了。

赵弘殷回家后，对杜夫人也讲了匡胤一路上的作为，并由衷叹道："我看匡胤英武豪迈，是个带兵打仗的料。可是现在世道纷乱，他年纪又小，真有些担心他会出去惹是生非。"杜夫人想了想，安慰说："匡胤不过十五六岁的孩子，只要严加管教，他不会招惹什么大的是非。"夫妇俩商量决定，对匡胤加强约束，不能像前些日子那样放任自流。

受到约束的匡胤，每日在家里读读书、练练拳脚，有时候带着弟弟匡义玩耍取乐，时间久了，不免觉得烦闷。这天，他正在后院给匡义讲汉高祖刘邦斩蛇起义的故事，突然听到后院门外传来敲门声，他起身来到门口仔细倾听，原来是石守信等人站在门外。匡胤喜出望外，开门放他们进来。几个热血少年不过几日不见，却仿佛隔了几世一样，相见时格外兴奋。进门后他们七嘴八舌给匡胤讲述这几天的见闻，其中不免夹杂着个人的看法和愤慨之词。

原来戚城之战后晋虽然取得一时胜利，但随着石重贵回归开封，各地依旧不断发生叛乱。契丹更是不肯放过后晋，耶律德光派前锋赵延寿、赵延昭引五万骑兵入寇，兵分数路攻陷贝州、雁门，长驱直入。内忧外患之际，朝廷内部也矛盾重重，景延广和杜重威互不服气，为了争权夺利不断展开明争暗斗，他们各自扩张势力、拉拢人才，导致政权不稳。掌握兵权的各地军阀见中央势弱，不肯听命朝廷，石重贵身为君主，既难以调和各种矛盾，又不能重用得力大臣，国难当头却束手无策。在这种形势下，石重贵一面在众将力请之下准备再次亲征，一面遣人致书契丹国主耶律德光，求修旧好。

匡胤听说契丹五万大军压境，危急关头，石重贵害怕了，致书求和，当即挥手砍断身边的一枝柳条，气愤地说："如此抗敌，哪能取胜！"石守信也是满腔怒火，拔出宝剑说："你我在这里生气，不如冲到前线杀敌报国。"其他人听了，也都跃跃欲试，纷纷表示要上前线抗敌。一群热血少年壮怀激烈，不愿沉沦受辱，其情其志令人佩服。

他们围坐下来，商量如何去前线。石守信看着郭融问："我们去你父亲军中效力如何？"郭融摇头说："我父亲奉命驻守太原，早就让柴荣回来告诉我，一定要留在开封，不要轻举妄动。"郭威听从刘知远安排，不肯出兵解救朝廷危难，所以才让柴荣提前回开封安顿家眷。石守信等少年哪里知道刘知远与郭威的打算。

大家你一言我一语议论多时，始终没有好的办法，最后大家把目光集中到匡胤身上。一来，匡胤平时就是大家的主心骨；二来,匡胤毕竟去过前线,还与契丹兵真刀实枪地交过手。他对这件事会有更好的主张吗?

匡胤看着大家期待的目光,分析说:"目前兵荒马乱,我们要去前线,一路上会经过不少危险地带,而且也不知道哪个部队可靠,依我看,我们应该探访清楚,了解作战部队的大体情况再做决定不迟。"看来,上次随父送粮还是给少年匡胤带来不少经验。

石守信等人答应离去,四处打探各地部队抗击契丹的情况。匡胤也没有闲着,他一心探听前线消息,经常向父亲问这问那,希望打听到对自己有用的信息。赵弘殷有意管束匡胤,担心他依然热衷前方战事,当然不肯对他说战事情况。匡胤打探消息无门,便想了一条计策。这天,他坐在院内树下看书,读一段哈哈大笑一阵,再读一段又哈哈大笑一阵,赵弘殷正在擦拭自己的宝剑,听到笑声觉得奇怪,拿着宝剑走过来问:"匡胤,读书就读书,笑什么?"

匡胤忙合上书本,起身恭敬地说:"我读三国兵书,发现他们不讲实话,觉得有趣,所以忍俊不禁。"

赵弘殷不满地说:"这有什么有趣的?"

匡胤说:"诸葛亮运筹帷幄,想要联合孙吴抗击曹魏,一直没能如愿。刘禅不战而降,成了晋朝的阶下囚,为了保命落得个乐不思蜀的罪名,你说说,他们谁更厉害,谁更爱说实话?"

赵弘殷不解地看着儿子,不知道他葫芦里卖的是什么药,想了想回答:"还用问吗? 当然是诸葛亮,他是个非常出色的军事家、政治家,可惜刘禅扶不起来,他死后蜀汉政权也就很快衰亡了。"

匡胤当即反驳说:"刘禅不战而降也没什么,当今天子不是修书求和吗？说不定这样会换来一时安宁呢！要不然贵为天子为什么会这样做？"

刘禅，三国时期蜀国的亡国之君，后人笑他是"扶不起来的阿斗"

赵弘殷纠正说："这不过是权宜之计。你以为契丹会同意求和吗？告诉你吧，契丹国主虎视中原，绝不是为了那点贡品和尊号，他多年来都想霸占中原，狼子野心谁人不知！现在，天子求和的书信已被驳回，双方已经开始交战了。"

匡胤终于探知前线的确切消息，高兴地说："我看将士们同仇敌忾，契丹肯定会被驱逐出去。父亲，不知道现在哪支部队抗击最得力？您还会押送粮草去前线吗？"

赵弘殷轻声喟叹："不知道啊，我这个禁军副指挥使做了多少年了，既然不能杀敌立功，就只好留守京城，看家护院了。"

父亲的喟叹深深刺激着少年匡胤，他接着问："听说郭威将军作战勇猛，他的部队也是非常有名气，这次抗击契丹他参战了吗？"

赵弘殷清楚郭威和刘知远的打算，听儿子这么问，摇着头说："天子任命杜重威为邺都（今河北大名县）留守，兼任北方行营招讨使，全面负责抗击契丹一事，真不知道结果会如何啊？"

匡胤紧张地说："我听说杜重威向来巴结契丹，让他抗击契丹，不等于开门揖盗吗？"

赵弘殷苦笑一下,什么也没说就走进屋子,留下匡胤一人发呆。

匡胤的疑惑

很快,匡胤等人就通过各种渠道打听到了前线的情况。虽然杜重威一心想要投靠契丹,无奈天子石重贵亲征,全国军民抗敌心切,他暂时不敢明目张胆做出什么投敌行为。这样,到了公元944年春天,契丹第一次大规模入侵被击败。

胜利的消息传到开封,匡胤等少年虽没有达到去前线抗敌的目的,却依然十分兴奋,他们相聚庆祝。这天,赵弘殷也十分高兴,亲自命人准备酒筵招待匡胤的各路朋友。酒筵上,赵弘殷准许赵匡胤他们开怀畅饮。赵匡胤也曾偷偷喝过酒,不过都只是一两杯而已,像今天这样放开喝还是第一次。没想到,匡胤天生酒量极大,是个豪饮者。他的父亲赵弘殷只在高兴的时候才喝上两杯。据说,他的祖辈也没什么人喜好杯中之物。而赵匡胤却不同,他闻着酒香就感到亲切,以至于美酒佳酿陪伴了他一生。

看着儿子开怀畅饮,豪情满怀,赵弘殷放心地离席而去,把这欢乐的时刻留给了年轻人。匡胤与石守信等人斗酒畅饮,欢声笑语,度过了一个美好的夜晚。

第二天,匡胤醒来后就跑出家门,他要看一看胜利后开封城内的喜庆场景。果然,城内行人面露喜色,店铺酒肆早早开张,看起来太平世界又回归了。赵匡胤转了一圈,来到石守信家,远远看见他们店前停着好几辆马车,他信步走了过去。

石守信听说匡胤来了,慌忙迎出客店,两人坐在店前一块石板上畅谈。石守信指着几辆马车悄悄说："看见了吧,这是为天子运送宝物的车辆,听说天子喜好珍玩,命各地官吏广泛搜罗。"

匡胤眉头一皱,记起石重贵镶嵌着珠宝的弓箭来了,他愤愤地说："国难当头,天子所为令人心寒。"

"谁说不是呢?"石守信说,"契丹刚刚退兵,皇上就忙着修建宫室,装饰庭院,广罗器玩,听说还宠幸伶人,这样下去如何得了。"

两个忧国忧民的少年窃窃议论,恨不能立即长大成人参与到国事军事之中。就在这时,店内押运宝物的官兵走了出来,一个个打着饱嗝,说着粗话,一副兵痞子形象。匡胤和石守信停止交谈,看他们赶着马车走远了才继续说话,随后分手道别。

回家的路上,匡胤心思极重,他越发不明白国难之际,天子石重贵为什么不积极治理国家、安抚百姓,努力创造太平盛世,反而贪财爱玩,置人民于水火而不顾,整日想着如何享乐? 想到这些事情,匡胤使劲摇了摇头,对石重贵的表现极不理解。

让匡胤更为不理解的事情还有呢! 石重贵为了铺地毯,不惜用织工数百,费时一年才完工。为尽兴玩乐,他对优伶们赏赐无度。在石重贵的折腾下,本来就处于重重危机之中的后晋政权,更加风雨飘摇,眼看着一步步走向灭亡。

带着满腹疑惑,匡胤年少的心无法平静下来,他隐约觉得开封城内太气闷了,他应该走出去,走到更为广阔的天地之中,认识这个充满无限玄机与奥妙的大千世界。如今他已经快要十七岁了,正是心智最为活跃、个性最为叛逆的时期,长久地生活在父母羽翼之下,长久地生活在同一个环境里,让他感觉自己的发展受到制约。确实,从小到大,他身为家里长子,父母对他的要求有些严格。在当时父母心中，儿子担负着传宗接代的重任，尤其是长子，更应该是礼、义、仁、智、孝样样俱全的好孩子，这样才符合家族对他的要求，将来才能继承家业。

年少的匡胤哪里懂得父母的良苦用心，他胸中燃烧着一团努力奋斗、积极进取的烈火，这团烈火时时提醒他不能安于现状，不能沉沦低迷，这些年来，他的所作所为也正体现了这一点。如今渐渐长大的他，与父母之间的冲突越来越明显，尽管他努力听从父母的安排，可是内心的冲动却驱使着他要走出去，要寻求自我的空间。

赵匡胤经过几日痛苦思索，把自己的想法告诉了父母。赵弘殷夫妇听了，摇头不准。匡胤态度坚决，一再请求父母让自己出去走动走动。看着他不达目的不罢休的样子，赵弘殷气咻咻地说："你说你能到哪里去？兵荒马乱的出去干什么？"匡胤梗着脖子说："我堂堂七尺男儿，志在四方，难道能这样在家里浑浑噩噩一辈子吗？"赵弘殷拍着桌子叫嚷："你懂什么，等你长大了有的是机会让你出人头地，明白吗？"匡胤显然不同意父亲的观点，他当即斩钉截铁地说："古人云'路漫漫其修远兮，吾将上下而求索'。我不想像你们一样蜗居一方，我要走遍天下，领略万里江山的大好风采。"年少的他胸怀壮志，岂肯与凡夫俗子为伍？在他心目中，从来没有设想过自己有朝一日也像父亲一样早出晚归，拿着薪俸小心翼翼过日子。年少的他常常幻想着冲锋陷阵，成为统帅千军万马的将领，威风凛凛，为国为民贡献自己的青春和热血。当然，有时候他也会想着自己能够治理国家，为百姓带来安宁和幸福的生活，创建一个富足强大的国度。总之，在少年匡胤的理想中，个人的意义和目标总是与国家命运联系在一起，而个人的享受和快乐微不足道。就是说,匡胤人小志大,所以他认为父亲说的"出人头地"不过是庸人的追求,根本就不放在眼里。

赵弘殷听到匡胤如此狂妄,喝叱道:"你母亲早就训斥过你'说大话的人不会有大成就',你今天又在这里说大话,难道忘了母亲的训斥?什么'领略万里江山'?万里江山是皇帝的,与你何干!你哪里也不许去,就待在家里读书!"

匡胤低声嘟囔一句:"万里江山怎么与我无关?我要的就是万里江山!"

赵弘殷看他一脸不服气,知道劝说无用,气得转身抓起桌子上的花瓶就要砸他。杜夫人伸手拦住丈夫,一边回头给匡胤使眼色,示意他赶紧离开,一边说:"匡胤,你也不小了,怎么就知道让我们生气操心?真该让你父亲打你一顿!"趁他们拉扯的工夫,匡胤连忙溜出去,跑回自己的房间。

虽然没有得到父母同意,匡胤依然没有死心,外出游历的念头愈发强烈。这天夜里,他趁家人不备,收拾简单的行装,悄悄离家出走,踏上漫漫探索之路。这一去,又引出了许多有趣的故事,为少年匡胤的成长带来数不清的经验教训。

第二节　浪迹探索

偷吃莴苣

匡胤独自一人离开开封,踏上西去之路。他本来打算约上石守信等人,可是走得匆忙,出了城门才想起此事。他有心返回,又害怕被家人发现,于是心一横,催马加鞭直奔西方而去。毕竟是第一次独自出门,又没有明确的目的地,骑马跑了一段路程他才想到底该往哪里去呢?从小到大,他只在两个地方生活过,一是开封,一是洛阳,如今离开洛阳也五六年了,不如回去看看。想到这里,匡胤精神一振,挥鞭驱马直奔洛阳而去。

单骑轻出,一路匆匆,匡胤在天黑时分赶到了洛阳,他凭着记忆寻找到夹马营,却发现此地营空人去,已经没有昔日的繁华热闹。夹马营后面的寺院经过战火蹂躏,也缺少往日的香火喧闹。匡胤漫无目的地游荡多时,春寒料峭,寒意袭身,他忙到寺院借宿避寒。经过打听,他才得知当年劝说自己东去开封的老和尚已经圆寂,匡胤燃香拜祝,祭奠老和尚。

在洛阳逗留几日后,匡胤决定继续西去。他自幼崇拜唐太宗李世民,有心去长安瞻仰一下古人圣都。一路西行,天气渐暖,匡胤所带路资越来越少,他这才担心起吃住问题。他从小生活条件优越,不缺吃、不缺穿,父母都为他打理妥当,哪有要他操

戏曲中的曹操奸雄形象

心的？现在倒好，他翻翻所剩无几的钱袋，愁眉苦脸不知该如何是好。这天中午，他走了半天路，又饥又渴，一路上也没见到什么村舍人家，想喝口水也没有地方去讨。他走在路上，突然看到前方有一座小寺院。寺院周围种植着几垄莴苣，肥大的叶子青翠欲滴，看上去就让人觉得解渴。匡胤心花怒放，自言自语道："怪不得有望梅止渴这一说法，果真不错。"原来，在三国时期，曹操率兵南下，将士们口干舌燥，难以成行，为了鼓舞将士前进，曹操指着前面的山峦说："大家赶紧赶路，翻过前面这座山就有一大片杨梅林，到时候我们就可以食用杨梅解渴。"杨梅性酸，将士们听了，不觉口生津液，感觉不到口渴了，行军速度大大提高。匡胤读过三国兵书，当然了解这个典故，今天，他望着一大片莴苣记起这个故事，兀自笑了。

匡胤牵着马来到莴苣田边，弯身拔起一棵莴苣，咬一口，茎肥如笋，又脆又甜，十分爽口，他不管三七二十一，接二连三大吃起来。匡胤的马见主人吃得兴起，也低头叼起一棵莴苣，欢快地啃食。一人一马吃得正高兴，忽然寺院里走出一位小和尚。原来这片莴苣是寺里僧人种植的。小和尚看到匡胤偷吃莴苣十分恼火，挥着双手过来要打他。匡胤忙起身躲闪，两人在田里你追我赶地奔跑着。

追赶了一会儿,小和尚累得气喘吁吁,指着匡胤叫骂道:"你这个偷吃东西的贼,偷吃了东西还不认错!"

匡胤停下奔跑,解释说:"你过来就追着我打,我不跑怎么办?佛家以慈悲为怀,我赶路久了,又饥又渴,无处吃住,难道活活渴死不成?"

两人的争吵声惊动了寺里的老和尚,原来这座寺庙比较小,就一老一小两位僧人。老和尚走出寺庙,端详了匡胤多时,见他体貌雄伟,气质不凡,手里还攥着一截没吃完的莴苣,不由得大吃一惊。

原来昨天夜里,老和尚做了一个怪梦,梦到风卷云舒,一条体型矫健的黄龙突然从云中飞出,在寺庙上空盘旋飞舞。黄龙似乎身陷困顿,飞不多时,竟然飞落到附近田地里。老僧人大感意外,不知道黄龙为何降落在寺庙附近,难道生病了?他正疑惑间,又一件奇怪的事情发生了:黄龙俯身吞食田里的莴苣,一副津津有味的模样。不多时,黄龙从田里腾身飞起,嘴里还叼着半截莴苣,眨眼间消失得无影无踪。老僧人惊醒过来后,回想梦中情景,对黄龙吃莴苣一事大感不解,不明白吞云吐雾的龙为什么会对莴苣感兴趣。这个怪梦又预示着什么呢?正当他坐在庙内百思不解的时候,外面的争吵声惊动了他。

老和尚将这件事与昨夜怪梦结合起来细想,顿感有几分蹊跷。心想,莫非昨夜怪梦是个预兆,预示今日有人前来偷吃莴苣?可是为什么偏偏是黄龙显身呢?再看眼前这个少年,相貌威武,气宇不凡,不像是个盗贼小人,眉宇间有股英雄气概,不同凡俗。想到这里,老僧人恍然大悟,猜想黄龙是匡胤的化身,这么看来,眼前的少年会是位贵不可言的人物。于是他连忙把匡胤请进寺内,并准备了食物招待他。

两人对坐交谈,老和尚知道了匡胤的姓名,忙问:"您可是在东京黄龙寺勇救龙泉木的义士?"匡胤边吃边答:"正是在下,那是两年前的事了,您怎么知道的?"老和尚施礼说:"义士,我们僧侣云游四方,哪里的寺院都是我们的家。去年我去过开封,在黄龙寺住了几天。"

"原来如此。"匡胤笑着说,"这就对了,一定是寺里的僧人告诉你的。"

老和尚呵呵笑着说:"义士,说来奇怪,我昨天夜里做梦梦到一条黄龙吃我种的莴苣,今天义士就赶上门来,您说这是不是有缘?"

匡胤也觉得奇怪,想着自己离开封已有千里之遥了,两年前所作所为还在此地被人记挂,可见名声对一个人来说多么重要,影响多么深远。想到这里,他放下手中食物说:"匡胤行路匆忙,准备不足,路途饥渴难耐,偷吃你们辛苦种植的莴苣,真是太不应该了。"

老和尚见匡胤道歉,笑着说:"义士误会老僧了。义士行侠仗义,解救危难,老僧十分敬仰,怎会为了几棵莴苣就怪罪您。再说了,普济众生,本是我们僧人所为,哪能见死不救?"

匡胤放下心来,与老僧继续闲聊。言谈中,老僧得知匡胤志向远大,不愿在家中依靠父母度日,独自离家探索求知,寻找未来之路,对他更加刮目相看,向他建议说:"我看义士身怀武艺,体貌非凡,在当今乱世定会有所作为,您不如投军,施展抱负。"

匡胤正苦于没有盘缠,游历难以为继,听了老僧建议忙问:

"此地属于哪个州府,哪支部队驻扎在此?"

老僧说:"此地属于凤翔地界,节度使名叫王景崇,是个非常有名的将军。"

匡胤想了想,似乎听父亲谈起过此人,点着头说:"多谢您指点,匡胤明天就去王将军那里看看。"

匡胤在寺里住了一宿,第二天一大早起身告辞,老僧人一直送出很远,临别时拉着匡胤的胳膊说:"义士将来得志,飞黄腾达之时,不要忘了今日送别之情,老僧希望您能为我师徒建一座大寺庙,也好普济芸芸众生,了却我的心愿。"从昨日交谈之中,匡胤了解到这座寺庙在此地本来香火非常旺盛,僧侣也有十几个。可是战乱纷纷,百姓流离失所,此地变成百里无人烟、尸骨随处见的地方,哪里还有人进香敬佛。寺庙多次遭受战火洗礼,僧侣离散,庙宇破败,才成了今日模样,所以老和尚说出这番话来。

匡胤回头望着破旧的寺庙,想想老僧师徒艰苦的生活,当即答应说:"您放心,匡胤有能力一定会帮助您。"当时,佛教已经兴盛千余年,中原大地上人们大多向善敬佛,匡胤自幼与佛家有缘,今日这一经历再次印证此事。

日后,匡胤做了皇帝后,派人寻访此寺庙,当日招待他的师徒都还在世,他果真下令扩建寺庙,修建了一座规模很大的寺院,并且赐名潜龙寺,成为当地百姓进香敬佛的好处所。

豹榆的故事

匡胤辞了僧人一路向西北行进,渐渐进入山峦起伏的山地之中。这天,他登上一座山峰,但见奇峰兀立,危崖高耸,洞穴遍布百丈深壑中怪石嶙峋,地形奇特,处处松柏苍翠,花木葱郁,大自然的鬼斧神工造就了这里奇美神秘的景象,真是一片令人神往的奇观。看着眼前美景,从小生活在平原地带的匡胤当真开了眼界。

匡胤边游走边欣赏美景,不知不觉来到一座山洞前,往里看了看,洞中十分开阔,四壁画有二十八宿,笔法生动流畅。洞中建庙,匡胤可是首次见识到。他信步走进洞中,里面有几个人正在烧香膜拜,他于是上前问道:"这是什么山? 你们为什么在此烧香膜拜?"

一位书生装扮的人抬头看看匡胤,指着脚下青山朗朗答道:

姑射山仙人洞,有赵匡胤三游仙洞的景观

"此山叫做姑射山,《吕氏春秋》中记载,尧为了招纳天下贤士,来到姑射山中拜见了四位贤人。传说中尧的夫人鹿仙女就住在这里,她和尧在这里相遇并成婚。庄子在自己的书中不仅记载了尧访四贤的事情,还在《逍遥游》中写道:'藐姑射之山,有神人居焉,肌肤若冰雪,绰约如处子,不食五谷,吸风饮露,乘云气,御飞龙,而游乎四海之外;其神凝,使物不疵疠而年谷熟。'"

听着他朗声诵读,匡胤知道这是一位满腹学识的文人,于是恭敬地说:"多谢指教,匡胤偶然来此,也要进香略表心意。"

那人听到匡胤二字,露出惊讶神色,问道:"你是从开封来的吗?"

匡胤点头说："正是,你是?"

对方书生起身拉着匡胤的胳膊说："你忘了,我是张文喻,去年在开封我们还见过呢!"

匡胤拧眉细思,然后欣喜地叫道："文喻,真是你啊! 你怎么跑到这里来了?"张文喻是匡胤在开封结识的一个年轻书生。后来匡胤随父送粮,回来后听说他已经搬走了。

张文喻说："我本来想到开封考取功名,可是眼见天下大乱,朝廷无心录用新人,唉,我也不用赖在那了,就回老家来了。现在,我每天在此为人相面算卦,挣点钱养家糊口。"

匡胤微微叹息："满腹才学,报国无门,真是可惜啊!"

张文喻看着匡胤说："你呢? 你武艺超群,精通兵法,不也一样吗? 对了,你怎么到这里来了? 还独自一人,是不是家里出事了?"

匡胤把自己离家出走的经过说给张文喻,张文喻听了,点头说："我就知道你不同常人,志向甚大,这次出来可要好好转转,看看山河的壮美,激发努力进取的斗志。"两人说着走出山洞,张文喻带着匡胤站到高处往西北方向眺望。不远处一座山峰恰似一位美丽动人的少女仰天而卧的姿态,她的头发、眼睛、鼻子、嘴巴、胸部、身躯,无不活灵活现、惟妙惟肖,在白云轻雾的掩映下,恰如一位纯洁高贵的少女刚刚进入甜美的梦乡,让人不忍心打扰。张文喻指着此山峰对匡胤说："前面那座山叫姑射山,相传是因一位名叫丑姑的十五六岁姑娘而得名的。丑姑自幼习武,武艺高强,她听说山中有恶虎出没,伤人害命,于是主动进山为民除害,她在射杀最后一只老虎时不幸掉下山崖,死后成了仙女。丑姑的义举感动了山神,一夜之间就把这座山峰化成了姑射神女的形象。从此,仙女就静静地躺在了这里。"

听完这个故事,匡胤深受感动,他感叹说:"一名弱女子尚能不惧险阻,为民除害,何况我们男子汉大丈夫!"

张文喻说:"是啊,我们更应该不坠壮志,为国为民分忧解愁。"

"豹榆",是一种奇特的榆树,浑身布满铜钱大的斑点,黄白相间,酷似金钱豹皮,故名

两个人边说边走,匡胤看见在郁郁葱葱的山林中,生长着各式各样的树木,许多都是他从来没有见过的。张文喻伸手折断几根榆树枝条,拿在手里对匡胤说:"有些地方的人吃不饱饭,就用这个充饥。"匡胤接过来看了看,不明白树枝何以充饥,试着咬了几口,咧着嘴说:"这个东西这么难吃,怎么能吃饱?"张文喻说:"有得吃就不错了,很多时候连榆树皮也不剩!"匡胤心里一阵颤抖,他似乎一下子长大了不少,昔日锦衣玉食的生活突然间离他那么遥远,那么不可思议。

匡胤手里攥着几根榆树枝,随着张文喻转遍山顶。他们回到洞中时,匡胤把几根榆树枝条代替香炷插在地上,跪地祈祷,祈求天下太平、百姓丰衣足食。

　　谁也没有想到，匡胤插在地上的榆树枝后来竟然生根发芽，长成了参天大树。这些树身上长有铜钱大小的花斑，花斑一年四季不断剥落，就像点燃着的香炷会不断往下掉香灰一样，成为一大奇观。

　　榆树长得高大粗壮，有两人合围粗的树干像金钱豹一样，浑身布满斑点，黄白相间，非常漂亮。原来豹榆的旧皮总是一块块、一层层地脱落，露出里边的新皮。新皮、旧皮颜色深浅不一，煞是奇特，后人根据这个特点为这些榆树取名豹榆。

第三节　仗义识兄弟

赌博卖伞

匡胤与张文喻意外相逢，两人志趣相投，决定一起西去投军。这天，他们带着不多的行李盘缠辞别家人，踏上西去之路。匡胤已经离家一两个月，他有心给家里报个信，告诉他们自己的情况，又害怕父母抱怨责骂自己，竟然迟迟不敢去信。这也是他这个年龄的少年人容易犯下的错误：他们只想着躲避责骂，不去顾虑父母的担忧。张文喻看出匡胤的心事，劝说他给家里写信报个平安。离家日久，匡胤自然十分怀念父母、家人，终于听从张文喻的建议给父母写了封信。

信寄出去不久，他们来到了华州境内。在山林村野中穿行多日，初到繁华地区，匡胤心情为之一变，他拉着张文喻去酒肆喝酒吃饭。匡胤生性豪饮，一连喝了好几坛米酒，还叫嚷着没有喝足。张文喻劝说："我们带的盘缠不多，还是节省着花。"

匡胤的家庭虽然不算豪门，但他自幼一直衣食无忧，连续多日的奔波劳苦让他深感乏累，不听劝告执意还要喝。张文喻无奈又给他要了一坛酒。匡胤喜孜孜地搬过酒坛一饮而尽。几坛酒下肚，匡胤酒意上涌，已然迷糊了。他晃悠悠站起来，拍着包裹说："没有盘缠怕什么，我刚才看见前面有家棋馆，我们进去赌几局,保管只赢不输,这不就攒够了我们的盘缠了。"

　　张文喻还想阻拦,哪里拦得住,就见匡胤借着酒劲,三五步就走到了不远处的棋馆里。棋馆里人真不少,有下的,有看的,非常热闹。匡胤进来后坐在一张人最多的桌子边,立刻过来几人与他对弈。匡胤棋艺不错,十一岁初到开封时,就因为好奇进棋馆下棋,结果对方耍赖,闹到拳脚相交。不过今天他有备而来,完全为了赢钱。他坐下后一连赢了几局,果真包裹鼓了起来。可是他没有想到,天下的赌徒都一样,谁输了也不会轻易认账。输钱的赌徒看他人单势孤,联合起来要揍他。匡胤奋力抵抗,好不容易才逃离是非之地。

　　匡胤见到张文喻时,酒已醒了,拍着脑袋说:"唉,看来投机取巧之事终不可为。"

　　两个人继续前行,傍晚时分,天上飘起丝丝细雨,落在他们的身上。张文喻身体单薄,几日劳苦加上细雨淋漓,竟然病倒了。匡胤扶着他走进一家客店,准备在这里停留几日为张文喻治病。

　　匡胤请了大夫,亲自为张文喻煎药,一连几日精心治疗,张文喻病情好转,可是两人带的盘缠也全部用光了。匡胤只好卖掉马匹,可是过了几天,卖马的钱也用光了,这可怎么办?匡胤在屋里转来转去,无计可施。张文喻看在眼里,对匡胤说:"我还没有痊愈,不能再拖累你了,你独自投军吧!"匡胤坚定地说:"你身体有病,我怎么能撇下你一个人走呢?我要是那样做也太不仗义了。你放心,我赵匡胤绝不会做那种无情无义之事!"

　　说完,匡胤冒雨走出客店,打算出去想想办法。天无绝人之路,匡胤在街上遛了一圈,恰巧看到一家卖雨伞的招收学徒,所谓学徒就是帮着制作雨伞、卖雨伞。匡胤自幼生活在军营之中，哪里见识过市井商贩生活，情势所迫他也无可选择，于是心一横走上去应征。原来，今年雨水多，这家雨伞铺子生意不错，可是铺子主人准备不足，缺少人手，这才贴出招收学徒的告示。

匡胤应征卖伞，铺子主人看他身形强健，面貌端正，不似奸恶之人，就收下了他。匡胤在这里住下来，一心做伞、卖伞，要等张文喻病好了再做打算。张文喻听说匡胤为了自己去卖伞，心里感动得无以言表，只是盼望自己的病赶紧好了，两人也就有出头之日。

这天，匡胤推着雨伞去附近市集上叫卖，路过一条河沟时不小心车子翻了，雨伞撒落一地。他停下车子捡拾地上雨伞的工夫，几个官兵模样的人走过来，一人拿起一把伞大摇大摆地要走。匡胤在后面喊道："你们还没有付钱呢！"

为首的一个年轻人回头说："付什么钱？不知道这是什么地方吗？"

"不管在什么地方，买东西都要交钱。"匡胤据理力争。

"哼！"那伙人里站出来一个身材魁伟高大的汉子，指着匡胤的鼻子说，"不要敬酒不吃吃罚酒，告诉你吧，我们是凤翔节度使王将军手下的，今天出门办事，不巧天气阴沉，拿几把雨伞有备无患，你要是误了我们的事，小心将军怪罪！"说着，晃晃拳头威吓匡胤。

匡胤哪里咽得下这口恶气，他伸手抓住汉子的胳膊，用力一拉，竟把那个汉子拽倒在路边的泥沟里，溅起泥水一片，引起周围路人哗然大笑。汉子摔了个满身泥，又被人嗤笑，顿时叫喊着挣扎起来，挥舞双拳直奔匡胤。匡胤闪身躲过，伸展拳脚与他打斗起来。那汉子虽比匡胤高大强壮,却没有匡胤武艺高超,三两个回合下来就已经渐渐不支,他的同伴一开始站在一边看热闹,以为匡胤肯定打不过那汉子,现在看情况不好,他们呼啦一下围上来准备一起攻击匡胤。

匡胤被围在中间,左支右拙,身上已经挨了好几下子,所谓双拳难敌四手,眼看着就要遭殃了。围观的人越来越多,大家指指点点议论纷纷,见是官兵与一般百姓交手,谁也不敢上前帮助匡胤。就在这时,人群后面突然冲进一人,叫嚷着:"这么多人打一个,太不象话了。"这个人年纪很轻,身高体壮,粗布衣衫上油乎乎亮光光的,好像是个卖油郎。

卖油郎郑恩

那人冲进来后帮着匡胤一通乱打,很快把那几个官兵打得抱头鼠窜,溜走了。匡胤忙感谢救命之人,那个人倒也爽快,自报家门说:"我姓郑名恩,字子明,山西应州乔山县人氏。自幼父母双亡,流落江湖,以挑担卖香油为生。虽然没有拜师学艺,但天生力大无穷。今天从此路过到市集上卖香油,看见有人打架,就凑过来看个热闹。"

听完他这通自我介绍,匡胤呵呵笑起来,拉着他的手说:"兄弟如此爽快,真是侠义之人。"随后,也把自己的姓名告诉对方,两个人收拾好各自的货物,有说有笑朝市集上走去。他们一边卖货一边交谈,半天工夫下来,已成为十分投机的朋友。郑恩听说匡胤为了给张文喻治病去店铺卖伞,当即激动地说:"大哥这么做才是真正的侠士之举,我今天结识大哥,真是三生有幸!"

粉彩戏曲人物郑恩比武招亲

时近中午,市集上人越来越少,匡胤抬头看看依旧阴沉着的天空,对郑恩说:"我们也走吧!可能午后就要下雨了。"郑恩收拾好挑担,跟在匡胤身后说:"郑恩无依无靠,四处为家,今天结识大哥,我以后就跟着大哥了。"

匡胤喜欢郑恩的豪爽率真,答应说:"好,我们就在一起闯荡江湖。"

他们回到客店时,张文喻正坐在店外等匡胤,看他带回一个年轻健壮的少年,忙询问其中缘由。匡胤就把今天的遭遇一五一十告诉张文喻。张文喻一面感谢郑恩,一面对匡胤说:"那些官兵说是王景崇手下的,我们今天得罪了他们,日后我们怎么去投靠他?"匡胤想了想说:"他们仗势欺人,欺压百姓,既然有这样的官兵,我想将帅也不见得多么英明。"张文喻点了点头,刚想说什么,却见郑恩一拍身边的一张石桌,大声说:"千万不能去投靠王景崇,你们知道吗?最近他为了招兵买马,大肆搜刮百姓钱财,这一方百姓都快活不下去了,你们投靠这样的人干什么?"

竟有这样的事?匡胤心头一震,他知道节度使招兵买马扩充实力无非为了对抗朝廷,看来王景崇也有心自己称霸了。想到这里,他问:"我们今天打了王景崇的人,他们会不会报复?"郑恩说:"当然会报复了,我跟你们说,前些日子他的一队兵马在乡下操练,践踏了百姓许多良田,老百姓生气了,联合七里八乡的人把这伙人赶走了。结果呢,王景崇非常恼火,下令把这些闹事的百姓全杀了。"说着,他用手在脖子上比划一下。

张文喻一直仔细地听他们说话,这时开口问:"那你还跟着来这里干什么? 不怕官兵前来捉拿我们?"

郑恩认真地说:"我这不是来帮你们打架的吗? 赵大哥是个仁义的人,我可不能见死不救。"

匡胤笑着说:"他们要是再来恐怕你我难以对付了,我看我们暂时躲避一下吧!"

郑恩不服气地说:"上午我们不是把他们打败了,再来还能来什么厉害角色?"

匡胤说:"如果他们真想报复,肯定会派更多的人来,我们区区两人哪能对付得了,所以为今之计还是躲一躲才好。"

张文喻点头同意,三个人赶紧辞了客店,带着不多的行李上路了。本来匡胤一心一意西去投靠王景崇,现在还没有到达目的地却节外生枝。王景崇已经不能投靠了,那么下一步该如何行动呢?

走了不多路程,张文喻支撑不住了,郑恩二话没说,放下货担就背起张文喻。匡胤接过郑恩的香油担子,三个人穿街过巷朝城外走去。真是冤家路窄,他们三人走到城门关口时,遇到了上午与他们打架的官兵,原来这几个人是王景崇派来监督此地收税的。这城门外有一座桥,叫做锁金桥,凡是路过此桥的生意人必须缴纳税金才能过桥。

匡胤在城门边观察了一会儿,与郑恩商量决定让他背着文喻过桥,匡胤挑着担子殿后。郑恩背着文喻,守城士兵以为他是带人去看病的,也没在意,他们很快就出了城。匡胤见他们脱险,挑着担子大步走向城门。士兵上来阻拦要他交税,匡胤不卑

在民间戏剧《斩黄袍》中，赵匡胤酒醉桃花宫，听信小人谗言，误斩郑恩。郑恩的妻子陶三春闻讯大怒，率兵围住皇宫，高怀德闯宫怒斩韩龙，登城调解，赵匡胤无奈只得脱下黄袍，陶三春当众将黄袍斩为两截以泄心头之恨

不亢地说我进城时已经交税了，怎么出城还要交税。守城士兵看他人小担轻，估计也不是个做大生意的，有心放他过去。可是那几个前来监督的官兵不乐意了，他们吆喝着说："怪不得最近税收减少，原来你们在这里私自放人。要是把这件事报告王将军，我看你吃不了兜着走。"守城士兵怯怯地说："将军，自从在桥头收税以来，过往生意人越来越少了。他们做小本生意的也不容易。"没等他说完，上午与匡胤交手的汉子上前就给了守城士兵一巴掌："你这个胆大包天的，竟然在这里造谣惑众，耽误王将军的大事。"说着招呼其他人上来就要一起打他。

站在一边的匡胤看不下去了，他挺身而出挡在守城士兵面前大声说："住手，你们欺压百姓不算，还仗势欺人，虐待士卒，像你们这样的部队早晚都要完蛋！"

那几个打人的官兵转身看着匡胤，这一看不打紧，他们高兴地哈哈笑起来。一个说："好啊，刚才我们还说呢，上午那俩小子怎么还不出城，你来得正好，我们就在这里等你呢！"另一个说：

"你不出城也没关系,这一亩三分地我们哥儿几个说了算,我正想通知此地县令捉拿你呢! 这下倒好,你送上门来了。"

他们叫嚣着围上来,匡胤见他们人多势众,抽出扁担一阵挥舞,毫不胆怯。对方知道匡胤勇猛,很快喊来守卫城门的十几个士兵将匡胤团团围在当中。匡胤左右冲突难以突破包围,心想我无论如何也不能被这几个人捉去,怎样才能脱险呢? 他退到桥边突然有了主意,只见他翻身一跃跳下河去,很快消失在翻滚的浪花之中。

第四节　输华山

山中对弈

赵匡胤顺河而下,终于逃脱官兵追赶。黄昏时他上岸歇息,极目远望,发现周围都是高山密林,自己已经迷失了方向,不知道身在何处。他想,也不知道郑恩他们现在哪里,情况如何,还能不能与他们联系上呢?胡乱想了一阵,匡胤觉得腹内空虚,便顺着一条山间小路一直往前走去,希望能够遇到人家,可以借宿一夜。可是越往前走,越险峻难行,林密草深,坡陡路窄,有时候半边悬崖绝壁必须侧着身子才能走过,有时候沟壑纵横交错山间溪水当路,还得攀葛附藤才能跃过。匡胤走着走着,眼看天色渐晚,还没有见到一户人家或者客店,心中暗想,看来自己走错了路,要是这样下去还不进入深山老林之中?到时候不但没地方吃住,恐怕山中狼虫虎豹也不会放过自己,不如折回去另寻道路。

匡胤正在暗暗思索想主意,忽然听到前面山谷深处隐隐传来一阵笑声。他精神为之一振,心想,前面好像有人,我还是过去看一眼,说不定前面就有人家了。想到这里,他脚步加快,很快穿越谷口,来到一片开阔地。此处平坦宽阔,中间一块平整的石岩大约一亩地方圆,旁边种植着一株千年古松。古松下两个须发灰白的老人正在下棋,神情专注,似乎没有注意到匡胤的到来。匡胤看着眼前景象,有种不真实之感,情不自禁上前观看两位下棋。

近前一看,两位老人穿着各异,一位道家装束,一位却是俗家打扮。他们走棋斗子,正杀得难解难分,难分胜负。匡胤棋术不低,看了一会儿,见那俗家打扮的老人本来占了半目优势,却因为一招缓手,被对手抓住时机步步紧逼,竟然要输,不免叹息一声:"唉,可惜了。"

下棋的两位老人听到说话声,慢慢抬起头来,上下打量匡胤。这时,匡胤也看清了对方的容貌,只见他们两人都是鹤发童颜、仙风道骨,绝非等闲之辈,不觉心生仰慕之意,忙施礼说:"冒昧打扰,请多多原谅!"

华山下棋亭,相传宋太祖赵匡胤赌棋输华山的故事,就发生在这里

那位老道人微微一笑:"这位小义士快人快语,看来也是弈林高手。"

匡胤忙说:"略知一二,不敢妄称高手。"

说话间,他们彼此似乎已经十分熟识,老道人邀请匡胤坐下来对弈。匡胤也不客气,坐在对面抓起棋子就要与老道人决一胜负。老道人却微微含笑,不慌不忙伸手拦住匡胤说:"小义士夜入山林,孤身一人,可见胆气非凡,不知道你是哪里人士,为什么流落到此?"

匡胤拱手答道："在下赵匡胤,汴京开封人,因眼见山河破碎,报国无门,几个月前离家外出,打算寻求进取之路。没想到在华州市集上与官兵争执,遭到他们追杀,所以逃到此地来了。"

老道人听了这话,重新打量匡胤,见这位少年体貌丰伟、气宇轩昂,言谈之间流露出的英雄气概竟然震慑人心,更吃了一惊,心想,这个小义士不但豪爽侠义,而且志向远大,可谓有勇有谋,不可多见,于是开口说:"原来如此,你打算到何处寻求进取之路?"

匡胤就把自己打算投效王景崇没想到却节外生枝的经过告诉老道,然后抓着棋子说:"不能投效也罢了,来,你我对弈一局再说。"

老道人并非凡人,他从匡胤的言谈举止和经历当中已然看破先机,暗自庆幸道,乱世就要结束,天下一统的时代就要到来了,眼前这位小义士将来定有一番作为。想到这里他看了一眼刚才与他对弈的老者,两人竟然不谋而合地相视一笑。

匡胤一心与老道人对弈,哪里注意到两位老者的想法,他举着棋子正要落子,就见老道人再次阻拦他说:"博弈未开,话先讲明,你我今日对弈,胜负该如何处置?赢了赢什么,输了又输什么?也该早立下个约定。"

匡胤倒是一愣,没有想到这位看似仙人一般的老道还有这份俗心,不过他也十分爽快,从身上取出仅有的几分银钱扔在石桌上说:"在下就剩这点银钱了,要输也只能输它了。"

老道人呵呵一笑:"身外之物,要它何用?贫道用不着。"

匡胤想了想,摸摸腰间的小尖刀,心想,难道他想要我这把宝刀?那可不行,这是我贴身之物,输掉了我怎么行走天下。老道人似乎看穿匡胤的心思，笑呵呵地说："小义士不要为难，大丈夫行走天地之间，难道除了银钱就没有其他可以一赌的东西了吗？"

匡胤依然迷糊，不知道老道所言何物，于是恭敬请教说："在下愚昧，请问道长您想赌什么？"

老道人手抚须髯，抬眼看着夜色深沉的山林一字一句说："天地之大，山川、湖泊、城郭、要塞，莫不是大丈夫胸中之物，都可以用来一赌。"

匡胤心里一动，不明白地看着老道人想：看他仙风道骨，不似俗人，果然出语不凡，只可惜我不过是一个小老百姓，纵然胸怀天下也没有能力与他赌山川、湖泊呀！

老道人没有理会匡胤，站起身来指着脚下说："就像我们脚下的华山，今天我们就可以赌一赌，你赢了归你，我赢了归我，怎么样？"

匡胤听了哈哈大笑："既然道长有意以赌取乐，匡胤奉陪了。"在他看来，老道人执意对弈赌博，而又不恋钱财，以华山做为赌资无非为了娱乐而已。

老道人却不道破其中玄机，喊过刚才与他对弈的老者做裁判，与匡胤摆开棋局决胜负。究竟匡胤输赢如何，老道人为何偏要赌华山呢？

自古华山不纳粮

赵匡胤与老道人下棋赌华山，结果三局结束，他一局未赢。老道人喜笑颜开，拿出笔墨让匡胤画押签字，立下输掉华山的文约。匡胤看着老道人如此认真地对待此事，不免心生疑窦，恭敬地请教道："华山并非匡胤所有,即便我签了文约又能如何呢?"

旁边的俗家老者嘿嘿笑出声来,指着老道人对匡胤说:"你今日可是着了他的道了。小义士,你知道他是谁吗? 他姓陈,名抟,字图南,道号扶摇子。我是他的朋友碧睛虬髯张鼎。"

赵匡胤一听,原来是久闻大名的陈抟老祖。据说无人知道他生于哪朝哪代,只知道他早年得道,已有半仙之体。明了今日能够得遇真是奇缘,匡胤急忙大礼参拜。

陈抟弯身扶起匡胤,笑呵呵地说:"不要客气,请到前面观中小坐。"说完,带着匡胤穿越松林小径,来到了一处僻静道观。这里正是陈抟的住所,只见青阶红墙,临凭绝壁,十分肃静安然。匡胤抬眼细看,门上"玄妙洞"三字在月色下若隐若现。他们走进道观,休息片刻后陈抟命人给匡胤端上饭菜。匡胤饿了多时,一阵狼吞虎咽把饭菜吃个精光。

陈抟笑眯眯地看着匡胤吃饱饭,再次拿出笔墨请匡胤写下输掉华山的文约。匡胤本以为老道人陈抟以此取乐,没想到他这么认真固执,笑着说:"匡胤可以立下文约,不过烦请道长一定告诉匡胤其中玄机。"

说完,他手握毛笔刷刷几下签好名字,然后又摁了手印,交回陈抟。陈抟拿着匡胤签名画押的文约,回头让张鼎也签字画押,而后看着张鼎得意地说:"华山已归贫道,你还有什么话说。"

张鼎哈哈大笑,拍着陈抟的肩膀说:"别得意了,快告诉匡胤其中秘密吧!"

陈抟回身看着一脸疑团的匡胤,对他述说了这件事情的来龙去脉。原来,陈抟道术高超,精通天文地理,他夜观天象,认为最近必有非凡之人路过华山,来人会把华山赐给自己。张鼎不信，所以日夜在此等候监视。谁会想到年少的匡胤来此与陈抟对弈，竟然果真把华山输给了陈抟。

匡胤听了，笑着说："虽然匡胤签了文约，可是华山也不是我的，恐怕这张文约没什么用处。"

"这你就不懂了。"陈抟一面小心地放好文约，一面神秘地说，"义士日后前途无量，怎么会说文约没用呢？"

果如陈抟所料，日后匡胤开创了大宋三百年基业，华州地方官到华山收赋税，却被陈抟拒绝，并拿出赵匡胤亲笔书写的字据文约为证。地方官没有办法，只得写了奏章，上报朝廷请示。匡胤见到奏章，当即想起与陈抟赌棋输掉华山的事来，颁下圣旨永远免去华山范围内一切赋税，这就有了华山"自古不纳粮"的说法。这事传开以后，好事的人便找到赵匡胤和陈抟下棋的地方，盖了一座"下棋亭"，成为华山一处著名古迹。赵匡胤建立宋朝之初，为了平定十国，延揽天下人才，他知道陈抟才能超人，想把陈抟招进京来扶保大宋江山。可是，陈抟这个人隐居惯了，不愿意应诏下山入朝。派去的使臣一拨又一拨，没有人能请动陈抟，使臣们不肯负命而归，就在华山的玉泉院长久居留。陈抟听闻后，就推荐自己的徒弟苗光义下山去保宋室江山，另外写了一道表章："一片野心，全被白云留住；九重龙诏，休教丹凤衔来。"交予使臣带走。如今，这些故事被华山人一代代传下来，人们根据这些典故修建了许多名胜古迹纪念先人，华山也增添了一道道亮丽的风景。

再说匡胤见陈抟收好文约，他并不放在心上。他在华山留宿一夜，与陈抟、张鼎谈论天下时事，寻求救国救民之路。这一夜他未曾合眼，听了陈抟关于"天下事如同棋枰之形，弈艺之理。

你看，一局为太极，太极生两仪。两仪者，阴阳黑白是也。两仪生四象。四象者，四时四方也。四象生水、火、山、泽、风、雷、天、地。可是，当今天地不交，万物不兴，震移本位，祸乱丛生"的精妙论断，也得到了"潜龙入泽，不离家园，目前唯此为有利，以后由离入坎，龙虎际会，前途方可光明"的指点。

陈抟，被宋仁宗赐号为"希夷先生"，后人称其为"陈抟老祖""睡仙"等

第二天，匡胤用罢早膳前去拜辞陈抟，却见他正在沉睡。匡胤问一位服侍的童子，陈抟何时醒来，童子回答："师父一睡，少者三五个月，多则三年五载。不到时间，即使呼唤他，他也不会醒来。"

匡胤记起传说中陈抟老祖睡卧千年的说法，笑了笑转身离去。这一去，前途未卜，不知道少年匡胤又会遇到哪些危险，他能不能一一化解呢？

在探索过程当中，匡胤遇到了一件大事，就是一位叫京娘的姑娘被强盗掠到道观之中，匡胤路见不平拔刀相助，显出行侠仗义的豪情。京娘的家乡远在千里之外，要想彻底搭救她必须把她送回家中，匡胤在困难面前没有低头，他承担起千里相送的重任。他们经过艰辛跋涉终于抵达京娘家乡，一路相伴，京娘对匡胤产生好感，几次试探打算以身相许，仗义豪情的匡胤却断然拒绝……

匡胤的父母为他订下亲事,不知道匡胤的未婚妻子究竟是谁?他对自己的婚姻是否满意?儿女情长面前,匡胤还有以前的雄心壮志吗?他的生活发生着哪些变化?

第八章 行侠仗义 不远千里送京娘

第一节　路见不平

京娘被掠

赵匡胤下了华山，四顾茫然。想想自己离家几个月来的所见所闻，也算有惊无险，可下一步该何去何从呢？他决定先去寻找郑恩和张文喻，见面后再做新的打算。

匡胤决心已定，顺着华山山下的一条小路向西而去，他想，也许郑恩和文喻还在等我呢。他这一路走来，满目树木葱郁，泉水叮咚，倒也不觉得乏累。走了半天光景，似乎离了华山进入另一座山林，匡胤寻到一处小酒家进去吃饭歇息。

下午，匡胤继续赶路，却突然觉得身体沉重，四肢无力，好似病了。他折断路边一根粗细适中的木棍，拄在手里一路勉力前行，傍晚时分，好不容易挨到一座道观前，仔细一看，原来叫做清幽观。匡胤记起上午在小酒家吃饭时，有人曾经说过此地有"三十一观"的说法，心想此地果然道观很多，不知道能否在这家道观留宿一夜。匡胤观望着走进观内，却也无人阻拦，好像观内的道士都不在家，匡胤无力细想，他又累又饿，困乏难耐，在观前廊下就势一躺，怀里抱着木棍不知不觉睡着了。

也不知过了多久，匡胤迷迷糊糊听到一阵哭泣声，猛然惊醒后，他细细辨闻，仿佛是一个女子的声音。他翻身坐起，望着观内忽明忽暗的长明灯发愣。原来此时已是半夜时分,道观内的香客早该离去,观内竟然还有女子哭声,莫非观内道士欲行不轨,藏匿良家妇女？这样一想,匡胤心中打个激灵,心想真是乱世,什么事都可能发生,今天我一定要查看清楚。他霍地站起,不顾身体有病,晃晃悠悠地寻着声音走去。

　　匡胤绕过殿角,顺着石板路向前,在一片竹林后发现一间僻静的小房子,房门紧闭,铁锁衔环。他趴在门缝上向里看,只见里面一片昏暗,什么也看不见,而那凄凄楚楚的女子哭声正是从这里传出。事实面前,匡胤心中怒火燃烧,他大声叫道:"大胆的道人,竟敢藏匿民女,快快出来开门放人！"

　　随着他几声高呼,寂静的观内亮起一支烛火,不久几个年老的道士颤巍巍走过来,来到匡胤面前低着头施礼参拜,口呼大王。匡胤听了他们的称呼,颇觉别扭,叫他们抬头说话。道人这才抬头看到匡胤,只见他们面面相觑,露出奇怪神色。匡胤盯着他们问:"道观是清静处所,出家人修行之地,你们胆敢藏匿女子,就不怕国法难容,世人唾骂吗？"

　　一个道士忙回答:"大王有所不知,这位女子是前天两个山大王抢劫来的,他们不容分说就把这位女子放在观内,叫我们好生看管伺候,说过几天来取人。刚才我们看见您在前面大睡,还以为您也是他们一伙的呢！所以不敢叫醒您。"

　　"原来是这样。"匡胤说,"不要叫我大王,我路过此地,不是什么山大王。你们道观内人也不少,为什么不仗义行侠,搭救这位女子,偏偏听从两个强盗的安排？难道你们真的想过几天后让强盗把这女子带走？"

　　这番话逼问得道士们一个个面红耳赤,无地自容。一个道士怯怯地回答："义士，我们也是有心无力，那两个强盗占据此山为王，武艺高强，喽啰不少，就连官府也拿他们没有办法，何况我们几个道士。"

匡胤明白了这件事情的来龙去脉，他吩咐道士打开房门，随后掌灯进屋。屋里的女子听到外面嘈杂之声，早就吓得躲在角落大气不敢出。匡胤进屋后，好不容易才把她叫出来。这个女子十六七岁模样，大大的眼睛，高高的鼻梁，白皙的脸庞上隐约有几个雀斑，连日哭泣使得眼睛有些红肿，泪水还挂在腮边，不过一眼仍是美丽动人。这女子见匡胤不像前几天的强盗一般粗鲁，说话举止威武之中露出侠义之色，遂连声恳求："小女子敢请义士搭救。"

匡胤问："你先不要慌张，我问你，你叫什么名字，是哪里人，为什么被关在道观之内？"

那位女子回答道："我姓赵，小字京娘，家住隰州蒲县小杨庄，年方一十七岁，前几天跟随父亲到西岳进香还愿，没想到路上遇到强盗，把我抢掳到此观之中。"说着，又哽咽起来。

匡胤安慰她说："不用怕，匡胤一定把你送回家去。"

听匡胤说要送自己回家，京娘当即拜倒谢恩。

观内道士见此，一个个却慌了神，他们阻拦说："义士，你要是送这位姑娘回家，恐怕我们道观就要遭殃了。"

匡胤不解地问："怎么，你们不肯放这位姑娘走？难道你们存有歹心？"

京娘是个聪明女子，她见匡胤生气，上前解释说："我在道观内几日，道士送饭、送茶，照顾得十分周到，我想他们也是惧怕那两个强盗，担心我走了他们再来闹事。当日他们把我放在观内，

位于河北武安市西北部的京娘湖，宋太祖赵匡胤千里送京娘的故事发生在这一带，故得此名

扬言如果我不见了就要把这里夷为平地。"

一位道士接着说："姑娘说的是啊，那日要不是强盗内讧，恐怕姑娘早就被他们掳上山去了，哪有机会等待义士相救。"

听他们说来说去，匡胤心想，看来这伙强盗势力不小，在当地危害很大。哼，我既然路见不平，岂能袖手旁观，今日我一定护送京娘回家，看他们能奈我何，想到这里，他举起木棍毅然说："我有办法对付他们。"

仗义相送

匡胤执意送京娘，道士们则担心强盗会上门寻事，就在左右为难之际，匡胤断然举起木棍，哐啷一声砸碎屋门，对在场诸人说："要是强盗上门要人，你们就说京娘被另外的强盗抢走了，这下他们不会迁怒于你们了吧！"

在场人看了，无不拍手称是，京娘望着侠义豪气的匡胤再次下拜说:"小女子承蒙义士搭救,真是感激不尽。"

匡胤扶起京娘说:"路见不平,行侠仗义,这是匡胤做人的信条,你不要客气。对了,我们赶紧收拾一下,天亮前就上路出发。"

他们二人哪有什么行装。还是观内道士被匡胤的侠义举动感动,拿出衣物、干粮为他们路上之用。这样,他们简单地吃了饭,京娘拾掇了一个包裹,匡胤背在肩上,两人离了后屋来到观前。

就在他们辞别道士时,观内的道长突然想起一事,他面露忧色拉过匡胤悄悄说:"义士,此去京娘家乡有千里之遥,你们少男少女同行,难免有瓜田李下之嫌,引来闲言闲语,恐怕有污义士清名。"

匡胤慨然答道:"俗话说身正不怕影子斜,我做事光明磊落,还能因为惧怕流言蜚语就不做事吗?"

道长点头说:"义士果然豪爽,不同俗人。"

他们说话间京娘跟了过来,她隐约猜到道长的意思,心想,我看赵匡胤一身正气,行事磊落,不像是个坏人,可是这一去千里,路上只有我们两人,如果他真有什么歹心,我一个弱女子又该如何应对呢?她倒也乖巧,忽然有了主意,上前对匡胤说:"义士千里相送,大义凛然,要是被那些小人误解,反而玷污了义士名声,京娘于心不忍。我看我们不如结为兄妹,一来堵住了小人的嘴,二来路上行动方便,义士您看如何?"

匡胤高兴地说:"太好了,你姓赵,我也姓赵,我们五百年前本是一家人,今日就以兄妹相称。"

京娘喜滋滋地跪倒在地,说道:"哥哥在上,请受小妹一拜。"

说着连磕了三个响头。

匡胤一把扶起京娘说："我们已是兄妹，你就不要如此拘礼客套了。"

这时，一位道士牵着一匹瘦马从后面走过来，道长接过马缰绳亲自交给匡胤说："观内只有这匹老马，义士留待路上用吧！"

匡胤看看这匹又老又瘦的马，有心不牵它，但回身看看京娘，想她一个女孩子家，路上行走不便，还是骑马要好一些。于是牵过马匹，与京娘一起拜谢诸位道士，随后转身走出道观踏上北去隰州蒲县之路。

离开道观不久，天色大亮，匡胤这才感觉身体困乏，原来他昨天身体不适，一夜忙着搭救京娘之事也没有休息好，如今脱离危险，他心情放松才想到自己的病。看他走路摇晃京娘忙问："哥哥，你哪里不舒服吗？"匡胤摆摆手说："没事，赶路要紧。"

走了一段路程，匡胤脸色越发红了，京娘急忙勒住马，伸手摸了一下匡胤的额头，只觉烫得厉害。她跳下马背，扶着匡胤的肩膀劝说匡胤上马。匡胤勉强一笑："我一个大男人，哪有那么娇气，还是你骑吧！走到前面客店休息一下就好了。"

于是他们在客店住了下来，经过一日休养，匡胤病情大为好转。这天夜里，匡胤正要休息，忽然听到外面声声马嘶，他心里一惊，在这偏僻之地，马儿怎么会这般嘶鸣？他飞身跃出窗外，看见两个蒙面人正要砍杀自己的瘦马。匡胤大惊，连忙上前阻拦，三个人就在院子外打了起来。原来这两个人正是抢掠京娘的强盗，他们前去道观要人，听说京娘被人劫走了，来不及回山搬兵就追了下来，结果发现匡胤和京娘住在店里。他们一商量，决定先杀死马匹，省得他们逃跑。就在他们杀马时，匡胤闻声而动,挺身救马。两个强盗一左一右夹击匡胤,匡胤手舞木棍并不害怕,他左挡右冲,招招逼人。两个强盗虽有些武功,却没有受过名师指点,没有经过刻苦训练,加上日日寻欢作乐,早就荒废了功夫,在匡胤的紧逼下渐渐乱了章法。不多时,两个强盗虚晃一招,打算夺路而逃,匡胤紧跟不放,不给他们逃跑的机会。突然,一个强盗呼哨一声,两匹强壮的马跑过来,原来他们也是骑马而来。匡胤眼疾手快,飞身跃上一匹马,转身与强盗决斗。两个强盗见此吓傻了,慌里慌张一同跳上另一匹马落荒而逃。

匡胤打退强盗,还得了一匹良马,十分开心。第二天,他发现道士送的马已经奄奄一息,于是把马送给店家,换了一些干粮路资,然后让京娘骑着昨夜夺来的良马启程上路。京娘骑在马背上,不住打听昨夜打斗之事,当她听说匡胤飞身骑上强盗的马时,敬佩地说:"哥哥这么好的功夫,都是从哪里学来的?"

匡胤一笑,他想京娘哪里能知道他从小勤练骑射、修习武艺的事呢。想到这里他不免有些思念家人和朋友。不过他知道目前身负重任,不能半途而废,一定要把京娘送回家中。看匡胤不爱说话,京娘就讲些自己从小到大遇到的趣事,常常引得匡胤开怀大

民俗钱币上面的"赵匡胤千里送京娘"图案

笑。两人一路行来,越发熟识亲近。他们在路上还会遇到什么危险? 两人的感情又将如何发展呢?

第二节　拒婚显豪情

神奇的树荫

匡胤护送京娘回家，千里路遥，两个少年饥餐渴饮、同甘共苦，一路行来受了不少颠簸。匡胤一个身怀武艺的男子倒也罢了，只是那京娘，自幼生长在富裕人家，生活舒适，没有吃过什么苦，骑在马背上走了几日，已经腰酸腿疼，浑身无力，眼看着就无法骑马了。匡胤一面鼓励京娘坚持下去，一面想办法减轻京娘的痛苦。

这天，他们来到一个小镇，看到街上人来人往，颇为繁华，匡胤想了想走进店铺购买了一副崭新的马鞍，搭在马背上对京娘说："你再骑上去试试，肯定比以前舒服多了。"京娘望着新马鞍，感激地说："哥哥，小妹多谢了。只是我们盘缠不多，为小妹破费了，以后会不会有麻烦？"她担心随后的路途上他们缺少银两会无法吃住。

匡胤笑着说："妹妹不要担心，我都想好了，现在是夏天，夜里在哪里睡都一样，以后晚上你住店，我在店外随便躺一躺就行，这不就节省开支了。"

看他轻描淡写说及此事，京娘眼里闪着泪花，竟然半天没有说出一句话来。在她心目中，匡胤的形象突然间又高大了许多，这份感动和敬佩无法用语言表达。

果然，接下来的日子里，每到夜晚，匡胤在店家将京娘安顿好后，就走出客店，随便靠在门边或者在檐下休息。一连三四日，京娘于心不忍，这天夜晚她拉着匡胤说："哥哥，你每天晚上出去露天休息太辛苦了，还是在店内住宿吧！"

匡胤不在乎地说："没关系，你放心吧！我在外面睡正好可以练练武功，一举两得，何乐而不为？只要你休息好了，不耽误了赶路，其他的事情都好说。"这样，匡胤依旧夜夜睡在店外。

半月下来，他们走了将近一半路程时，京娘发现匡胤黑瘦多了，心里十分过意不去。这天他们走了大半日也没有遇到客店人家，茫茫山岭横亘眼前，除了荒丘就是秃岭，正是一处荒无人烟的地带。

匡胤举目四望，发现远处有棵大树，他高兴地说："那边树下肯定有水，你下来等我去取水。"说完，他扶着京娘下马，然后带着盛水的器皿前去寻水。

京娘默默望着匡胤远去的背影，安心等待着。十几天的相处，京娘已经从心里认可了匡胤，知道他一定会尽心寻找水源，而不会让自己跟着受苦。这样年轻的一个男子，却有着顶天立地的豪气，有着敢于承担一切苦难的勇气和责任，真是太难得了。

过了一会儿，匡胤捧着器皿回来了，他兴高采烈地说："那边果然有处积水，只是水太少了，我们还是过去喝水，休息一下。"

他们牵着马走到树下，捧着水饮用洗漱，接着让马饮水。此时刚过中午，骄阳似火，烈日当空，火辣辣的太阳照射着大地，匡胤和京娘都走累了，他们困倦地坐在地上，一步也不想动。

大树的树荫慢慢变长，匡胤指着树荫对京娘说："你坐到树荫下，这样就不会太热。"

京娘说："哥哥也坐过来，不要在外面挨热。"

匡胤看看不大的一团树荫，在外边阳光下一躺说："不用了，我躺在太阳下正好可以睡一觉。"说完，他直接入睡了。

看着烈日炙烤着匡胤，京娘心里一阵焦躁，她有心把匡胤搬到树荫下，可是她哪有那么大的力气！很快，匡胤的脸上开始流下汗水，京娘觉得阳光变得越来越强，似乎要把匡胤的皮肤晒伤。她坐不住了，她来到匡胤身边，试图用自己的身体为匡胤遮挡阳光。可怜她身材娇小，又能挡住多少光线！就在京娘为难的时候，突然，大树的树荫悄无声息地移过来，不偏不斜正好遮挡在匡胤的身上。京娘高兴极了，连忙感激地对大树说："多谢你用树荫为我哥哥遮挡阳光，小女子在这里拜谢了。"说完，她当真对着大树施礼鞠躬，态度极其虔敬。

再看树荫，自从覆盖在匡胤身上后，竟然像生了根一样，丝毫不见移动。京娘看到这种情景，一面惊喜一面纳闷，却又不敢大声说话，只好坐在匡胤身边为他驱赶虫蝇，让他安心睡觉休息。

日薄西山时，匡胤终于醒来了。他看到京娘坐在自己身边，忙问："怎么，你没有休息？"京娘指着树荫对他说了刚才奇怪的一幕，拉着匡胤的手说："哥哥，我看你睡得可香了，这都是树荫的功劳，你快来拜谢大树。"

两人拜谢大树后，发现树荫很快就移走了，看着这一神奇的现象，京娘激动地说："哥哥，你肯定是天上的神仙转世，要不然树荫怎么会显灵来遮护你？"

匡胤笑笑，不以为意地说："这也没什么，上天有好生之德，我看可能是上天护佑我们，而不是我有什么特异之处。"

京娘的心情却越来越复杂，她正值青春、花样年华，与匡胤这样一位豪侠少年朝夕相处，不免春心萌动，渐渐产生了感情。匡胤千里送京娘，本是义士行为，他会不会被京娘的感情所动呢?

匡胤三次拒婚

两人日行夜宿，千里颠簸，蒲县已近，匡胤十分喜悦，京娘却暗藏心事。这天，正走在乡间小路上，京娘忽然喊肚子痛。赵匡胤急忙扶她下马，她又说不痛了，赵匡胤只好再扶她上马。走了不远几步，她说又痛起来了。如此折腾几次，匡胤奇怪地很，心想莫不是有什么疾病? 他想说带京娘去看病，却见京娘在马背上暗自垂泪。匡胤慌了，忙问："妹妹哪里不舒服? 你尽管说，哥哥这就带你去看病。"

京娘刚才上马下马，无非心中烦躁，又难以开口，不便直接对匡胤说出自己的心事，所以急得哭了出来，听匡胤说要带她看病，更觉委屈，暗恨他不懂女儿心事，索性放声大哭。

这下匡胤更不知所措，匆匆地牵着马到路边停下，而后好言好语地劝说："妹妹别哭，你有什么事只管对我讲，我一定会想办法帮你解决。你说吧! 是谁欺负你了，还是有什么难事无法解决? 现在就要到家了，是不是你家里有什么困难?"

京娘叹口气心想，看来不跟他明说他永远也不知道我的心思，唉，同行一个月，我是真正地喜欢上他了，不知道他到底怎么想的。他个性豪爽，不如直接对他说了，喜不喜欢由他决定吧。

想到这里，京娘不哭了，看着匡胤说："就是因为快要到家了，所以京娘才情不自禁哭泣起来。哥哥义薄云天，千里迢迢送我回家，我们走了一个多月，同吃同住，这也是前世修来的缘分。如今我到家与父母团聚，哥哥却要就此离去，每每想到此，我不由得肝肠寸断，伤心落泪。"

匡胤笑着安慰她："我以为是什么事惹妹妹伤心呢？俗话说得好，'送君千里，终有一别'，以后我会再来看你的，你不要如此伤心，快赶路要紧。"

京娘一把抓着马缰绳，急促地说："哥哥请听京娘再说几句。"她想既然已经把话挑开，不妨说得再明白一点，省得日后后悔。

匡胤点头说："还有什么事，你尽管讲。"

事已至此，京娘反而放开了手脚，她大方地说："京娘本是深闺女子，从来没有外出远行，没想到，跟着父亲进香，却遭到强盗抢掳。要不是哥哥挺身相救，恐怕我已遭不幸。哥哥千里相送，大恩大德，没齿难忘，我常听父母说知恩不报，与禽兽无异。如果哥哥不嫌弃我，我情愿为哥哥捧茶端水，铺床叠被，侍奉哥哥左右，以报搭救之恩。"她一口气说完，早已脸色绯红，心跳加速，不敢正视匡胤。

匡胤听了京娘的肺腑之言，心里一震，继而想到，京娘一个深闺女子，说出这番真心话实属不易，可是自己千里相送本是为了做好事，并非怀有贪图回报之心，看来还需要对京娘言明。想到这里他正色说道："妹妹怎么能这么说呢？你我萍水相逢，本来没有任何关系。你落难了，我出手相救，这是任何君子侠士都会做的事。我怎会贪图回报？而且，你我已经结为兄妹，我们又是同姓，要是配成婚姻岂不是乱伦了吗？以后千万不要说这种话了，不然会被人耻笑。"

京娘见匡胤正气凛然，坦坦荡荡，心里更多了几分敬重，慢慢抬头说道："哥哥不要生气，京娘也不是浅薄的人。我只是感激哥哥救命之恩，觉得无以回报哥哥，一时糊涂才说出这样的话。我并非一定要嫁给哥哥，只希望能够随侍哥哥身边，做牛做马也甘心！"

匡胤听了，知道京娘心意坚决，心想必须严厉批评她才能制止她胡思乱想，于是勃然大怒说："妹妹说得越发离谱！我赵匡胤是顶天立地的男子汉，仗义救人，不图回报，要像你说的那样做，我除奸惩恶岂不成了怀有私心？我千里相送岂不成了只为一己私情？夺人之美，争风吃醋，为徇私情，千里送人，我一片救人真心变成虚伪之举，这样一来，我赵匡胤与强盗又有什么不同！这要是传扬出去，我赵匡胤可就身败名裂，让天下人笑话了。"

京娘三次试探，已经明了匡胤的心意，她跳下马背激动地说："京娘只想着如何报答哥哥，却没有想到会把哥哥置于不义，多亏哥哥拒绝，不然真是误了哥哥。哥哥放心，京娘不是糊涂人，绝不会再以此事为难哥哥。"

匡胤笑着说："不要自责了，赶路要紧。"

接下来的几日，匡胤与京娘彼此心中再无障碍，相处更加愉快。京娘对匡胤彻底以兄长相待，匡胤则对京娘加倍爱护、照顾，生怕这个妹妹受伤害。没几天，他们终于来到了京娘的家乡小杨庄。京娘的父亲是当地员外，他听说女儿回来了，喜出望外，忙着叫人杀猪宰羊，大摆筵席为女儿接风。京娘见到父母，大哭一场,把被抢、被救的经过详细说给他们。赵员外夫妇听了后对匡胤格外感激,他们觉得匡胤年轻豪侠,一表人才,有意把京娘许配给他,京娘忙把匡胤三次拒婚的事告诉父母,提醒他们匡胤行侠仗义不是为了一己私情。赵员外听了这件事,赞叹道:"义士如此年少,却能做出这等侠义之举,不同凡夫俗子啊!"

　　匡胤在小杨庄停留几日后,辞别京娘踏上新的路途,不知道他这一走又会去到哪里呢?

第三节　回到开封

匡胤成亲

京娘一家团聚,勾起了匡胤的思乡之情,他离家已经数月,这些日子他独走江湖,增长见识,结交好友,豪情行侠,确是经历丰富,对他来说是成长岁月当中一笔宝贵的财富。可是离家几个月,不知家里音讯,匡胤不免牵挂父母、家人。他辞别京娘一家后,独自漫步在陌生的渭北大地上,心想也不知郑恩和张文喻的下落,不如先回开封看看父母,然后再做打算。

主意已定,匡胤快马加鞭南下直奔洛阳,取道洛阳回归汴京开封。所谓归心似箭,此时的匡胤也领略了这种滋味,他日夜兼程,匆忙赶路,在秋风渐起的一个午后来到了汴京东北角城门。汴京城城池宏大,四周城门共有十一座,名称各异,但是当时百姓并不以朝廷钦定的名称称呼这些城门,而是以出城后大路通向何处来称呼这座城门。比如匡胤来到的这座城门,就是通往城外陈桥驿的城门,虽然官名长景门,百姓却以陈桥门来称呼。匡胤站在陈桥门下,只见出入城门的人流车辆拥挤不堪,十分繁华热闹。他驻足多时,内心感叹不已,浪迹多日,他已不再是昔日温室里的嫩苗,而是见识了百姓苦难、亲身经历了人间疾苦、个人意志和性格得到锻炼变得更加坚强的一位男子汉,可以说

中国传世名画《清明上河图》所描绘的汴京城门

胸中豪情万丈,志向越发远大坚定。

少年匡胤从陈桥门进入汴京,很快就来到自家府第前。府门的家人赵安看一个衣着破旧的年轻人来到门前,张口就要驱赶。匡胤对他说:"是我,不认得了吗?"赵安听声音耳熟,仔细打量认出匡胤,惊喜地叫道:"公子,你回来了? 真是公子回来了!"他边叫边冲进门去向赵弘殷夫妇报告此事。匡胤笑笑,把马拴到门前一棵树上,转身进门,看见父母在家人簇拥下迎出门来。

久别重逢,一家人十分激动,杜夫人眼含泪水握着匡胤的手不住摇晃,赵匡义挤在前面大声问:"哥哥,你去哪了? 怎么不带着我?"赵弘殷叹着气什么也不说。

匡胤知道自己离家出走让父母担心,看到父母憔悴的面容,忙跪倒在地请罪。赵弘殷瞪他一眼,张张嘴什么也不说就回屋了。杜夫人拉起匡胤像是生气又像是高兴地数落着:"你说走就偷偷走了,胆子也太大了,这一走几个月,兵荒马乱的,你知道我和你父亲多么担心吗？幸亏你送回一封家书，要不然你父亲准备辞了官去找你呢！"

匡胤忙说："母亲，我做错了，以后再出门一定事先告诉你们。"

"什么，还想出门？"杜夫人叫道，"你在家消停几天吧，别再让我们操心了。"

可怜天下父母心，恐怕不光匡胤的父母如此约束儿子，世上每个做父母的都会如此。不过不管如何，匡胤总算平安回家，赵弘殷夫妇还是很高兴，命人准备了饭菜为他接风洗尘。

家宴上，匡胤讲了自己几个月来的见闻与经历，引得匡义一个劲喝彩叫好。当他听说匡胤赌输华山时，插嘴说："哥哥，你输了华山，以后做了皇帝就不能管那了，我看那个老道士故意设计骗你。"

匡胤猛一愣，想想说："匡义说得有道理。"

赵弘殷阴沉着脸，喝叱两个儿子："乱说什么，赶紧吃饭。"

兄弟俩不再言语，闷头吃饭。饭后，匡胤带着匡义出去玩耍，赵弘殷夫妇坐在室内讨论儿子们的事。杜夫人说："将军，匡胤总算平安回来了，你也别再生气了。儿子大了，我想该为他娶亲了，让他在家里好好守护家业，不再出去惹事，你觉得怎么样？"

赵弘殷眼前一亮，似乎纠缠自己的一大难题终于解决了，他高兴地说："夫人说得太好了，匡胤快十八岁了，是该结婚生子做点正经事了。"

夫妇俩仔细商量，赵弘殷决定亲自为儿子挑选媳妇。这个问题倒不难，一来他家世还算可以，二来匡胤一表人才，修文习武,是汴京城中颇有声名的一位公子。这不,赵弘殷打算为儿子娶妻的消息还没传开,他的一位同僚就主动向他示好。

这个人名叫贺景思,是右千牛卫帅府的一名武官,与赵弘殷官职相当,职务也是护卫天子和京城安全。他与赵弘殷素来投缘,两个人经常一起喝酒闲聊,彼此家中的情况也很了解。贺景思早就认识匡胤,对他的脾气个性也十分了解。以前匡胤练武习兵不爱读书时,赵弘殷常常抱怨,他却不以为然,他劝赵弘殷说:"匡胤应时而学,正是大丈夫所为,将来一定超越你我。可惜我没有这样一个出色的儿子,不然我会天天教他武功、兵法。"经他劝解,赵弘殷渐渐没了脾气,对匡胤的管束就松了。

贺景思听说匡胤回家了,就到他家里去探望。当他听说了匡胤一路上神奇的经历后,暗自想到,这个孩子平日里就气质超群、与众不同,会做些常人无法理解的事情,从他这番经历来看,日后必定不同凡响。想到这里他对赵弘殷说:"匡胤小小年纪已经显露异象,我看将来会是个了不起的人物。"

赵弘殷笑着说:"管他什么了不起了得起,我现在正想着怎样让他安下心来守护家业呢。这不,他母亲打算为他挑选一房媳妇,我觉得也是个办法,你有没有合适的人选?"

贺景思略一沉思,他想起自己的长女正合适。他看中了匡胤,岂肯让他人抢了自己的女婿? 于是近前说:"不瞒你说,我大女儿容貌端庄、娴静文雅,与匡胤倒是十分般配。"

赵弘殷一听,高兴极了,他与贺景思多年知己,要是做了亲家自然比他人要强。他拍着贺景思的肩膀说:"你我结为亲家,可就太好了。"当下同意了这门亲事。

赵弘殷和贺景思以袍泽之谊为儿女定下亲事。来年,匡胤十八岁时迎娶了贺景思的长女,这时他才知道自己的妻子只有十四岁。

妻子的祝愿

公元 945 年,十八岁的匡胤与比自己小四岁的贺氏成婚,婚后这对小夫妻相处倒也融洽。贺氏性格温柔恭顺,知书识礼,十分讨人喜欢,她常常听父亲提起匡胤来,对他并不陌生,如今嫁给这样一位豪情侠义的少年,她当然非常称心。匡胤呢,看到妻子虽然比自己小好几岁,可是为人行事大方得体,反而比自己还要显得成熟,他一颗年少的心似乎有了着落一般,对妻子非常喜欢。

小夫妻除了每天处理家里的事务外,还经常一起去黄龙寺进香。这天,贺氏跟着匡胤到黄龙寺进香时,匡胤对她讲了自己智斗刘承嗣保护龙泉木的事。贺氏听后激动地说:"夫君仗义为人,我真替你高兴。听说刘承嗣倚仗他父亲的权势多做坏事,是汴京城一大恶霸,没想到他还投靠契丹人。"贺氏自幼生活在开封,虽然人在深闺,但多多少少也从家人的口中了解到外面的事情,所以她知道刘承嗣这个人,对他做的事十分瞧不起。看来刘承嗣所作所为确实在汴京影响恶劣。

随后匡胤和贺氏看到有人投杯珓占卜,贺氏有意前去占卜,匡胤就讲了几年前自己四次占卜的事,贺氏想,匡胤四次投珓,结果最后以许愿做天子投中,真是神奇。她想了想拿起杯珓,默默许愿匡胤将来做天子然后直接投出去,结果所投大吉。匡胤忙问贺氏占卜何事。贺氏笑吟吟地说:"正是你第四次所求之事。"匡胤听罢,瞪大眼睛盯着妻子,心里又是一阵温暖。

　　两人在寺院里进香完毕，匡胤有心带着妻子到街上玩耍。贺氏想了想说："还是回家禀明父母再做决定吧！"当时社会对女性约束很多，家规森严，身为儿媳妇必须听从公婆的安排，不可擅自行动，贺氏从小接受传统教育熏陶，当然特别懂得这一点。

　　看起来，这对小夫妻的生活还算和谐安宁。唯一让匡胤感到不满的是，自从结婚以来，他与朋友相聚的日子减少了。他身为家中长子，又娶了妻，每日里恭奉父母协理家务，似乎这些事情成为他生活的全部，而往日习武练兵、纵论天下事的日子一去不复返了！这当然让匡胤十分苦恼，常常身在家中，心却不知道飞到哪里去了。这天，赵匡胤一个人在后院里寂寞地舞刀，赵弘殷正好赋闲在家，看到儿子依旧迷恋武功，就喊过他来说："匡胤，你知道吗？我们又打退了契丹的一次入侵。"

　　匡胤高兴地说："真的？两年击退契丹两次，真是太好了。"

　　赵弘殷看上去也很开心，他说："天子下诏，犒赏三军，天下

契丹贵族生活图

从此平安了。"

匡胤眉头一皱，想了想说："契丹虎视多年，岂肯轻易罢手？各地军阀割据，拥兵自重也不是一天两天就能安抚下来的。父亲，我看国家还处在危急关头，要是掉以轻心，恐怕后事难料。"从公元907年朱温建后梁，到如今不到四十年，已经更换了三个朝代，照目前形势来看，匡胤如此分析也在情理之中。

赵弘殷低着头，他岂会不知当前局势？只是他经历两朝、好几个天子，似乎麻木了。身为一个中等武官，他又能做什么呢？默然良久，赵弘殷说："我们也不要为国家朝廷操心了，今晚我们父子好好喝一杯。"

匡胤已经娶妻成人，做父亲的这样做对他也是一种尊重，匡胤欣然接受父亲的安排。这天晚上，父子俩都喝多了，匡胤醉意十足回到卧室时，妻子贺氏忙上前服侍他。匡胤借着酒意诉说心中不快，痛陈天下大事。贺氏小心地听着，明白匡胤一腔热血、报国无门的苦闷，也清楚他胸怀大志、志在天下的雄心抱负，对匡胤更加敬佩了三分。

第二天，等到匡胤从睡梦中清醒，贺氏笑吟吟上前服侍他，小夫妻说了一会儿话，贺氏就把话题引到匡胤的抱负上来，她动情地说："你我结婚不久，可是我也不是愚笨的女子。我知道夫君怀有雄心壮志，不肯蹉跎一生，你以后只管像从前一样习武练兵、结交豪杰，我会全力支持你。"

匡胤一下子握住贺氏的双手，激动地说："从小父母就不赞同我习武，为了这些事我常常受训斥，他们打算让我结婚拴住我。这些天来我一直十分苦闷，没想到你比他们要有远见。"

贺氏轻声说："夫君，父母有父母的顾虑。他们虽说不支持你习武，这些年你不照样练就了一身好功夫？去年你私自离家闯荡江湖，也没听说他们怎么训斥你。依我看父母嘴上说不支持你，但实际上对你抱有很大期望。"

听了这番宽慰和解释，匡胤心情大为好转，他在妻子的支持下又恢复了婚前那种生活，日日与石守信等朋友交游来往，关注时事，切磋武艺兵法。经过游历和婚姻，匡胤比以前更加成熟了，他在朋友之中的地位也得到进一步巩固和提高，这为他日后团结一大批优秀人才打下了基础。可以说，妻子贺氏的支持对匡胤十分重要，后来匡胤登基称帝时，贺氏早已逝世，匡胤怀念妻子，追谥她为孝惠皇后，可见对她仍然一往情深。

第四节　豪情再行侠

匡胤买剑

赵匡胤成亲不久，石守信等少年也相继娶妻，一群懵懂少年逐渐成熟长大，他们除了习武练兵外，生活变得更为丰富多彩。他们有时候纵马汴京城外游历山川原野，豪情万丈；有时候相聚酒肆茶楼，体察民情世俗，倒也快活自在。

这天，他与韩令坤两人去郊外骑猎，路过南门时，看到一株柳树下围着许多人。韩令坤喜欢热闹，催马过去观看。原来有人正在卖剑，他忙招呼匡胤过来。匡胤不爱凑热闹，正站在远处等韩令坤，听说有人卖剑，心里好奇，打马走了过来。

柳树下，一位衣着破旧、年龄与自己相仿的少年手捧宝剑正在叫卖。匡胤喜欢兵器，信步走上去拿起宝剑，见这把宝剑制作精良，一看就是把好剑。再仔细观看，只见剑锋透着一股寒光，威风逼人，似乎久历沙场、杀敌无数。匡胤上下左右细细打量琢磨，爱不释手，便对少年说："你这把宝剑怎么卖？我买了。"

少年站起来，接过匡胤手中宝剑，抚摸了半天，好像不忍心卖掉一样，半天也没有答话。韩令坤急了，冲着少年叫嚷："你怎么回事？问你价钱呢，怎么不说话？"

少年叹口气，一字一句说："这是我家祖传宝剑，不得已才卖掉……"

"你到底卖不卖?"不等他说完,韩令坤打断他的话,嘀咕一声,"不就是想抬价嘛,这样的事我见多了。"

少年显然不满韩令坤的态度,上前一把抓住他的手腕,用力一拉。令坤猝不及防,跟跟跄跄朝前几步,差点摔倒在地。他怒火上窜,起身就要与少年搏斗。

匡胤忙制止二人,喝退韩令坤,继续与少年交流。少年眼里突然闪动泪花,狠了狠心把宝剑重新交到匡胤手中说:"卖,你付够我埋葬家父、返回家乡的钱就可以了。"

匡胤这才明白少年卖剑的原因,忙说:"你不要着急,如果你果真遇上难事,我可以帮你。"说着,拉着少年的手,又把宝剑还给他,邀请他到附近酒肆小坐。

少年见匡胤态度热情,便随同他来到酒肆,诉说了自己的遭遇。原来,他叫史建宏,他父亲是朝廷命官,奉命镇守原州,最近回京复命,由于看不惯景延广独揽大权,与他人联合弹劾了他。结果景延广勃然大怒,力请天子石重贵杀了这些弹劾自己的人。石重贵一直依赖景延广,两次退了契丹兵后,景延广更是多次为他提供各种享乐方法,深得他的欢心,如今几个小官想扳倒景延广,他哪会听他们的意见。结果,石重贵下令处斩了弹劾景延广的官员,没收他们所有人的家产。

听完史建宏哭诉,匡胤心里非常难过,他一边安慰少年一边问:"你打算怎么办?"

史建宏回答:"能怎么办? 卖掉宝剑,安葬完父亲,我就带着母亲和弟弟妹妹们回老家种田。"

匡胤说:"我看你身手不凡,想必从小练武习兵,武艺不错。

如今刚刚成人，正是保家卫国、建功立业的时候，要是回家种田，岂不是白费了这些年的努力？"

史建宏叹气说："家道败落，我又能如何？"

匡胤慷慨地说："宝剑你只管好好留着，我家里虽不富裕，也有能力帮助你安葬父亲、安顿家人。"

史建宏感激地说："萍水相逢，我怎么能接受您的大恩大德？"自从家中遭变，平日里与他们关系不错的亲戚、朋友都避之唯恐不及，无奈之下，他才想到卖剑葬父，却没想到匡胤如此大方出手相助，他当然十分意外。

匡胤说："你我都是习武之人，兵器是心中圣物，哪能轻易卖掉？再说了，如今乱世纷纭，正是你我少年大展宏图之际，我赵匡胤虽然不才，却怎能眼见你遇难而不管？我看你也是有志之人，有心帮助你度过难关，以后你可以继续练武习兵，将来也好报效国家，建立功业。"

史建宏听他说出匡胤二字，惊喜地问道："难道你是赵匡胤赵公子？"

匡胤点头承认。

史建宏激动地说："赵公子，我多次听人说起你急公好义、武艺高强的威名，没想到今日在此相见，真是太好了。"

匡胤谦虚地说："那都是朋友抬举，我不过是喜欢武艺、愿意结交朋友罢了，哪有什么威名？"

两个人越谈越投机，史建宏干脆以大哥称呼匡胤，如此一来，匡胤的好友又多了一个。在匡胤帮助鼓励下，史建宏安葬完父亲，又将家人送回老家安顿。他没有卖剑，更没有放弃练武习兵，不久，他就在匡胤父亲推荐下，投身入伍，成为一名军士。后

来,匡胤参军后两人共同效力于郭威帐下,并肩作战,成为非常
要好的同僚和朋友。

闹洞房的传说

赵匡胤帮助史建宏后不久,又发生了一件大事。这天,赵匡
胤约着石守信和韩令坤骑马,他们一口气跑到了汴京西边的影
子山下。匡胤和石守信看着山峰笑着说:"这可是我们相识相知
的见证。"韩令坤不解地询问原因,石守信就把当年匡胤一家东
迁,路过影子山,他们相识结拜的事告诉了他。韩令坤当即说:
"原来这座山是聚宝盆变的!我们今天也爬上去玩玩吧,说不定
会发现什么宝贝。"匡胤和石守信指着他笑道:"原来你是个财
迷。"三人哈哈大笑。

他们拴好马匹,顺着崎岖小路向上攀爬,很快就到了半山
腰。这里树木繁密,不时有鸟雀飞鸣,自然风景怡人。爬着爬
着,匡胤想起路过华山赌棋的事,就对他们二人说了。石守信聪
明过人,他一听觉得事有缘由,分析说:"如果真是陈抟老祖,我
看这件事不会这么简单,大哥既能输掉华山,就只有一个可能,
那就是将来大哥会拥有华山。要是华山不归他管,他又怎么会
输掉呢?"听他这番议论,韩令坤有些糊涂,着急地说:"华山远在
千里之外,匡胤怎么去管?除非有一天他当天子!"石守信说:
"这也不是不可能的事。"两个人吵吵闹闹,跟在匡胤身后攀爬
山峰。

快要到达峰顶时,石守信指着山脚下一处人家说:"你们瞧,
那里住着我的一个远房亲戚,听说他开了家茶馆,我们一会儿过
去喝茶。"匡胤看了看,想起此地遭到契丹劫掠的事,问道:"守

信,这里的契丹人呢? 是不是被赶走了?"石守信高兴地回答:"我军在边关两次大胜,这里的契丹人害怕遭到清剿,早就逃走了。"匡胤长舒一口气,看着脚下的山川大地不禁感叹万千。

中午时分,他们下山骑马找到了守信的亲戚家。到门前一看,正有几个人忙着贴对联。这不年不节的,贴对联肯定有什么喜事。石守信一眼看到了这家的主人,论起来石守信还要喊他表叔,守信打了声招呼,询问家里有什么喜事。门口的人看看守信,觉得有些面熟,想了想问:"你是谁? 从哪里来?"守信报上姓名,那人高兴地说:"原来是守信啊! 你们不是到江南去了吗? 又回来了? 我这不是为儿子娶亲嘛,你赶紧进去坐。"

守信带着匡胤、韩令坤走进家门,看到院子里人进人出的,一副忙忙碌碌的景象。他们坐下喝了几口茶,守信就问主人:"表叔,你请的哪家乐班?"当地婚俗习惯,家里有人结婚一定要请乐班吹奏弹唱,以示隆重热闹。主人听了问话,叹口气无奈地说:"不敢请乐班了,你知道吗? 最近我们这里闹鬼了。"说着,他紧张地四下瞅瞅,仿佛恶鬼就躲藏在身边一样。

匡胤几人正是好奇心极强的少年,听到闹鬼都来了精神,连忙问道:"怎么会闹鬼呢? 都是些什么鬼? 在哪里出现的? 有人看见了?"

听他们七嘴八舌追问,主人忙示意他们不要大声说话,低声回答:"我跟你们说,这些鬼可灵了,每到结婚当晚,乐鼓声一结束,这些鬼就会出来,特别吓人。所以现在不管谁家结婚都不请乐班,不想去招惹鬼怪。"

匡胤三人对视一眼,他们觉得这件事十分蹊跷。他们都是刚刚结过婚的人,从小到大也参加过不少婚礼,这样的事却是头次听说，难道世间真有鬼怪存在？韩令坤心直口快，立刻说出了心中的疑惑，并且拍着腰间的宝剑说："你不要害怕，只管请乐班，要是鬼怪来了，我一剑把它砍了。"

主人胆怯地看着三个少年，悄悄对石守信说："这可不是小事，你快带你的朋友走吧！我这里还很忙。"说着，就要下逐客令。匡胤看出主人不相信他们，就上前说："我们都是从汴京城里来的，离这里也不远，听守信说你是他的亲戚，就过来讨口水喝。如今听你说闹鬼一事，我们几人平日里也学些武艺，有点功夫，不怕鬼怪，所以这位兄弟就想为民除害，请你不要误会。"

主人见匡胤说话大方得体，心里稍稍安稳一些。接着，石守信就把匡胤和韩令坤两人的身世告诉主人，并说自己一家多亏匡胤帮助才在汴京住了下来，他们在一起经常习武练兵，武艺都不错。听说匡胤和令坤是官宦人家的子弟，父亲都是领兵打仗的将军，主人慌忙向他们二人道歉，并端上酒茶留他们吃饭。

匡胤与韩令坤、石守信经过商量，三人一致希望留下来捉鬼。于是，他们再三劝说主人，要他请乐班演奏，并保证一定能捉到鬼怪，替当地百姓除掉一害。主人本也不信什么鬼怪之说，可是自己势单力孤，既无力捉鬼除害，也不敢随意与舆论相违，就只好随大流，不请乐班。今天见石守信几个少年信誓旦旦，非要捉鬼，想了想硬着头皮答应下来。

第二天，婚礼按照俗定的程序按部就班进行着，鼓乐声声，吹吹打打，一会儿弹奏《百鸟朝凤》，一会儿又吹起《三凤求凰》，从早上一直到天黑，热热闹闹，喜庆非常。赵匡胤、韩令坤、石守信站在人群中，警惕地注视着来来往往的客人、看热闹的人，试图从中发现蛛丝马迹。可是天越来越黑，人们逐渐离去，鼓乐声就要停止了，依然不见鬼怪的身影，韩令坤着急地说："怎么回事，哪有鬼怪？"石守信说："敢情鬼怪知道我们等它，吓得不敢来了？"匡胤说："等一等，主人不是说了，鼓乐声停了鬼怪才出现，我们该提高警惕了。"说话间，天完全黑下来，鼓乐手们停下吹奏开始吃饭。匡胤他们紧张地巡视着房屋内外，一刻也不放松。晚饭过后，鼓乐手也起身离去，家里就剩下主人一家人，新郎、新娘躲在新房里甜言蜜语，主人夫妇疲惫了几天，安顿好其他年幼的孩子后，也要上床休息。匡胤三人一商量，藏进院子东边的厨房里，等待鬼怪出现。

又过了大约一个时辰，正是人们刚刚睡熟之际，忽听"呜呀呀"一声怪叫，一个恶鬼出现在院子里，在微弱月光的影照下，只见那鬼青面獠牙，披着一头长发，伸着两只锐利的爪子，边叫边来回走动。这家主人听到鬼叫，吓得藏在屋子里不敢出声。

躲在厨房的匡胤三人看到恶鬼出现，抄家伙冲了出来。匡胤一马当先冲在最前面，他没有带兵器所以手里拿着一把扫帚，对准恶鬼的头狠狠打去，韩令坤和石守信分别挥菜刀、舞宝剑上来助阵。哪知恶鬼相貌虽凶，却不禁打，匡胤一扫帚下去，鬼头顿时被打破。看到刀剑挥舞，恶鬼竟然翻身趴在地上直喊饶命。这时，主人出来把院中的灯火挑明，大家仔细一看，哪里是什么恶鬼，原来是人装的。匡胤让人把"鬼"带到屋中，经过审问才知，原来这人是个强盗，他们一伙共有五人，知道百姓迎娶时，新郎家里会准备丰厚的财物，新娘会带来嫁妆首饰，正是行窃的好机会，他们为了行事方便，就扮成恶鬼吓唬新婚人家，把他们吓昏了之后，就可以从容地实施盗窃。今夜捉到的这个"恶鬼"就是先来探路的，没想到刚进院子，就被抓住了，其他四个见事不好，就溜之大吉了。

众人恍然明白闹鬼的原因，韩令坤抓着"恶鬼"的衣领问："你们为什么听到鼓乐声停了才出现呢？"

"恶鬼"苦笑着说："鼓乐声停了，说明这家人的客人都走了，家里人少了，我们才好行事。要不，家里人很多，我们哪敢出来？"

大家听了这话，纷纷笑着说："原来鬼也怕人！"

闹鬼事件之后，当地百姓就逐渐形成一种习惯，新婚之夜大家不再早早散去，鼓乐声停止了，他们也在新房里喧闹戏耍，陪伴新人，以防不测。

后来，赵匡胤做了天子，当地人为纪念当年他一扫帚打得恶鬼现形一事，就在嫁娶时备一把新扫帚放在新房里，以此震慑恶鬼，而且新婚之夜闹洞房的习俗也从此流传了下来。直至今天，我国一些农村还有在新房备新扫帚的习俗，"闹洞房"的习俗则是城乡都有的。

朝代在更迭，乱世更离乱，契丹入主汴京，耶律德光称帝建辽。国破家亡，形如累卵，年轻的赵匡胤不甘屈辱，积极组织朋友们对抗契丹。在中原人民激烈的反抗之下，耶律德光被迫撤离汴京。这时，身为河东节度使、留守太原的刘知远不但不抓住时机组织兵力驱赶契丹，反而勾结契丹，趁虚进入汴京做起了皇帝，建立屈辱的后汉政权。

这样，匡胤的老对头刘承嗣一跃成为太子。他荒淫成性，流连万花楼，毒打匡胤的父亲，时时寻找机会陷害匡胤。匡胤一怒之下痛打刘承嗣，再次踏上离家探索之路。

　　这次，他来到楚地，两次投靠无门。少年豪侠，一腔热血，报国无门，只好独自漫游，历经沧桑磨难。一天，他看见红日升起，触景生情，作诗述怀，得到异人指点，道破迷津，进而北上寻明主。

第九章 吟诗述怀 仙人指路投明主

第一节　朝代再更迭

杜重威上当卖国

乱世风云,变幻莫测,天下分裂,黎民遭难,武夫悍将,强权统治,构成了五代时期最重要的社会特色。公元 945 年,中原大地历经三代军阀政权,已经传到后晋天子石重贵手中。石重贵志大才疏,贸然与契丹开战,虽然在全国军民团结一致抗敌的努力下取得了两次胜利,可是也为契丹兵临汴京、对中原大地展开大规模抢掠屠杀提供了理由。更为可怕的是,两次胜利冲昏了石重贵等统治者们的头脑,他们以为契丹失利,就此不敢再次侵略中原,以为从此天下太平,便又过起醉生梦死的生活。他们搜刮百姓,挥霍无度,石重贵甚至为了织一条地毯,动用织工数百人,费时一年还没有完成。这些倒行逆施的行为很快就激起各地百姓的反抗,山东临沂、诸城、兖州、郓城等地义军竞起,国内形势重新陷入紧张状态。

契丹主耶律德光可不是一般人,他富有政治谋略,懂得用兵作战,比起石重贵来要高明许多。他眼见中原危局,不失时机故技重施,采取惯用的手段结交拉拢后晋握有兵权的节度使。除去与他早就暗有来往的刘知远,这次他重点拉拢杜重威。前面说过,杜重威是"儿皇帝"石敬瑭的妹夫,为人残暴,不管到哪里做官都严苛地欺压剥削百姓，导致人民四散逃亡、流离失所。就是这样一个人，却一直官居后晋朝廷显爵要职。石重贵继位后，朝廷内部矛盾很大，权臣之间斗争激烈，可谓水火难容。但他缺乏知人善任的能力，竟然委任杜重威为北方行营招讨使，让他全面负责抗击契丹。杜重威早就从石敬瑭那里学会了巴结契丹的方法，他得到任命后积极与契丹联络，双方终于达成了一桩可耻的交易。

在连续失利的情况下，耶律德光勾结杜重威，许给他丰富的报酬：灭晋之后，立杜重威做中原新皇帝。杜重威一介武夫还能做皇帝？可是他从石敬瑭那里得到了直观经验，得到这样的许诺竟然信以为真，万分尽心地为契丹卖命。他经过一番布置后，逼迫部下将领签署降表，然后他把降表进献给耶律德光。耶律德光见到降表，知道南下之路已经扫清，得意地开怀大笑。随后，他亲自带领骑兵两万直下邺都，来到杜重威的大营。

听说契丹兵至，将士们一心准备抗敌，以前杜重威很少主动让将士们出战，这次却一反常态，传下命令全军出营列队。军士们得到军令，以为杜重威终于决定与契丹决战了，非常高兴，一个个摩拳擦掌，跃跃欲试，盔甲鲜明、兵器闪亮地来到营地外。只见军旗飘摇，战马嘶鸣，军士们士气高昂，斗志旺盛。十万大军集结完毕，只等军令一下就要排开阵势列队迎敌，却听杜重威传下第二道军令：所有军士解除武装，全军投降契丹。军令一下，十万军士全懵了，片刻工夫之后就听见嚎哭声震动原野，大失所望的军士们只能用悲愤的哭声表达内心的不满，控诉杜重威叛敌卖国的卑鄙行为。这摧肝裂肺的哭声响了整整一个上午，有些军士哭昏过去，有些军士砸毁兵器，他们不甘心就此束手投降。可是事已至此,主帅投降,全军失去指挥,又怎么能对抗契丹?耶律德光不费一兵一卒便扫除了后晋在北方最重要的防线,带着骑兵和降兵一路南下如入无人之境,很快就越过封丘向汴京扑来。

契丹兵突如其来出现在城外,让汴京城内乱成了一团。首先逃出城去的是从前线一路败退回来的后晋军队。他们已经领教过耶律德光的厉害了,对守卫汴京毫无信心,尽管天子石重贵及朝中大臣一再严令他们与汴京城共存亡,但他们还是争先恐后地跑出了城。军队一逃,老百姓当然也不愿留在城里等死,他们一窝蜂地往城外涌。人群拥挤,互相践踏,踩伤甚至踩死人的事件屡屡发生,情况惨不忍睹。

军队逃了,老百姓也逃了,这可苦了天子石重贵:昨天还坐在皇宫内尽享人间欢乐,今朝却惶惶然不知道该逃往何方。他完全没了主张。

契丹兵临城下的消息传到赵匡胤耳中,他怒发冲冠、义愤填膺,抄起武器就要冲出去参加保卫汴京的战斗。杜夫人一把拉住他说:"不要鲁莽,你父亲去皇宫还没有回来,你走了这一家老小可怎么办?"

匡胤看看母亲、妻子还有弟弟,无奈地扔下武器面壁长叹。杜夫人命令贺氏和小翠收拾行装,让男仆们准备马车,做好出逃的准备工作。匡胤眼看着偌大的家园转瞬即空,想一想契丹铁骑就要践踏汴京,真是心如刀割。这时,赵弘殷慌慌张张跑回家中,召集家人说:"天子已经向南逃走了,我们赶紧走吧!"

匡胤着急地问:"天子逃了? 为什么不组织兵力抵抗?"

赵弘殷说:"还抵抗什么,军民全都逃了,我们也得走。"

匡胤沉默半刻,他知道大势已去,向父亲建议说:"父亲,我们不如西去洛阳,将母亲他们安顿在那里。"在他心中,天子石重贵是平庸之辈,跟随他四处逃亡还不如西去洛阳。一来那里他们熟悉,母亲可以带着家人在洛阳安顿;二来,家人安顿好了,匡胤就可以和父亲出征杀敌击退契丹。

赵弘殷看了看儿子,似乎明白他的心意,但想了一会儿还是决定说:"不行,追随天子要紧。"说完,即命令家人携老扶幼登车南去。

这一去会遇到哪些事情?对少年匡胤的成长又产生哪些影响?

耶律德光汴京称帝

昨日的大好河山今朝面目全非,匡胤一家人南下逃命,他一路所见除了哀哭嚎叫的难民,就是身负伤痛的败兵,可真是触目惊心,惨不忍睹。匡胤忍不住对妻子说:"依我的意思,真想到别处去闯荡一番。"贺氏轻声说:"别说了,现在保护一家人性命要紧。"家人虽多,却只有匡胤和父亲两个成年男子,要是他走了,赵弘殷孤掌难鸣,哪能照顾得了这么多人。

他们随着逃难的人流出城,听说天子石重贵逃到了汴京西南六十里外的朱仙镇,于是加快脚步直奔朱仙镇。朱仙镇已经挤满了从京城逃出来的难民,赵弘殷好不容易找了一块地方让家人安顿好,然后急忙去见石重贵。可是他哪里还能见到天子,石重贵已被杜重威派大将张彦泽囚禁。赵弘殷看到天子和国家的命运前途未卜,不知道又要发生什么灾难了。

匡胤听说天子被他人控制,也明白了个大概,他对父亲说:

"汴京危难未解,这边天子被控,下一步杜重威难道真的能称帝吗?这样不是又要改朝换代了?难道各地兵马都不肯出手相救?"

赵弘殷叹息一声,没有回答。

很快,汴京城传出最新消息,耶律德光带兵进入汴京,占据了后晋都城。时值寒冬腊月,这个消息就像冬日里最冷的一股劲风,迅速吹遍中原大地,冰冷了国人的心。天子石重贵被迫派儿子石延煦、石延宝奉表、国宝、金印求降。耶律德光下令,降石重贵为光禄大夫、检校太尉,封负义侯,封地偏僻,在渤海国界的黄龙府(今吉林长春境内)。至此,依靠契丹建立起来的屈辱的后晋政权灭亡在契丹手里,可谓"成也萧何败也萧何"了。石重贵带着一家人北行,所受的待遇极其苛刻,有时饭也吃不上,只得杀畜而食。

眼看着国破家亡,少年匡胤胸中燃烧着一团烈火,他几次拿起武器,却又不得不放下。是啊,他区区一人,即便有再大的本事也无力改变现状,既无法对抗契丹,也无法调动各地军阀。我们可以想象国难时刻,一个热血少年无奈痛苦的心情,这段山河破碎的经历为匡胤的成长注入了沉重的因素,使得这个少年更加成熟,也更加沉稳,他明白了个人的武艺再高强,没有团结的队伍也难以对抗强大的敌人。可以说,这种血与火的考验对匡胤的成长非常重要,他在以后征战四方以及建立宋王朝的过程中,时刻注意团结一大批有用的人才,并且积极发挥每个人的作用,最终创造了辉煌盛世。

耶律德光赶走了石重贵,却没有兑现许给杜重威的诺言。他虎视中原日久,不再是为了培养几个"儿皇帝",他要自己占领中原,统治中原,成为中原大地的新霸主。来年的正月,耶律德光冒天下之大不韪,在汴京称帝,国号辽。中原大地终于落入契丹手中。耶律德光称帝,引起中原人民一致反抗,义军纷起。

如此一来,乱世进入最为黑暗纷乱的时代。耶律德光为了尽快控制中原,以牧马为名,"日遣数千骑,分出四野,劫掠人民"。"东西二三千里之间,民被其毒,远近皆怨。"另外,他多次下令搜刮钱财,进行敲诈勒索,都城仕宦之家也难幸免,民户遭殃,官户破产,真是家之不家,国之不国。

血雨腥风之中,赵匡胤开始积极组织自己的兄弟朋友进行有力反击,保护百姓不受契丹欺凌。有一次,石守信听说附近商铺被契丹兵抢了,就带着几个兄弟在路上袭击契丹兵。结果,他们一气之下杀了四个契丹兵。这可惹了大麻烦,如今是契丹人的天下,他们的人被杀了,还会放过城内百姓吗?匡胤一面掩护石守信,一面让郭融联系他父亲郭威,请他出兵解救国家危难。郭威身为刘知远心腹,统帅千军万马,在当时已经是名震中原的一位大将。

匡胤看似天真的举动,引起父亲赵弘殷响应,这是他首次如此积极支持儿子。他对匡胤说:"不管郭威出不出兵,你这样做父亲都支持你,我也派人与他联系了。"果然是外敌当前,人心一致。

说来也巧,匡胤父子求救的信刚刚发出,就传来郭威带兵前来汴京的消息。中原百姓为之一振,以为大军来到就会将契丹人赶走。赵匡胤热血沸腾,日夜与兄弟们商量如何与大军里应外合驱逐契丹恢复中华。赵弘殷等留守在汴京附近的武将们,也秘密集合商讨驱敌大计。汴京城内外人心齐集,形成一股强大的势力,意欲驱逐契丹而后快。在这样一种局势下,郭威兵马未到,耶律德光已经感觉到重重危机。他究竟会采取什么措施与中原人民周旋呢?他还敢继续留在汴京开封当皇帝吗?

刘知远趁虚建汉

　　眼见中原百姓群情激愤,不买自己的帐,耶律德光不得不考虑下一步的计划。在他手里还有一张可以利用的王牌,这个人就是刘知远。

　　后晋几次与契丹开战,刘知远身为石敬瑭宠臣、河东节度使、太原留守,手握重兵,责任就是防止契丹入侵,可是在后晋与契丹多次交战当中,始终不见他的兵马的身影。那么他一直在做什么呢?原来,他诡计多端,知道耶律德光肯定不容石重贵,就把主要的任务放在保存实力上,坐等鹬蚌相争,他好渔翁得利。所以,耶律德光骗了杜重威一路紧逼汴京时,虽然许多将士请求南下救主,但他就是不派一兵一卒前去相救,而且还趁机收编了后晋逃亡的各路军士,国难当头,他的实力反而越来越雄厚。

　　为了自己的利益,坐视后晋的灭亡而不顾,当后晋被灭、大辽建国时,恬不知耻的刘知远派谋臣王峻手捧三表去汴京向耶律德光表示祝贺。三表表示了三个意思:一是祝贺耶律德光占领汴京开封,建立大辽;二是说由于太原一带各民族杂居,他领兵驻守离不开,所以不能亲自去拜见;三是说,他已经为耶律德光准备了贡物,但契丹的军队从土门(今河北获鹿)进入了河东境内驻守,挡住了到汴京开封的去路,等耶律德光召回军队,道路通了,再将贡物进奉。

　　耶律德光接到贺表,满意地开怀大笑,他称刘知远为儿,并赐给刘知远一根木杖。木杖在契丹是宝物,和中原皇帝赏赐的节杖差不多,只有忠诚且资历深的大臣才有资格得到。王峻带着木杖回归太原途中,沿路契丹兵见了,纷纷避道而行,足见木杖的威力。

　　这样,刘知远及时地向耶律德光表示了忠心,获取了耶律德光的信任,王峻建议他称帝,效仿石敬瑭做儿皇帝。这个刘知远却与石敬瑭不同,他多年来深知中原人民痛恨石敬瑭卖国的行径,知道效仿石敬瑭恐怕也没什么好下场。但他多次卑躬屈膝联系契丹无非为了达到个人目的,所以,他对谋臣们分析说:"契丹刚刚占领了汴京,有十万大军,现在称帝无疑是以卵击石。再说契丹以游猎为生,不习惯中原的生活方式,他们多次入侵不都是抢掠一通就走吗,我看这次他们也不会久留,只要我们隐忍一段时间,等他们走了天下就是我们的了。"

　　耶律德光与刘知远私下交易,当然也有个人的目的,他唯恐无法统治中原,想借刘知远的手达到目的,所以,眼见中原人民奋起反抗,难以驾御,他便想到了刘知远。刘知远呢,觉得时机差不多了,派郭威带兵南下与耶律德光继续交涉。耶律德光得到郭威南下的消息,即刻明白刘知远的打算,于是派出使臣双方会谈。结果是耶律德光答应撤兵回归,刘知远继续做皇帝效忠契丹。刘知远听说让自己当皇帝,当即同意了所有条件。这样,又一位儿皇帝诞生了。

　　再说中原百姓听说郭威率兵南下,以为大军前来驱逐契丹,哪想到刘知远与耶律德光再订屈辱盟约,当真心凉了半截。赵匡胤一颗沸腾激越的心就像悬在半空的风筝,感觉没有了归宿。

石守信等人在匡胤家里谩骂刘知远无耻、郭威懦弱。自从郭威兵临汴京，郭融就去投靠他父亲了，所以，这群少年如此没有顾忌。赵匡胤摇着头说："郭将军奉命行事，又能怎么样呢？依我看，耶律德光不久就会离开汴京，我们不如在他回去的路上设下埋伏……"他说着，做了一个砍杀的动作。

石守信听了，点头同意，十几个少年立即行动起来，准备轰轰烈烈地大干一场。

果然，耶律德光立了刘知远为中原皇帝之后，准备北归。早春二月，寒意料峭，汴京城内外更多了一份国破家亡的悲凉气氛，家家户户闭门关窗，到处死气沉沉，几乎听不到什么声息，见不到什么行人。皇宫里却是另一番景象，刘知远这个新皇帝下令张灯结彩，大摆筵席，欢送耶律德光。

午后，耶律德光在文官武将簇拥下风光无限地离开皇宫，大摇大摆踏上回归之路。放眼望去，两万大军绵延数里，承载着美女、珠宝的车辆成群结队，不计其数，可真是满载而归。耶律德光看着自己这次南下的丰厚成果，喜不自禁，传令下去火速回归不得有误。

赵匡胤带领十几个兄弟埋伏在陈桥驿附近，他们知道契丹兵多将广、声势浩大，自己不可能与他们对攻。于是匡胤他们就在山顶上准备石头、滚木，等敌人进入包围圈后用一种简单的器具把石头滚木大量投下，让敌人猝不及防，造成杀伤。

眼看着契丹大军越来越近，匡胤几人的心提到了嗓子眼上，他们十几个少年在两万大军面前显得如此微不足道。面对危险，有人胆怯了，有人畏惧了，匡胤临阵劝说大家不要惊慌：这是中原大地，想要驱逐契丹的人肯定很多，我们尽一己之力驱逐外

陈桥驿位于河南省新乡市封丘县东南部。现存有房屋四座,当年系战马或驿马的老槐树一棵,历经千年。公元 960 年,后周大将赵匡胤在陈桥举行兵变,"黄袍加身",建立了宋朝,定都开封,史称北宋。陈桥列在宋史卷首,遂永载史册,名扬中外

敌,有什么可恐惧的。经过匡胤劝说,大家的情绪暂时稳定下来。正当他们准备行动时,忽听对面远处炮响鼓鸣,一支义军窜出树林朝契丹兵马杀过来。契丹大军正在行进,突遭袭击有些慌乱,纷纷攘攘四处逃命,死伤者很多。耶律德光跳上马背亲自指挥战斗,可怜义军数百人哪里对抗得住数万大军,尽管他们奋力冲杀,也难免全军覆没。匡胤一直在远处观望,见此情形,下令兄弟们帮助义军。耶律德光一心对付义军,没想到背后突然滚下石头、滚木,劈头盖脸直砸向他们。他慌忙回身观看,不料一块巨石冲着他飞下,他闪身一躲,石头擦着他的左胳膊滚落在地,砸到他战马的后腿上。战马嘶叫一声跪倒在地,把耶律德光甩出去老远。

　　耶律德光受伤不敢恋战，忙组织军队撤下义军继续前进。有人建议回归汴京找刘知远算账，耶律德光说："我与中原交战多年，这里的人都痛恨我，我们回去会有什么好处！废了刘知远再立新君吗？算了吧，即便皇帝听我的安排，老百姓也不会听命于我们，还是先回去吧！等待机会再想良策。"

　　耶律德光回去后，不久就死了，他的死让刘知远格外开心，他觉得自己姓刘，就假称自己是东汉明帝第八子、淮阳王刘昞之后，去掉后晋国号，改称汉，史称后汉。其实刘知远是沙陀人，世居太原，本不姓刘。

　　至此，五代时期第四个王朝后汉建立，狡诈无耻的刘知远当上了皇帝，在他统治下，中原大地即将承受新一轮的蹂躏摧残。这时，赵匡胤已经二十岁了，风华岁月遭此国难，他的成长之路又会出现哪些变故呢？

第二节　愤而出走

大闹万花楼

后汉初建，赵弘殷心情十分低迷，他历经三代，厌倦了走马灯似的朝代更迭，打算携带妻子、家人回归洛阳。赵匡胤听说后，心里也是十分迷茫，年轻的他在这次中原大地再度易主、后汉建立的过程中，亲眼目睹了战争的血腥和政治的黑暗，内心有一种说不出的痛苦和忧虑。他萌生了再度外出探索，寻求发展之路的想法。不过，他们父子的计划还没有实施，就被朝廷新的动向牵制了。

刘知远十分狡猾，他经历了四个朝代，从一个默默无闻的士卒攀升到人生的巅峰，坐上了天子宝座，期间见识了各个朝代的灭亡，他认为最大的原因就是皇帝不舍得赏赐大臣，造成人心背离，所以他继位后开始大肆封赏，对后晋官员们加官进爵，唯恐大家对他不满。郭威身为刘知远称帝建汉的功臣，被任命为枢密副使、检校太保。在郭威的推荐和大势影响之下，赵弘殷和贺景思多年一直徘徊不进的局面被打破，他们也得到提拔。

既然新君如此看重，赵弘殷也就放弃远离汴京的打算，开始了身为后汉臣属的生涯。赵匡胤却与父亲不同，他内心的苦闷始终无法排解，赵弘殷看出儿子的郁闷，劝说他："你不要愁苦，过些日子父亲为你讨点事情做。"

赵匡胤苦笑一下："父亲,匡胤不是为了自己烦忧,而是觉得国家命运堪忧。"

赵弘殷不解地说："如今天子英明,很快就要发兵平定天下了,还有什么可忧虑的。"看来他对后汉政权又心存幻想。

匡胤摇头说："天子赏罚无度,对于那些卖国和投降的将领们不但活着的封官,对于死去的也恩赐王公称号。杜重威十万大军不战而降,天子不处置他,仍然封为检校太尉兼中书令。这明明是为了博取名声,并非为了天下百姓计。长此以往,朝廷还有什么威信?怎么能够安定天下?"

赵弘殷默默地听着,过了一会儿才说："话虽如此,我们又能怎么办?冯道做了三朝宰相,现在不照样归顺了。"冯道就是前面提到的,联合景延广篡立石重贵为后晋天子的人,他是一个非常有才华的文人,生逢乱世,官至宰辅,他采取明哲保身的处世哲学,不管什么人做皇帝,他都能官运昌隆。郭威篡汉建周时,他又做了后周丞相。从这个人身上,我们多少可以想象出朝代频繁更迭之际,文官武将不顾国家兴衰,只求保命或者晋升的一种畸形生存状态,这样下去,国家何以稳定繁荣,确实令人深思。

匡胤愤然接口："国家危亡,人人为了自己的蝇头微利不顾大局,这才是国家衰败的原因。"

但不管匡胤如何豪情万丈,他一家人还是逐渐恢复了往日的生活。可是,事情并没有这么简单,匡胤很快就发现自己面临着一大危险,这个危险对他来说太难应付了。到底是什么人、什么事让匡胤陷入重重危难之中呢?

这个危险来自于刘承嗣。刘承嗣与赵匡胤从小就互不服气,在洛阳夹马营时两人经常打斗,最后赵匡胤打败他胜出,成为夹马营骑兵大元帅;来到汴京开封后,他们年少气胜,也有过几次交手,每次都是赵匡胤赢,这为他们之间埋下了怨恨的种子;最为严重的就是黄龙寺一事,赵匡胤为了保护龙泉木得罪了刘承嗣,幸亏当时朝廷告急,刘承嗣北去投靠父亲刘知远,这才暂时熄灭了这场战火,要不然两人还说不定斗成什么样子呢!如今,刘知远摇身一变做起皇帝,刘承嗣身为长子顺理成章晋身为太子,昔日纨绔子弟,今朝国家储君,世事变迁真让人匪夷所思。多年来刘承嗣一心想打败赵匡胤,却屡屡失手,现在他身为储君当然有了更多的机会和能力,自然不会放过昔日的老对头。

赵匡胤面对来自刘承嗣的危胁,心里一百个明白,他知道刘承嗣心胸狭窄,肯定会找自己报复,与其提心吊胆地过日子,不如坦荡荡地生活,这样,刘承嗣反而不好下手。不过既然刘承嗣有心害人,就不会没有借口,终于,匡胤的一次侠义之举成为刘承嗣陷害他的把柄。

那是一个晴朗的日子,石守信等人约好了一起到赵匡胤的家中玩耍。他们从上午一直谈到中午,杜夫人命人准备了饭菜留他们吃饭。几个人兴致正浓,就喝起酒来。喝着喝着,聊到当今世道,聊到汴京城内的万花楼。万花楼是耶律德光在汴京时修建改造的一处勾栏,十分华丽,其中养了许多名伶、乐女,名为与民同乐,实际上是供契丹贵族寻乐之所。本来,耶律德光被赶走以后,汴京百姓一致要求拆除万花楼,可是刘知远一直不肯下令,万花楼便成为后汉一些无耻官员们寻欢作乐的去处。刘承嗣身为储君,不但不建议父亲拆除万花楼,反而经常去万花楼寻欢,这下万花楼在汴京就更有名声了。万花楼老板仗着刘承嗣的势力拐买了许多良家妇女，逼迫她们为自己挣钱，可以说万花楼已经成为汴京一大害。

匡胤几人越说越气愤，石守信拍打着桌案说："现在街上流传一句口头禅：'刘承嗣不除，万花楼难拆。'依我看，有刘承嗣护着，万花楼有恃无恐。"

他们正在义愤填膺地议论此事，就听外面一阵忙乱之声，匡胤起身到外面查看，原来父亲赵弘殷在几人搀扶下走进家门，他忙上前询问："父亲怎么回事，病了吗？"

赵弘殷脸色苍白，摆摆手没有说话。匡胤上前扶住父亲把他护送进内室，出来打听才知道父亲被人打了，这个人不是别人，正是刘承嗣。赵弘殷身为禁军指挥使，负责京城安全工作，今天早上他巡视到万花楼附近时，正好遇到一名妇女逃出万花楼，他就派人把她看守起来。结果万花楼老板不分青红皂白就说赵弘殷到万花楼抢人，还把这件事告诉了刘承嗣。刘承嗣一听，正想找机会陷害赵匡胤父子呢！当即下令重责赵弘殷四十大板。

赵匡胤见父亲替自己蒙受不白之冤，怒火燃烧，他得知刘承嗣还在万花楼，二话不说，抄起宝刀就冲了过去。果然，刘承嗣打了赵弘殷正高兴着，在万花楼左拥右抱，尽享快活，没想到赵匡胤突然杀过来，慌了手脚，连忙扔下美女逃命。赵匡胤紧追不放，两人在万花楼展开一场激烈搏杀。万花楼里虽然全是刘承嗣安置的人，但他们见匡胤武艺高强，步步紧逼，竟然不敢上前保护刘承嗣。最终，匡胤将刘承嗣生擒活捉，逼迫他下令拆除万花楼，放所有良家妇女各自回家，并且承诺不再为难赵弘殷。刘承嗣一一答应，当即让人去办理。

大闹万花楼让刘承嗣丢人现眼,还吃了苦头,他哪会轻易放过匡胤,可想而知,匡胤将要面临什么样的灾难。

戴罪再探索

匡胤知道大闹万花楼惹恼了刘承嗣,他不愿连累父母、家人,主动到开封府申明此事的来龙去脉,表示愿意承担所有后果。开封府尹听说此事牵连到刘承嗣,吓得慌忙上奏朝廷,请求处置意见。

宰相苏逢吉为人贪戾,专好逢迎巴结,他听说有人胆敢打太子,当即请刘知远下旨严惩匡胤。刘承嗣也哭叫着非要杀死匡胤。主管宿卫的大将史弘肇等人与赵弘殷素有来往,他们为匡胤求情,认为匡胤年少气盛,一时不慎打了太子,没有造成多大伤害,罪不当诛。再加上匡胤素有侠义之名,汴京百姓对他此次出手拍手称快,一时间汴京城内沸沸扬扬,刘知远纵然心疼儿子,碍于朝臣意见和社会舆论也不敢过分偏袒。他思虑再三,下旨将匡胤流放外地,不准他继续留在汴京。

流放是仅次于死刑的一种严重惩罚,对很多人来说流放意味着有去无还,意味着死亡,看来刘知远对匡胤的处罚依然相当严重。匡胤十分坦然地接受了处罚,安慰父母、妻子说:"我正想着外出探索,担心你们不放我走,现在好了,我奉圣旨远行,你们不敢阻拦了吧!"一席话让赵弘殷夫妇和贺氏哭笑不得。杜夫人担忧地说:"匡胤啊,你不要大意,古往今来有谁把流放当作探索之路!"赵弘殷却显得相对平静,他对夫人说:"现在天下不稳,天子新立,各地节度使不听号令者大有人在,我看像匡胤说的,流放也就相当于外出探索了,我们不用过分担心。"

当时朝代更迭频繁，所谓天子将相三天一换、五日一新，缺乏足够的名望，试想一下，刘知远父子不久前是什么？也不过是后晋臣民。忽然间成了高居他人之上的天子和储君，在朝臣百姓当中远远没有树立起帝王威仪，人们对他们窃权篡位甚至抱有恶感。这也是五代时期朝代更迭之中不可避免的一种现象。所以历经三朝的赵弘殷有感而发，劝慰夫人不要难过，而且临行前，他悄悄把匡胤接回家中，一家人团聚话别。

赵弘殷明白刘知远的意思，只要把赵匡胤赶出汴京给刘承嗣出气就行，所以他写了两封书信交给匡胤，让他到时候按照上面的地址寻找自己的两位旧友帮忙。这两个人现在一个是复州（今湖北天门）防御使，一个是随州（今湖北随州）刺史。匡义看着两封书信问匡胤：“哥哥，他们会帮助你吗？你不如带我一起去。”

杜夫人一把拉过匡义说：“胡说什么，匡胤一人受难不算，你也要跟他学？以后匡胤不在家了，你就是家里的男子汉了。”说着，泪水在眼眶里打转。

匡胤揣好书信，劝慰母亲：“匡胤有外出探索的经验，您不要过分担心。我想这次远行，一定不会有事的。”

赵弘殷说：“一路平平安安就行了，也不要考虑那么多，记住了，照我说的去做。”

匡胤又与父母家人说了会儿话，才随同贺氏回到自己房中。小夫妻单独相对，贺氏这才敢低声哭泣。匡胤握着她的手说：“你怎么也像他们一样？你看看，如今朝政腐败，国将不国，我耗在家里会有什么出路？我知道你最了解我，知道我不愿被儿女情长消磨意志。我这几天确实很开心，因为这是一次绝好的探索机会，我可以放开手脚大胆寻求今后发展的道路了。"

　　贺氏知道匡胤的心志，清楚他早晚有一天会踏上外出探索之路，如今这天提前降临，虽说意外可也满足了匡胤的意愿，即便自己一百个不情愿也该为他高兴。想到这里她不再哭泣，拉着匡胤的手说："我只是担心你一路受苦。出门了不比在家里，吃、穿、住、行无人照顾，千万可要仔细。"

　　匡胤笑着说："放心吧！我不是说了吗？我有经验。"

　　鸡叫时分，匡胤叫醒贺氏，悄悄对她说："趁天还没亮我得赶紧走了，免得人多伤心。你告诉父母，让他们不要难过，我会尽快寄回书信。"

　　贺氏无法，将匡胤的行李检查一遍，独自把他送出门去。

　　黎明前的夜最为黑暗，小夫妻洒泪作别，谁也没有料到他们再次相见已是几年后，那时匡胤已经成为郭威手下一名军校，出征战场，屡立战功。

　　匡胤离家后，一腔壮志在胸，他大踏步走上自己的探索之路。匡胤走出汴京西南门时，石守信等人正在此等候，他们摆下酒筵为他送行，并要跟随匡胤一同前往。匡胤制止他们说："我此去是戴罪之身，你们不要跟着受牵连了，在汴京替我照顾父母家人。如果我有所发展，一定写信告诉你们，到时候我们再一起闯一番事业。"

　　石守信点头答应，护送匡胤一直走到影子山，才依依不舍回归汴京。

　　匡胤这次离家，与上次有所不同。他依旧年轻，却更加成熟;他依旧胸怀激荡,脚步却更加务实;他依旧前途茫茫,信念却更加坚定。不管怎么说,这次外出探索将为他展开一片崭新的天地。

第三节　两次碰钉子

豆油藕卷

匡胤从洛阳往南一路辗转行来,发现果如父亲赵弘殷所料,虽然刘知远在汴京做了皇帝,可是天下百姓对他并不买账。各地官吏一面接受后汉封赐,一面各行其事,对刘知远政权抱着若即若离的态度。更让匡胤高兴的是,他还没有到达流放之地,刘知远就一命呜呼,死去了,他的二儿子刘承祐继位做了新皇帝。那么储君刘承嗣哪里去了?原来他在匡胤离家后不久就染病,先刘知远而亡。新君登基,大赦天下,赵匡胤获得赦免,恢复无罪之身,不用再去流放之地。但他没有回归汴京,而是决定继续自己的探索之路,径直去了复州。复州防御使名叫王彦超,在后晋初年任殿前散指挥都虞侯,属于禁军管辖,因此与赵弘殷常有来往,关系密切。

赵匡胤携带父亲的书信投靠王彦超,没有想到此人新近得到提拔,兼任岳州防御使、护圣左厢都校,以为后汉皇帝会重用自己。他却不想想刘知远大肆封赏群臣,就连卖国投降的杜重威也依旧做着大官,这样的封赐有什么意义,又能长远多久?

王彦超看到匡胤一副落魄相,只觉得收留他有害无益,弄不好会耽误自己的前程,权衡利弊,他不愿收留匡胤。见了匡胤一次面后,就让家人送给匡胤十贯钱打发他走。匡胤看着冷冰冰的十贯铜钱,真如一盆冷水浇在头上,他什么也没说转身就走了。

这次打击对匡胤来说有些意外,不过他没有失望,他想起"莫愁前路无知己,天下谁人不识君"这句诗,他想只要自己不放弃,前面就有道路可走。于是他从复州北上赶往随州,打算去那里寻找人生的起点。

中国传统戏剧里的宋太祖赵匡胤脸谱

独在异乡,浪迹探索,年轻的匡胤心情十分复杂。这天他来到了孝感城外,已是日薄西山,天色将暗。匡胤顺着城池走了一圈,发现城西一座村落前有家酒肆亮起了灯光,就走过去吃饭投宿。

匡胤走进酒肆,发现里边非常冷清,既没有客人也不见主人,奇怪地喊了几声,就见一个厨师打扮的人跑过来,忙不迭地给匡胤倒水端茶。匡胤腹中饥渴,端起水来一饮而尽,而后问:"有什么饭菜好酒?只管端上来。"厨师犹豫了一下,搓着手说:"兵祸战乱频繁,年岁饥馑,本地官府严禁民间酿酒,所以酒肆里没有酒了,要说吃的你得等主人回来再说。"匡胤听了,更加奇怪:"酒肆里没酒,你们怎么做生意?主人不在你连饭都不做,岂不是耽误了生意?"

厨师面露为难神色,想了想大着胆子说:"我看你是外地来的,对你说了也无妨。我们这个地方叫西湖村,有两大特色,一是以盛产优质莲藕出名，本地人们喜欢烹食各种藕肴，特别是逢年过节，几乎家家户户都少不了要烹制以莲藕制成的美味佳肴；二是以酿制美酒闻名，人称'西湖酒市'。可现在兵荒马乱的，年景不佳，官府为了筹集战时用的粮草，不让民间酿酒，我们哪有那么大的胆子私自酿酒？粮食都被官府搜刮去了，店里拿什么做生意？主人没法，只好天天去湖里偷偷采摘莲藕招待客人，所以你等一等，他回来了我就可以做菜了。"

竟有这样的事情，匡胤心里又好笑又叹息，好笑的是酒肆主人想出这般方法做生意，叹息的是民不聊生的境况何时才能结束。就在他边喝水边暗暗感叹时事的时候，酒肆外传来一声吆喝，就见厨师慌忙跑出去。匡胤跟在后面过去一看，只见一位三十岁左右的汉子推着一辆车子，他身上脸上满是泥水，吆喝着厨师前去帮忙。厨师上前掀开车上的茅草，里面露出肥嫩的莲藕，两个人很快就把莲藕收拾到屋后藏了起来。

那位汉子正是酒肆的主人，他先去洗了把脸，随后走过来一面与匡胤聊天，一面吩咐厨师赶紧做饭招待客人。再说厨师，他拿着几块莲藕回到厨房，瞅瞅厨房里仅剩两张未用完的"豆油皮"和一些零散葱、姜等配料，着实有些为难，心想，就凭眼前这点材料，能做出什么饭菜呢？看那位少年客人，像是赶了很远的路，肯定饿得不轻，就这点东西能否让他吃饱喝足？厨师思索着，不免再次向外张望，只见朦胧的灯光下，匡胤正与主人谈天说地，虽然一身窘迫，却隐隐露出一股少年豪侠气概，在这破旧的乡村客店里格外显眼。再看店门口，那辆盛装莲藕的车子歪在地上，车轮朝天，兀自转动着，好像不肯停下赶路的步伐。

看着看着，厨师突然有了主意，他迅速地将莲藕去皮洗净，切成细细的条状,恰如车轮上一根根车辐;随后,撒上盐粉略微腌渍,并用葱、姜末等配料拌匀入味。接着,厨师用少许面粉搅拌腌渍过的莲藕,搓成粉糊状,准备就绪,他拿起一块干净的餐布,将莲藕紧紧卷起来,捏成一字条形。然后,他将豆油皮平摊开,抹上面糊,把条形莲藕放到里面,慢慢卷拢包牢。很快,两张豆油皮全部派上用场。眼看大功即将告成,厨师高兴地舞着菜刀,用锯刀法把长长的豆油卷截成三四指长短,一个个放到翻滚的热油中烹炸。顷刻之间,就见油中的豆油卷渐渐泛黄,香味随之弥漫开来。

匡胤和主人坐在堂内,闻到香气扑鼻,两人精神一振,不由得转身回望厨房。这时,就见厨师端着一盘酥黄焦脆的豆油卷走了过来,放到匡胤面前。匡胤早已饥肠辘辘,饿得头晕眼花,见到如此色香俱佳的饭菜,当下惊喜不已,拿起筷子连连吃了几口,随即大声赞道:"好,好,真是美味佳肴!"他狼吞虎咽,半盘子豆油卷下肚之后,稍解饥饿,这才注意到主人和厨师目不转睛地盯着自己,连忙邀请他们一同进食。主人很高兴,回屋取出仅存的一壶陈年米酒,请匡胤品尝。三个人饮酒品肴,倒也其乐融融。交谈中,匡胤了解到此地的风土人情,使他更真切深入地体会到了民间疾苦。

三人饮至半夜,匡胤酒兴所致,随口吟诗赞叹:"豆油藕卷肴,兼备美酒好,落肚体通泰,今朝愁顿消。"主人听了连声说:"豆油藕卷,这个名字好,好。"厨师也说:"刚刚我还想着给这道菜取个什么名字呢?义士说得很对,就叫豆油藕卷。"从此,"豆油藕卷"这一佐酒佳肴即问世并沿传下来,成为当地一道名菜。

十多年后,陈桥兵变,赵匡胤黄袍加身一跃当上了宋朝的开国皇帝。他没有忘记当年浪迹湖北孝感时在酒肆品尝到的美味佳肴,思及经历的乱世颠沛,感慨万分,为了不忘旧情,更为了当地百姓的生活,他颁发诏书,取消孝感禁酒令。根据《孝感县志》转引《方舆胜地览》记载:"太祖(赵匡胤)践位后,令宽西湖酒禁,仍置万户酒馆。"从此,"西湖酒市"复兴,沿传千年不衰。时值今日,如果您去孝感游玩,会发现千年古迹犹存,孝感城西入口处还立有"宋太祖沽酒处"石碑。另有一诗:"高馆临湖旧业荒,青帘市岸指垂扬,金舆玉辇无消息,犹想当年酒瓮香。"记载赵匡胤复兴酒市之事。

匡胤不但不忘旧情,复兴西湖酒市,他也不念旧恶,没有记恨以十贯钱将他打发走的王彦超。他做了皇帝后,召集从臣宴射,王彦超也随侍在侧,饮酒到开怀之时,匡胤问王彦超:"你从前在复州做防御使,我前去投靠你,你为什么不收留我呢?"王彦超以为匡胤存心算旧帐,吓得连忙磕头回答:"勺子里的水哪能留得住真龙? 当日陛下没有在复州那个小地方停留,大概是上苍注定如此吧!"匡胤一笑置之,没有继续追究计较。

寄人篱下

匡胤一路北上,领略了楚地风情,深刻认识到百姓在战乱年代艰难求生的生活困境,他本人在路途上更少不了颠簸之苦,好在他意志坚强,把磨难当作锻炼,行程变得有了意义。半个多月后,他终于来到随州。

随州刺史叫董宗本,也是赵匡胤父亲的旧日好友。董宗本倒不像王彦超,他十分热情地接待了匡胤,并且收留他住在自己的府邸,让他陪伴自己的儿子董遵一起练武习兵。董遵与匡胤年纪相仿,也是个尚武爱兵的少年,他头脑灵活,武艺超群,是当地非常有名的贵族子弟,但他自幼生活在父母庇护之下,骄纵成性,不把他人放在眼里。一开始,他听说匡胤武艺高强,还十分高兴地与他切磋技艺,研习兵法,相处比较欢愉。可是不久,他发现匡胤不管在武功还是兵法方面都胜己一筹,便有些不开心了,担心匡胤盖过自己的风头,因此渐渐疏远匡胤。

　　一天,董宗本家里举办筵席,邀请当地名流前来赴宴。董遵身为长子,又是位非常出色的少年,当然是这次宴会的主角人物。宴会前,董宗本有意通知匡胤,打算把他介绍给当地名流。可是董遵嫉妒匡胤,对父亲说:"赵匡胤得罪过朝廷,我们私自收留他也就罢了,要是传扬出去对我们不利。"董宗本心怀宽广,见识远大,他笑着对儿子说:"我看匡胤是个豪杰人物,他落难了前来投靠我们,不要慢待了他。"他执意让匡胤参加了宴会。

　　结果,参加宴会的许多人对匡胤印象极好,认为他与董遵不相上下,有些善于巴结的人就对董宗本说:"你家公子文才武略,已是位十分出色的少年,现在你家里又有一位如此杰出的少年,你可真是懂得培养人才啊!"董宗本听了这话当然很高兴,对匡胤更加关照和爱护。

　　董遵看在眼里,气在心中,他不服气地想:赵匡胤一个落魄之人,凭什么与我董遵相提并论?从此他对匡胤态度更加冷漠,有时候甚至仗势欺人。

　　有一次,董宗本请一位相士来府上为家里人相面。这位相士看到董遵时惊喜地说:"公子将来可以成为国家栋梁。"董遵很得意,赏赐了相士。赵匡胤恰好走进来,相士以为他也是董府公子,于是就说道:"这位公子相貌更是非凡,我看你府上以后的荣华富贵全仰仗他了。"一听这话，董遵急了，当着众人的面责骂相士："你是什么眼睛？这个人是寄居在我家的流浪汉，我府上兴衰与他何干！"

众目睽睽之下，匡胤一张红脸霎时紫了，他知道董遵处处为难自己，瞧不起自己，却没有想到他竟然把自己当作寄人篱下的流浪汉，他气恨交加，转身离去。

董宗本训斥董遵，然后亲自去劝慰匡胤，让他不要记恨董遵。赵匡胤心胸博大，想到董遵所言也是事实，就答应董宗本不记恨此事。为了化解他与董遵的矛盾，他主动提出搬离董府，到董宗本下属的部队中去锻炼，要求做一名普通军士。

董宗本有心答应匡胤，又担心对不住老朋友赵弘殷，恰在这时，朝廷传令让他进京办事。董宗本心想进京就可以见到赵弘殷了，回来后再做决定，就把这件事暂时搁置下来。

临行前，董宗本分别交代了董遵和赵匡胤，让他们好好相处。可是他前脚一走，后脚董遵就开始千方百计为难匡胤，匡胤处处忍让，不愿惹起是非，可是却终究没有躲过一劫。

董遵有一把名贵的宝剑，不轻易示人。这天，他表兄从洛阳来到随州，董遵设宴款待表哥，酒席上，少年们谈笑风生，好不热闹，有人提议舞剑助兴，董遵就拿出自己名贵的宝剑当众起舞，剑光飞舞处，引来众人一阵喝彩。董遵十分开心，在酒席上喝多了。

第二天，董遵发现宝剑不见了，急忙让家人寻找，可是翻遍全府都没有找到。有人就向董遵提出，那天酒筵没有邀请赵匡胤，会不会是他一气之下偷走了宝剑？董遵虽然忌恨匡胤，却知道他的为人，想到他肯定不会偷自己的宝剑，就让家人继续寻找,奇怪的是宝剑始终不见。董遵想前想后,不免有些动摇,也是他私心作祟,听信别人谗言,决定搜索匡胤的住处。匡胤得知事情本末,对董遵的做法非常不满,据理力争,结果两人话不投机争吵一场。少年气盛,董遵当众说出了赶匡胤离去的话。

夜深人静时,匡胤心想,如今彼此已经撕破脸皮,与其寄人篱下忍气吞声,还不如一走了之。大丈夫生于天地之间,何愁找不到立足之地? 想到做到,匡胤连夜收拾一下简单的行装,趁着天色未亮就离开董府,踏上新的探索之路。

匡胤走后,董遵的宝剑查询到了下落,原来那天前去参加宴会的一个少年非常喜欢董遵的宝剑,那天他也喝多了,就趁着醉意拿走了宝剑,他在家把玩了几天就把宝剑送还了。董遵看着送回的宝剑,知道错怪了匡胤,有心去追回他,可是他骄纵跋扈惯了,哪肯承认错误,也就随匡胤去了。

后来,匡胤做了皇帝,董遵十分害怕遭到报复。他的部下知道他们之间的矛盾,趁机告发他非法之事。董遵下狱受审,赵匡胤亲自召见他,他想这下完了,陛下肯定会判我死罪。可是匡胤却安慰他说:"你不用害怕,朕不会念旧恶陷害你,你只要把事情讲清楚就行。"董遵非常感动,就把被告发之事一五一十解释清楚。匡胤知道他无罪,不但不惩罚,还对他委以重任。董遵感激涕零,俯首说道:"臣年轻时恣意妄为,慢待陛下,罪不可恕!"匡胤笑呵呵地说:"年轻人争强好胜是人之常情,朕怎么会记恨那些事情呢? 你年轻时就聪明能干,现在为官一方也很有作为,朕需要你的帮助。"匡胤豁达大度的性格令人敬佩,也因此为大宋王朝发掘了一大批有用的人才。

第四节　指破迷津

吟诗述怀

匡胤离开随州,沿着汉水继续北上漫游,在广阔的大地上探索。他接触了社会最底层的老百姓,了解他们生活的疾苦;他接触到社会其他阶层的人士,开阔了视野和胸襟;他漫游无所适,为他对人生的思索提供了充足的时间。

两次碰壁,飘泊不定,匡胤没有因此消沉,反而激发了更坚定的信念和斗志。他沿途观察思索,对整个社会和人生有了更高的认识,他在不断接触各方人士的情况下,对未来和自己充满了信心。

这天,匡胤来到江汉平原重镇襄阳。襄阳地处中原与楚地交界,南北交通要冲,自古就是兵家必争之地,是一处军事重镇。匡胤多从书上了解襄阳,今日亲临城下,当然十分感慨。夜里,他投宿在一家客店,打算第二天早起赶路。这家客店依山傍水,倒也清净。与匡胤住在一间客房的,是一位先生打扮的人,两人交谈到半夜方才入睡。第二天一大早,匡胤起床后推开窗子向外观望,只见东方一轮红日正喷薄欲出,红光映射之下,天地间呈现光彩华丽之景观,如同熊熊火焰一般。匡胤眼望红日,触发内心无限感慨,他随即吟诵道:

欲出未出光辣挞，

千山万山如火发。

须臾走向天上来，

逐却残星赶却月。

　　他刚刚吟诵完毕，就听同屋的先生拍起掌来。匡胤回头看着先生，不好意思地说："有感而发，先生见笑了。"先生却很认真，他一边示意匡胤坐下，一边侃侃而道："义士这首小诗看似平淡，实则蕴藏着人生玄机，昨夜与你交谈我已看出你胸怀远大，今朝一诗更让在下佩服。"匡胤笑笑说："旅途孤寂，聊以自慰，还请先生多指教。"

　　却说这位先生叫苗训，字光义，河中府人，曾经拜华山陈抟老祖为师。他自幼饱读诗书，博学多识，天文地理、医卜星相无所不知，喜好游历大江南北，关注天下事，素有大志。他自负才学高远，立志在乱世之中发现英明君主，希望用自己的学问来辅佐他建功立业，达到安国抚民、施展才华的目的。因此，他经常以卖卜为名，云游四方，广识天下豪杰。十几年来，他走遍各大州府，见识了许多割据一方的将军，可是令他惋惜的是，这些人的抱负和胸襟不足为道，不堪辅佐。于是，苗训开始转移关注的目光，将希望寄托在新生的豪侠人士身上，终年行走民间，乐此不疲。这次他路过襄阳，也是为了这个目的。幸运的是，这次游历终于有所获，他从匡胤的相貌举止中察觉出他非凡的气度，经过一夜交谈，更是被他不同常人的志向和气度所感染，听了匡胤脱口而出的诗作，觉得眼前少年更是不俗，便与他更深入地交谈起来。

　　两人谈论时局,苗训分析认为,自唐朝后期以来,藩镇势力日隆,形成各地割据一方的局面,中央的命令不能在地方上执行,国家实际上处于四分五裂的状态,最终导致唐朝灭亡。虽然后来又建立了几个新朝,但是新朝廷的政令只能推行于中原一带,周边仍有多个小朝廷存在,国家不能统一。而且这些频繁更替的君主中,大多缺乏有效的治国策略,所以几十年来,征战杀伐年年不断,弄得民不聊生,国家元气日衰。他最后总结说:"乱极必治,这是古训,我觉得国家已到了急需一位英才,统一国家、安定百姓的时候了。"

　　匡胤听他言论,颇觉中肯,切合时弊,于是问道:"当今乱世可算是群雄并起,以先生之见何人可以一统天下?"

　　苗训叹道:"唉,据我看来,那些割据一方称孤道寡的将军,没有一个有雄才大略可堪辅佐的。自唐朝以来,各地藩镇割据自立,早已把节度使这个官位当成私有的了,他们父传子、子传孙,将好端端的一方政府变成自家的小朝廷,一个个狭隘自私、目光短浅,为了个人利益不惜牺牲一切。采取暴政肆虐百姓,互相之间勾心斗角,征伐不休,不停扩展自己的势力,这样下去,我看从他们之中找出有资格能力统一全国的人才已不可能!"

　　匡胤惊讶地说:"既无这样的人才,天下怎样才能得以安定?"他远离汴京,浪迹探索正是为了访求明主、施展抱负,要是没有这样的人才自己该怎么办?

　　苗训看着匡胤,认真地说:"义士年少有为,将来定会如天边红日照亮万里河山。"

　　匡胤不解,想了想问:"请先生指教,匡胤下一步该何去何从?"

敦煌壁画中的节度使出行图

苗训听到匡胤的名字,忙问:"义士可是汴京开封的赵匡胤?"

匡胤回答:"正是在下。"

苗训有识人的本事,已经看出匡胤未来的前程,听他报上名号,心里更加清楚了。不过他不肯道破天机,忽然想起一件事来,指着西边说:"城西有座蟠龙寺,义士可以到那里问明自己的去处。"

匡胤疑惑间,苗训已经向店家要了纸笔,将匡胤刚才吟诵的诗一字一句写下来,交到匡胤手里说:"义士人生如同此诗所言,请你多多保重。"

确如苗训所料,这首小诗正是匡胤一生写照。第一句"欲出未出光辣挞",是说匡胤人生第一步,也就是如今闯荡天涯阶段。这时候的匡胤虽然具有"光辣挞"般的志向和抱负,但毕竟还在闯荡天涯,没有人生定位,所以说"欲出未出"。第二句"千山万山如火发",是说匡胤人生第二步,就是他日后南征北战,建立功业阶段。这时候的匡胤锋芒初露,在"千山万山""如火发"一般的征战中成就威名。第三句"须臾走向天上来",是说匡胤人生第三步,指的是陈桥兵变。这时候的赵匡胤,经过第二步的有力铺垫,根基已经打牢,所以在"须臾"之间就黄袍加身,成了大宋的开国皇帝从而"走向天上来"了。第四句"逐却流星赶却月",是说匡胤人生第四步,即统一天下阶段。这时候的赵匡胤,虽然荣登皇帝宝座,但如"流星"、如"月"一般的大小割据势力还很多,赵匡胤将这些割据势力统统"赶却",独留他这一轮红日光照天下。

当前,匡胤放弃舒适安稳的家庭生活,像浮萍一样浪迹在各地,虽然吃足了苦头,遭尽了磨难,但他没有半点后悔——如果长期待在家中,除了安逸、平淡,将不会有多大的出息。希望在于寻找,命运在于把握,赵匡胤依凭自己的决心和勇气,义无反顾地朝着冥冥之中自己的道路大步前行。正是在这种远大志向的激发下,赵匡胤才能百折不回、毫不气馁地继续向前,顽强寻找。

老僧指路

匡胤听从苗训建议,辞了客店投奔蟠龙寺。寺内僧人见匡胤行李萧条、衣履破旧,以为他是逃亡的军士征夫,不把他放在眼里,一个个横眉冷眼,叫嚷着轰他离去。匡胤没法,好言好语说是他人推荐自己前来投宿,希望僧人容许他借住一天,了却心愿立刻离去。几个僧人哪听他解释,骂骂咧咧就是不肯让他住下。一个僧人还蔑视地说:"心愿? 逃亡的军卒多了,我们寺院哪里容得下这么多心愿? 不要在这里混饭吃了,我们僧人还吃不饱饭呢! 再不走休怪我们动手了。"说着,他晃晃胳膊吓唬匡胤。

匡胤再三忍让不成,顿时火冒三丈,厉声喝叱说:"出家人慈悲为怀,你们却这般无情,不要惹恼了我!"

听他这么说,一个僧人以为他口出狂言呢!开口戏谑地说:"怎么,说你还不行?你又不是皇帝老子,你想怎样就怎样吗?今天我们就是不听你的,看你有什么办法进寺?"他正在得意地戏弄匡胤,没想右腿上已吃了一脚,顿时连连后退,跌倒在地。

旁边立时又跳出一僧,指着匡胤大叫:"你是强盗不成?看我收拾你!"说着,他挥舞拳头直扑匡胤前胸。尽管来势凶猛,匡胤却一点也不胆怯,他不慌不忙伸出右手接住对方拳头,叫一声"去吧",就见僧人趔趔趄趄退出去一丈多远,站立不稳,扑通一声坐倒在地上,和先前的僧人一前一后倒在庙门前。其他僧人见状,知道厉害,抱头逃进寺内。

片刻,寺内走出一位年老僧人,只见他身穿百衲衣,手拄镀锡杖,鹤发清颜,广眉深目,身体削瘦,精神矍铄,走起路来款款而行,停下脚步如古松盘立,与刚才几个僧人大有不同。匡胤不由得肃然起敬,躬身施礼。

老僧慌忙答礼,徐徐说道:"刚才小徒失礼冒犯贵人,请不要怪罪他们。"

匡胤忙说:"在下不敢承当贵人二字,只是受人指点,前来贵寺寻访前程。没想到几位师父不听解释,反而恶语伤人,导致争执,还请老师父原谅在下粗鲁之举。"

老僧听了匡胤来寺的目的,细细打量匡胤一番后问道:"不知义士受什么人指点?"

匡胤就把苗训与自己说过的话告诉老僧,并且诚恳地说:

"在下浪迹天涯探索多时,请老师父告知在下日后该投往何处?"

老僧微笑说:"义士不必慌忙,请到小寺略坐片刻。"说完,唤起刚才被匡胤打倒在地的两个僧人,斥责他们说:"你几个肉眼凡胎,哪里识得圣人英雄? 赶紧去收拾客房让贵客休息。"两个僧人面露羞愧之色,忙进寺内去准备。

匡胤在老僧带领下走进寺院,径直进了老僧的禅房,两人分宾主落座之后,老僧命小僧人端上茶水,这才与匡胤开始交谈。经过一番交谈,匡胤得知老僧年逾百岁,已经在此出家几十年。匡胤联想自己多次与寺庙僧人结缘,不免想到,国家离乱,人们出家为僧大多也是为了生计或者躲避战乱。老僧竟然看穿匡胤的想法,点着头说:"义士虽然年少,却能洞悉社会根本,关怀天下大事,老僧深感佩服。"匡胤诚恳地说:"老师父,匡胤有心报国,安定天下,苦于无法预知将来,不知道该往何处发展,还请老师父明示。"

老僧合掌诵佛,随后说:"义士一直往北走,定会遇到明主。"

匡胤谢过老僧就要起身离去,老僧却喊住他继续说:"义士,老僧见你行李简陋,衣履单薄,北去路途遥远,恐有不便,有心资助你些路资盘缠,请义士笑纳。"

匡胤慌忙说:"匡胤哪敢劳老师父破费?"

老僧说:"结些香火缘,也是老僧分内事。请义士今日在小寺中留宿一夜,明天再上路不迟。"

盛情难却,匡胤在寺内住了一夜。第二天一觉醒来,发现床头多了一根乌金宝棍,棍长约有五尺,通体乌亮,两头箍着铁环,熠熠生辉,十分引人注目。匡胤自幼熟知十八般兵器,尤其喜爱棍棒,今日得见这根宝棍,真是喜出望外,立刻伸手去抓。宝棍是钢铁锻造而成，十分沉重，不过，匡胤力大过人，抓在手里竟然趁手自如，这下他更惊喜了，不由得在屋内舞动宝棍，势如游龙，呼呼生风。

就在匡胤忘我地舞棍之时，房门推开，老僧走了进来，看着匡胤舞动宝棍，高兴地说："宝棍今日有主人了。"

匡胤停下舞动，给老僧施礼，而后问："老师父，这是件什么宝物，怎么突然出现在这里？"

老僧人笑吟吟地说："此棍相传是春秋时期赵王命人锻造。本寺建成不久，遇上了安史之乱，有一次唐朝太子遭到贼人追杀，躲进本寺，寺里僧人舍命相救，可是敌人势力强大，眼看难以脱险。夜里，宝棍突然从天而降，帮助僧人打退敌人。后来，太子做了皇帝，就封这件宝物为本寺之宝。"

听说宝棍来历，匡胤颇觉神奇，抚摸着宝棍，真是爱不释手。老僧人接着说："宝棍虽然久居寺内，却因为过于沉重，无人能够使用。师父圆寂时交代过老僧，这条宝棍每隔两百年就会大放光彩，叮嘱说不要错过机会。老僧推算，今年恰是两百年时限，因此日日挂念此事。昨日见义士不同凡俗，所以执意相留，没想到果真应验在义士身上。"

匡胤听闻事情经过，不由得惊讶地问："难道这根宝棍是自己飞到我的床头来的？"

老僧人点头，让匡胤收下宝棍。

匡胤喜得宝棍，对老僧一再感谢。从此以后，宝棍成为他随身兵器，伴随他经历了许多战事，立下赫赫战功。后来，宝棍在战争中被打断，匡胤十分心痛，令人用铁链将两截棍子链接，就此发明了双节棍。匡胤根据个人心得，总结出了一套双节棍法，

赵匡胤以一条杆棒打下四百座军州，凭的就是"太祖棍法"

流传后世。双节棍因赵匡胤的缘故，又名蟠龙棍，在兵器中享有盛名。

再说老僧，既已识得匡胤前程，便命人为他准备了一匹马和一些盘缠，让他尽快北上寻求机遇。匡胤推让不过，牵着良马带上盘缠辞别僧人，老僧外出相送，再次叮嘱说："义士此去，遇郭乃安，历周始显，两日重光，囊木应谶。"匡胤听罢，茫然不知头绪，只好回答"领教"两字，施礼拜别说："此去多亏老师父指点资助，匡胤永不忘此恩此情，日后有机会一定报答。"说着，他们已经来到寺门，老僧止步不前，对匡胤说了句"前途珍重"，随即转身回寺。

匡胤望着老僧离去的背影，不再犹豫迟疑，飞身上马向北方而去。

匡胤放弃舒适的家庭生活，成为郭威帐下一名普通士卒，开始了真正的军旅生涯。他没有放弃个人的志向，作战之余，读书学习增长智慧，极大地提高了个人的能力。而且，他作战骁勇，很快就得到郭威赏识和提拔。不久，后汉朝廷内部斗争激烈，郭威留在汴京的家属全部遇害，他愤而起兵夺取后汉政权，建立后周。

随着柴荣继位，赵匡胤在南征北战中凸显了杰出的军事才能，一举夺得滁州，为后周南下打开了门户。在随后的战役中，他更凭借智勇双全的指挥才能连连取胜,成为朝廷最重要的大臣之一。

　　匡胤十分重视人才,他访贤识赵普、慧眼识窦仪,都是一些脍炙人口的故事。他还十分重视知识,不惜重金买书,鼓励部下读书学习,体现了与一般武将的不同之处。

　　陈桥兵变、黄袍加身,已经是人们熟知的故事,匡胤究竟为什么会得到将士们一致拥戴? 在这件事上他到底是何种态度? 这对他开创百年盛世又起到了哪些作用呢?

第十章

大鹏展翅 一飞冲天成帝业

第一节　勇投明主

从军行伍

赵匡胤按照老僧嘱托,从襄阳往北而行,很快来到黄河岸边。望着滚滚河水他心潮澎湃,豪情万丈,禁不住感叹河山壮丽;联想到国家与个人的命运前途,又陷入深思之中。此地离洛阳不远,过了洛阳很快就到汴京,但他没有回家,而是乘船北上继续自己的探索之旅。

这天,匡胤在客店吃饭,听到几个客人谈论时事,说河中节度使李守贞造反了,朝廷派邺都留守郭威前去平叛,郭威正在招收兵马。说者无心,听者有意,匡胤立刻走过来问道:"你们知道郭将军兵马驻扎何处吗?"

几位客人看着匡胤,见是个魁伟高大的年轻人,一人漫不经心地回答:"听说在高平,怎么,你想去投军?"

匡胤没有答话,抓起行李包裹骑上骏马扬长而去,客店内的人看他如此匆忙,一个个摇着头不明白这是怎么回事。

匡胤骑马飞快赶往高平,黄昏时分终于来到高平城外,果见旌旗飘扬,营帐座座,将士们来往巡视,一派肃穆威严气象。他骑马转了几圈,发现大旗上写着斗大的"郭"字,心想,看来这里果然是郭将军的队伍,不知道柴荣大哥是否也在这里? 匡胤素来敬佩柴荣,更知道郭威的威名,联想蟠龙寺老僧所说,他不再犹豫,催马赶到城下叫门求见。

守城的士卒看到一个穿着破旧、看上去颇为潦倒的年轻人叫门,便上前盘查。匡胤报上姓名家世,说明自己有投靠郭威报国立功之志。士卒们听说他是汴京禁军副指挥使的儿子,哗然大笑,一人指着匡胤说:"你父亲既然是朝廷武官,你在家里享福不就得了?何苦跑到这里投军受苦。"另一人走上来上下左右打量匡胤,而后突然说:"我看你行踪诡秘,会不会是李守贞派来的奸细?"

匡胤看他们不相信自己,慷慨而言:"乱世出英雄,国家危难之际,我堂堂男儿哪能贪恋享乐待在家中?不趁机建功立业更待何时?"

士卒们被他的言辞打动,一个个没了言语,可是他们依然不敢放匡胤进去。双方默默对峙片刻,匡胤看到城墙上张贴着招收兵马的告示,上前撕下来说:"郭将军吸纳人才,扩招兵马,你们却挡住前来投靠的人,这不是违背将军意愿吗?像你们这样做事迟早会贻误将军大事,免不了受责罚。"

几个士卒听了,相互对视一眼,一个说:"他说的有理,我们还是进去通报一下吧!收不收是将军的事。"其他人随声附和。

很快,匡胤就得到了进城的许可,他将兵器、骏马全部交给士卒看管,然后独身一人前去拜见郭威将军。再说郭威,他刚才正在帐内与将领们商量战事,听闻赵弘殷的儿子赵匡胤前来投军,一时有些摸不着头绪。他想,赵匡胤一个少年不在汴京待着跑来这里干什么?要想投军为什么不跟随他父亲呢?

郭威正在疑惑间,看到匡胤已经走进军帐,他放眼望去,只见进来的少年长得神武俊朗,体型魁梧,一张红色脸庞上放着熠熠光彩,眉宇间凝聚着一股凌云之势,气宇竟然如此不同寻常,让他先自吃了一惊。多年不见,昔日顽皮小孩已长成风华正茂的英武少年,他已经认不出匡胤来了,他开口问道:"你是赵弘殷将军的儿子赵匡胤?"

匡胤施礼答道:"在下正是赵匡胤,前来投靠郭将军,入伍报效国家。"

郭威点了点头,看他衣衫单薄,风尘仆仆,皱起眉头问:"你从哪里来?你父亲近来可好?"他觉得匡胤形迹可疑。

匡胤坦然回答了自己得罪刘承嗣,避难于楚地,幸遇老僧指点的经过,请求说:"匡胤早就知道将军威名,一直想前来投靠,今日终于见到将军,请将军一定收下匡胤。"

郭威仍有疑惑:"你父亲知道你来我军中吗?你在军中吃苦受难他会同意吗?"赵弘殷虽然不比郭威官大势大,可也算朝中官员,又与郭威有些交情,所以郭威对匡胤父子比较客气,这番问话,也是体现自己的关怀之情。

匡胤诚恳地说:"我父母一直希望我留守家中,担心我出门闯荡不安全。可是我堂堂男儿,不愿错过建立功业的时机,所以外出探索,寻求发展机遇,这才投到将军门下。请您务必收留我,不然我回到汴京也无出头之日。"

郭威刚要开口,就见帐门推开,一个年轻将领满脸喜悦走进来,急切地说:"听说匡胤来了,他在哪里?"匡胤顺着声音望去,开心大叫:"柴荣大哥,你果真在这里。"进来的人正是匡胤时时思念的柴荣。

两人相见格外激动,柴荣向郭威推荐说:"匡胤武艺高强,擅长骑射,还懂得兵法,是非常难得的人才。"

郭威听了两人的意见,也就点头同意匡胤的请求,让他在自己军中效力。匡胤穿上铠甲军装,握起兵戈器械,终于完成自己从军的心愿,内心激动不已。

从此他开始了戎马生涯,虽然只是普通士卒,但他恪尽职守,奋勇杀敌,临战总是一马当先,冲杀在最前,很快在队伍中崭露头角。

军旅书籍

身为一名末等士卒,匡胤除了以勇敢著称外,他的另一行为也引起普遍关注。每每军旅闲暇之时,匡胤喜欢捧着书本读书,这可是军旅之中难得一见的现象。他的同伴们不解地问:"我们听说柴将军喜欢读书,可是人家是郭将军的内侄,担任牙内都指挥使(亲兵高级军官),读书当然有用,你读书有什么用?"

匡胤笑笑说:"我小时候喜欢舞刀弄枪,不爱读书学习,现在长大了才知道文武兼备这句话的意思。"同伴们听了,撇撇嘴不理他。

不久,郭威的军队与叛军展开一场激战,战斗中匡胤披坚执锐,勇猛非凡,所向无敌,引起许多人注意。后来大部队一鼓作气冲杀到李守贞所在的城池之中,将叛军赶了出去。战争得胜,大多数将士都忙着收缴敌人的器械装备,有些贪婪的人还跑到富裕人家抢夺财物,一时间队伍有些混乱。柴荣奉命整编部队,这时,匡胤突然抱着一个大木箱从节度使府邸跑了出来,看上去喜滋滋的,好似捡了多少宝贝一般。跟随柴荣的将士一见,喝令匡胤停下脚步,查办他偷拿财物之罪。

　　匡胤被迫放下木箱,眼巴巴看着柴荣希望他为自己求情开脱。柴荣很生气,他走过来训斥匡胤:"郭将军多次下令肃清军纪,你竟然在光天化日之下抢夺财物,真是太让人失望了。"说着就要让人按照军纪处罚他。

　　匡胤委屈地看着柴荣,辩解说:"将军息怒,匡胤虽无大志,却也不是贪利小人,请你打开木箱查看清楚,要是匡胤确实该罚,我也认了。"

　　柴荣命人打开木箱,看到里面的物品不由得惊讶地叫了一声,转头看着匡胤问:"匡胤,你是行军打仗的军士,不好好练武习兵,弄这些书做什么?"原来木箱中装满了各种书籍。

　　匡胤回答:"将军,匡胤自幼尚武喜兵,读书不多,从军以来常常觉得知识浅薄,所以想闲暇时多读书以增长见识,也好辅佐将军,建立一番功业。"柴荣知道匡胤志向不俗,不比常人,今日听他这番言论、看他这番举动,欣喜地说:"我以为你贪财爱富,原来你一心赤诚。好,多读书自然会增长智慧,我不但不罚你,还要向郭将军禀报此事奖赏你。"

　　匡胤既得书籍,又得奖赏,当然分外开心。从此,他在军中的名声和地位鹊起。接下来的几次战役中,他果敢勇猛的表现很受关注,柴荣渐渐将他视为心腹。匡胤成为郭威帐下一名亲军,有机会接触更多书籍,为他日后脱颖而出打下了基础。

　　匡胤从军读书的习惯一直伴随着他,后来他成为统帅千军万马的将帅,出征作战,每每攻下城池寨堡,都会首先搜集书籍,既保护了各种书籍,又丰富了自己的知识。他父亲赵弘殷看到儿子喜好读书非常高兴,在带兵作战过程中也和匡胤一样不忘搜集书籍,带回来给自己的儿子们阅读,这种爱书、读书的好习惯在崇武抑文的年代确实不多见。

　　有一次,匡胤率军征战淮南,与南唐部队交战。那时他已经是后周义成军节度使兼殿前都指挥使,他的部队驻扎在寿州城外。他听说寿州城内有一位奇士,人称百书王,收藏着许多人所未识的奇书。匡胤爱书心切,打算装扮成一般百姓前去寿州城内购书访书。寿州城内驻扎着南唐部队,这一去非常危险,他手下将领劝他不要冒险行动,但匡胤只想早日得到奇书,独自一人乔装打扮进了寿州城。

　　南唐军队戒备森严,城墙上站满了来回巡逻的士兵。匡胤进城后不敢走大街,悄悄溜进小巷。他边走边思索拜访百书王的办法,因为是战争期间,城内过往的行人步履匆匆,神色紧张,路边的店铺大都半开着店门,似乎随时准备关门停业。匡胤走了一段时间,想着不如先打听一下再说,就问了几个路人,可是他们全都不知道百书王的住址,这可如何是好? 匡胤不免有些着急,放慢了脚步。突然,前面有队南唐士兵走了过来,匡胤连忙闪身进了附近一家店铺。这家铺子是卖瓷器的,店内摆放着花样各异,或精致玲珑或粗犷豪放的各色瓷器。匡胤一头撞进来,正好撞到肩扛货物的伙计身上,差点把他撞倒。伙计叫嚷着:“喂,你干什么呢? 碰坏了东西你赔?”匡胤连忙道歉,帮伙计重新整理货物,发现这箱子瓷器十分沉重,于是说:“东西这么重,不如我帮你送去吧!”伙计见匡胤身材魁梧,很有力气,遂高兴地答应下来,带着匡胤去送货。匡胤借着这个工夫向伙计打听百书王的情况,伙计是当地人,虽然不爱读书,却知道百书王的许多事情,也不隐瞒,一五一十全部说了出来。可惜的是他不知道百书王的具体住处,不过告诉匡胤,百书王住在东关,让他去那里打听打听。匡胤急忙奔向东关，路过一株大柳树时，听到柳树后面的房子里传来朗朗诵读声。他想，这里想必是座书院，我该到里面打听一番，说不定他们知道百书王的住处。果然，书院的先生与百书王熟识，是不错的朋友。他听说匡胤从城外而来，冒着危险前来拜会百书王，就把他带到百书王的家里。

匡胤找到了百书王，心情激动，等他见到百书王家里诸多未曾听说读过的书籍时，当即请求百书王将书卖给自己。百书王了解到匡胤求书心切，考虑到战火即将燃烧，自己的书籍太多，难以全面保护，不如交给匡胤一部分让他带出城好好保存，于是说："我看你也是爱书之人，要是平时我可不舍得把书给别人！现在大战在即，我打算带着家人逃离此地躲避战火，逃难需要不少路资，所以就卖给你一部分书吧！"

匡胤想到战火既燃，见多了百姓惨遭涂炭的场面，有心资助百书王逃难，就把身上所有的银两全部交给他，嘱托他赶紧逃离。百书王很感激，把家里所有的书都给了匡胤。匡胤既得奇书，十分喜悦，高高兴兴背着一包书籍来到寿州城门，没想到遭到守城将士怀疑，他担心暴露身份，只好退回城中。过了一天，匡胤身上分文皆无，吃喝没有着落，正在为难之际，一家卖饼的小铺收留他，并送给他小饼充饥。匡胤在他们帮助下出了城回归军中。几日后，他带领军队攻陷寿州时，下令不得骚扰百姓，军民相处甚安，秋毫无犯。

当时，寿州百姓们感激赵匡胤的仁义之举，纷纷拿出酒食慰问大军。这时，卖饼的主人才知道自己搭救的人竟是后周大将。匡胤高兴地夸赞他的饼好吃，感谢他搭救之恩。后来，赵匡胤登基称帝，寿州人联想当日小圆饼曾经搭救过天子，就把这种小饼称作"大救驾",以纪念那段往事。时至今日,"大救驾"已经成为安徽省富有地方风味的名小吃,深受人们喜爱。

当然,匡胤爱书、读书,为他攻城克敌、一统天下、建立大宋王朝提供了丰富的不可缺少的知识。在那个武力横行的时代,在那个重武轻文的时代,匡胤从不爱诗书到懂得书籍的作用,从一个尚武的少年到一个重武又不轻文的杰出青年,他的思想演变说明了历史的选择,体现出泱泱华夏民族的特质,让我们看到汲取知识与前人的经验教训,会对一个人的成长产生多么大的影响。今天的少年朋友们要从匡胤身上看到一点:文武齐备的人才比那些赳赳武夫更懂得治理国家。历史证明,正是匡胤采取以文治国的策略,才彻底清除五代十国时期武人专政的流毒,开创了一个从容平和又不失繁华的盛世。

第二节　屡立战功

高平之战

赵匡胤投军从戎不久,便在追击李守贞余部的战斗中,遇到了郑恩和张文喻,原来他们与匡胤离散后几经周折投靠了李守贞。匡胤把他们引荐到郭威军中与自己并肩效力,随后三人再也没有分离。郑恩在跟随匡胤征战南北过程中逐渐成长为一名出色的将领,张文喻为匡胤出谋划策,也是屡立功绩,他们二人都成为大宋开国功臣。

再说后汉政权,随着各地叛军纷起、朝廷内部矛盾激烈扩大,它已经处于摇摇欲坠的状态之下。天子刘承佑年少无能,听信谗言大肆杀害朝臣,就连郭威留在汴京的家属也全部遇害,匡胤的好友郭融惨遭不幸。郭威得到消息率军南下,废除刘承佑另立新帝。公元950年,郭威发动澶州兵变夺取政权,篡汉建周,史称后周。刘知远不惜勾结契丹建立的后汉,终于结束了短暂的生命,走向了不可避免的灭亡。

在惊心动魄的兵变过程中,匡胤身为郭威的一名亲军亲身经历了兵变过程,因为拥护有功,增补为禁军东西班行首(领班),与父亲同朝为臣。随后,又升任为滑州副指挥使,成为一位名副其实的年轻将领。他多次领兵出征,为后周初建的稳定工作立下汗马功劳,其战功得到郭威赏识,多次对他进行奖赏。在这段时间内,匡胤与柴荣的地位都快速提升,两人成为后周新朝最杰出最年轻有为的将帅,他们两人的关系也极其融洽,情同手足,不分彼此。

此时,石守信等人早已投靠匡胤帐下,成为他的左膀右臂。这群少小时期就一起练武习兵的少年,终于实现投军从戎的理想,他们在战场上奋勇杀敌,屡立战功,提升很快。

后周建立两年后,柴荣被任命为开封府尹,受封晋王,按照当时习惯,得到如此封赏的人就是法定皇位继承人。柴荣开始着手网罗人才,把赵匡胤调到他的身边,任命他为开封府马直军使(府属骑兵指挥官)。年纪轻轻的匡胤受此重任,尽心尽责,团结了一大批有为之士,他们日夜相聚于匡胤府邸,谈武论兵,成为后周朝十分有名的智囊团队,匡胤的地位和声望日隆。

第二年,郭威病逝,柴荣继位称帝,赵匡胤由开封府入朝与父亲赵弘殷一同掌管禁军,负责天子及皇宫的安全。这时,他的身边依旧不乏能人志士为他谋划时局,这也成为匡胤与其他朝廷重臣不同之处。很快,匡胤建功立业、威名远播的时机来到了,这就是历史上著名的高平之战。

当初郭威夺取后汉政权时,刘崇占据河东十几个州郡在太原称帝,史称北汉。刘崇看到郭威病逝,柴荣刚刚继位,而且年纪轻轻,以为他不能有效控制朝廷,觉得是个入主中原的好机会。于是他联合契丹,发起了攻打后周的战役。契丹派出一万铁骑和五六万步兵,加上北汉三万骑兵,共计十万大军兵出太原,击败后周潞州防守,直取后周腹心之地。

消息传到汴京,朝野震惊,朝臣们分成主和主战两派,双方展开了激烈争论。匡胤身为主战派将领,坚决支持柴荣亲征平乱。主和派却认为政权初建,人心不稳,一旦与敌人对峙恐怕难以取胜,不如求和稳妥。此时,自号"长乐老"的冯道也跳了出来,他有意规劝柴荣不要亲征,力主求和。身为五朝宰相,他的话也有一定份量。匡胤与他当朝辩论,两人的对话很有意思。匡胤说:"以前唐太宗平定天下,经常领兵亲征,如今天子亲征有什么不可以?"柴荣微微点头,算是支持匡胤的话。冯道是个不倒翁,当然懂得言谈之技巧,他回答:"不知道陛下能做唐太宗吗?"他不直接言明柴荣不比唐太宗,而是采取反问之法让当事人自己琢磨这件事。柴荣轻轻一笑,看着冯道说:"我朝兵多将广,击破北汉刘崇就像以山压卵,丞相还有什么可顾虑的?"冯道竟然又说了句怪话:"不知道陛下能不能做一座大山?"

这位老朽如此含蓄的话语当然不能阻止柴荣的决心,也不能打击匡胤的积极性,他们很快就率领兵马出了汴京北上破敌,结果,两军在高平相遇,展开了一场殊死搏杀。

北汉方面兵分三路,中军由北汉皇帝刘崇亲自带领,列阵于巴公原(今晋城东北),左路军由大将张元徽率领,右路军由契丹大将杨衮率领,兵多将广,阵势严整。面对强大的敌人,柴荣也将兵马分成三路,自己带领中军,设置左右两路军迎战敌人。此时,后周的后继部队尚未赶到,在兵力上处于劣势。北汉趁机发起进攻,大将张元徽率领左军向后周右军猛烈冲击,来势汹汹,势不可挡,双方交战不久,后周马军都指挥使樊爱能、步军都指挥使何徽率领右军逃跑,剩下的步兵一千多人被迫投降,右军失利,后周军队形势一下子陷入危机之中。

柴荣看到形势不利,一急之下跃马入阵,带着五十多人直冲北汉皇帝刘崇的中军牙帐。赵匡胤见此情况，忙对将士们说："陛下冲入敌军内部，深陷重围，我们怎能不拼死搏斗，杀敌卫国，保护陛下！"这番话语鼓舞了将士们的斗志，他们齐声高呼："愿听赵将军命令，杀敌保护陛下！"

匡胤接着对殿前都指挥使张永德说："敌人虽然强大，但是我军将士士气高涨，只要我们竭力奋战，一定可以破敌取胜。你手下军士都是精通射术的高手，你赶快带领他们占领左翼制高点，我领兵从右翼进攻。我们左右配合，定能解救危难，国家安危，在此一举了。"

张永德点头同意他的意见，两人各带两千兵士，分左右两翼奋勇出击。赵匡胤一马当先冲杀向敌人最强大的左路军，他在最前面挥舞兵器左砍右杀，敌人无不畏惧退缩，将士们紧随其后，拼命死战，以一当百，很快杀得敌军乱了阵脚。北汉军队本来恃强轻敌，没有想到后周军突然发动如此猛烈的反击，猝不及防，阵势大乱，大将张元徽催马指挥，乱军之中座骑却受伤倒地，冲杀上来的后周军哪肯错过时机，上前就把张元徽杀死阵前。主将一死，北汉左路军很快散乱溃败。匡胤带领士兵奋勇上前，直扑敌人中军。

这时，空中风向突然变化，东北风忽然转成南风，铺天盖地刮向汉军阵营，风势越刮越猛，周军借助风势箭弩齐发，压制住了汉军气势。北汉皇帝刘崇无奈传令收兵，赵匡胤带领兵马奋起直追，结果汉军兵败如山倒，溃不成军。契丹大将杨衮既害怕后周军，又与刘崇产生矛盾，带着几万契丹兵马撤退了。黄昏时分，刘崇好不容易收拢残兵败将一万余人，退到山涧旁重新列阵，以阻击周军的追击。

后周将士用过晚饭,后续的部队也赶来了。赵匡胤力请乘胜追击,柴荣当即同意。他们兵马会合奋力追赶,不给汉军喘息之机。在后周将士追击下,汉军死伤无数,满山遍野都是尸体,一路丢弃的辎重、兵器、牲畜数不胜数。刘崇拼死逃命,他穿上粗布衣服,戴着破草帽,骑着契丹国主赠给他的黄骝马,在几十个士兵保护下狼狈逃窜。年老体衰的刘崇经过这番折腾,回到太原时差点一命呜呼,他满腔的野心化为乌有,再也不敢轻视后周。刘崇是个昏庸

高平一战使赵匡胤在后周朝廷和禁军中树立了极高的权威

天子,他对高平之战中那么多奋勇作战的将士不曾赏赐,却对黄骝马特别感激,专门命人营造了一处马厩,给它披金戴银,封为"自在将军"。

高平之战彻底粉碎了刘崇的梦想,阻止了契丹再次蹂躏中原人民的侵略行径,更为后周下一步南征北伐、进行统一大业创造了条件。此次战役,充分展现了赵匡胤智勇双全、力挽败局的指挥才能,为他赢得了入伍以来最大的荣耀和战功。如果不是匡胤临危不惧,果断地指挥军队与敌拼杀,其结果可想而知。柴荣为了奖赏匡胤,提升他为殿前都虞侯,领严州刺史。当然,匡胤在战争中的表现更赢得了诸将士的敬佩,他的地位和声望都步步高升。

蜀国四州

高平之战,匡胤显露出卓越的军事才能,此后,柴荣对他倚重更深。他为了改革军政,提高部队作战能力,命令匡胤负责招募壮士,裁减年老体弱的士卒。得到这一重任,匡胤立刻组织人员展开精心细致的工作。他事必躬亲,选拔出了大量骁勇善战的将士,将这些平素默默无闻的人放到重要岗位上,这样一来,部队战斗力大大提高,得到提拔重用的将士对匡胤也深感敬佩。可以说,这番整顿工作,正是匡胤的威信和势力在禁军中占有绝对优势的开始,为他日后陈桥兵变埋下了成功的种子。

当然,此时的匡胤一心报效朝廷,毫无二志。就在柴荣继位的第二年,秦州(今甘肃天水一带)有人到汴京献计献策,请求后周朝廷出兵收复旧日疆土。事先,柴荣曾经向群臣征求统一天下的方略,吏部郎中王朴献上《平边策》,不仅翔实地分析了天下形势,还提出"先易后难"的具体原则。柴荣非常赞同王朴的主张。现在有人主动请求出兵收复失地,正中柴荣下怀,他即刻派大将出兵秦州,打算攻下秦、凤(今陕西凤县)、阶(今甘肃武都县)、成(今甘肃成县)四州。可是出兵月余,后周军队连遭败绩,进展不大。朝臣们大多数是历经几朝的旧臣,他们苟安偷生惯了,不愿用兵,此时借机上

后蜀皇帝孟昶的妃子花蕊夫人是有名的才女,后蜀灭亡之后,她被宋太祖纳为贵妃

奏柴荣，请求罢兵。柴荣举棋不定，难以决断。在这个节骨眼上，赵匡胤挺身而出，请命前去前线视察情况，再行定夺。

当时正是七月，骄阳如火，酷暑难耐。匡胤率领随从人员出了汴京，日夜兼程赶往秦州地区。秦、凤、阶、成四州本来属于中原王朝的版图，契丹兵南下中原时，被后蜀占据。后蜀皇帝孟昶是个暴虐贪婪的君主，任用残暴的官吏，大肆搜刮百姓财产，为自己的皇后花蕊夫人制造七宝溺器，为广大人民所痛恨。他为了防止百姓反抗，天天戒严都城成都，限制了人们的生活和自由，因此激起百姓强烈不满。百姓不堪忍受如此虐政，才秘密派人前往后周请救兵。

匡胤他们来到周蜀交界地区，翻越崇山峻岭，发现此地道路崎岖，关隘重重，确实易守难攻。在困难面前，大多数人认为无法攻取秦州，不如复命请求撤军，匡胤却力排众议，对他们说："自古蜀地易守难攻，可是成功攻下成都的战例也很多，三国时期诸葛亮苦心经营蜀国多年，最终还不是被晋朝收复吗？即便再大的困难也有解决的办法。"他没有退缩，而是深入前沿阵地，观察山川形势。在侦探蜀军进退防守情况的过程中，他了解到了秦州百姓对后蜀政权的痛恨，也探知他们渴望后周军队收复失地的心愿，他认为民心所向，后蜀政权已经失去百姓支持，在这种情况下，只要采取合理攻略措施，秦、凤、阶、成四州完全可以收复！

经过两个多月辗转考察，匡胤带着考察结果回归汴京，上奏柴荣。柴荣仔细阅读匡胤的考察报告，欣然大悦。随后，匡胤根据前线实际情况，提出了许多有力可行的战略措施，柴荣一一接受，并且命令部队按照这些方案调整部署，加强攻势。

　　结果，前线部队经过调整后，果然屡屡击退蜀军，很快就收取了秦、凤、阶、成四州，后蜀皇帝孟昶连忙致书求和。至此，后周柴荣继位以来首次用兵以胜利告终。捷报传来，举朝庆贺，柴荣在百岁殿大摆庆功宴，庆祝胜利。在宴会上，他特意表彰匡胤出谋划策的功劳，认为这次胜利匡胤应当领取首功。

　　盛誉面前，匡胤没有骄傲自满，他非常谦谨地对众人说："这次出兵，首先是陛下抓住了时机，其次是前线将士勇猛作战，才取得了今天的战绩，匡胤不过奉命做了点应该做的工作，略尽心力，哪里能够承当首功？"

　　匡胤谦虚豁达、不争功抢功的做法赢得了普遍的赞誉，从此以后，他在朝中和将士们心中地位得到进一步提高。

　　成功收复四州后，柴荣开始紧锣密鼓地进行平定天下的下一步计划。当初，王朴献上《平边策》曾经把南唐做为后周第一个攻取的对象。南唐建立于公元937年，开国皇帝徐知诰接受了吴国"禅让"，他做了皇帝后，恢复本来的李姓，改名李昪，把国号改为唐，史称南唐。李昪治理国家期间，采取比较清明的政策，因此国力得以稳固发展，成为当时非常强大的国家。可惜李昪死后，他的儿子李璟没有能够保持强盛的局面，在连年对外作战、朝廷缺少贤臣良将的情况下国力日衰。所以王朴认为可以趁机攻取南唐，南唐一亡，岭南、吴越必然惊慌失措，如此周军征战各地必定势如破竹、锐不可挡。

　　柴荣采纳王朴建议，开始发兵进攻南唐，夺取南唐长江以北之地。在攻取南唐的过程中，赵匡胤跟随柴荣多次出征，攻城略地，立下赫赫战功；他访贤识才，结交了许多杰出的人才，成长为后周首屈一指的大将重臣。

第三节　访贤识才

访贤识赵普

出征淮南,赵匡胤受命奔袭滁州时,结识了一位对他一生乃至对大宋王朝都非常重要的人物,这个人就是大宋开国丞相赵普。说起两人相识相知,还有一段颇为动人的赵匡胤临阵访贤的故事。

当时,赵匡胤率领数千兵马奔袭滁州,兵至清流关下,他驻马四望,滁州四面环山,地势险要,唯一可以攻破的关口就是清流关。此关耸立在滁州西北方,依山傍水,形势极为险峻,可谓一夫当关,万夫莫开。匡胤下令部队稍稍休息,便开始战斗。可是,前锋部队进入清流关隘口即与南唐守军相遇。南唐军队凭借天险,固守关口,周军初战失利,被迫退出关口。

赵匡胤带领兵马在清流关下安营扎寨,而后他没有急于再次发动攻关战斗,而是一面巡视关口形势,一面派人搜集关于攻关的各种信息,以便做充分的准备工作。这天,他从附近百姓口中得到一条消息,说有个姓赵的镇州(今河北正定)人在附近村中教书,这个人足智多谋,人称“赵学究”。匡胤心想,我军初来乍到,不熟识此地形势,如果盲目进攻恐怕很难取胜,正好可以访求这位学究了解一下情况,说不定能够发现可行的攻关策略。

当天,匡胤换上便装,带着一位随从径直来到村中学堂拜访赵学究。赵学究姓赵名普,字则平,镇州人,他富有才干,刚毅果断,精通吏事,少有大志,在各地探索游历十五年,曾经在永兴节度使刘词处做幕僚。赵普听说有人前来拜访自己,急忙出门相迎,他得知来人是后周大将赵匡胤后,心情激动。原来他虽然身在村舍,却依旧不忘大志,以天下大事为己任,因此他时刻关注天下形势,早就听说赵匡胤的名声,对他心怀仰慕。如今,初次相识,他便被匡胤豁达神武的气度所折服,更被他礼贤下士、重视文人的胸怀所感动。两人促膝长谈,他为匡胤献上破关之计。

大宋王朝的开国良相——赵普

赵普首先分析了滁州形势。他说:“滁州是扼守江北的重镇,一旦滁州失守,寿州就处于孤立无援之地,南唐国都金陵也将失去外围保障,所以南唐皇帝李璟派遣大将皇甫晖、监军姚凤领兵一万多人,据守滁州,遏制周军南下。周军要想拿下滁州,形势不容乐观。”

匡胤恭谨地请教:“匡胤此来正是向先生征求破关攻城的计策。”

赵普看一眼匡胤,没有正面回答他的问题,而是问道:“皇甫晖威名远播长江南北,赵将军您觉得与他相比,情况怎样?”

匡胤谦虚地回答:“我比不上他。”

赵普接着问:“他带领一万多兵马,您的兵力与他相比,又是什么情况呢?”

匡胤坦诚回答："也不能和他相比。"

赵普紧跟着问："听说双方交过战，胜负情况如何？"

匡胤据实答道："第一次交战，唐军胜利，我军失败。我被迫率兵驻守清流关下。"

赵普听罢，笑呵呵地说："既然如此，皇甫晖要是全军出战，切断周军退路的话，我看你们就别想活着回去了。"

跟随匡胤的随从见他不但不献计，反而拐弯抹角侮辱后周军，抽出佩剑喝叱说："大胆，将军前来问计，你一个文弱书生，不识好歹，没有良计也就罢了，还敢侮辱我军。"

匡胤忙阻止随从的鲁莽举动，一面向赵普赔罪，一面恳切地说："匡胤请先生不吝赐教，指示一条良计。"他见赵普反复询问两军情况，已知他胸有成竹。

赵普不再犹豫，他献计说："所谓'转败为胜，因祸得福'，今天我正有一奇计献给将军。清流关下有一条小路，平日少有人行走，只有附近村民为了躲避关税从这里进出滁州，州府里的官员衙役并不知道此路。这条小路正在山的背后，可以直达滁州城下。现在正是西涧水涨的时候，唐军一定认为周军刚刚战败，不敢轻举妄动。如果将军率领兵马从小路上过去，渡过西涧兵至城下，趁敌不备便可一举夺关而入。滁州城内唐军刚获胜利，骄心轻敌，他们防备不会太严密，将军破关后一鼓作气就能拿下滁州城。"赵普手捋胡须，一副得意神色地总结道，"这就是兵书上说的'兵贵神速，出其不意'。等到周军想要全军出战，为时已晚。"

匡胤听了赵普计策，十分高兴，他请赵普亲自带着他找到山后小路。赵普敬重匡胤，不但为他指引小路，还派村中的人做周军向导。

匡胤立即下令出兵,他将兵马分成两路。一路由副将率领在清流关下佯作挑战,牵制唐军;他自己则亲自率领主力军队从山后小路悄悄行进,很快渡过西涧,兵临滁州城下。皇甫晖正在清流关督战,听说周军大队人马从天而降,神奇地逼近滁州城,不禁大惊失色,慌忙传令收兵,弃关入城,并下令拆除城门前的吊桥,紧闭城门,打算死守滁州。周军面前横亘一条宽阔深濠,难以跨越。这可怎么办?匡胤挎刀立马站在最前,突然勒马一跃,竟然飞身跃过城前深濠,在他带动下,将士们个个奋勇争先,也越过濠沟来到城门前。

唐军见周军如此神勇,早就吓得斗志全无。老谋深算的皇甫晖不甘心被动挨打,亲自爬到城头上向匡胤喊话:"你我交战也是各为其主。赵将军,你这么有胆量,请暂时停止攻城,容我整顿队伍,列阵出城,我们在城外决一胜负如何?"他有意拖延周军攻城时间,好趁机排兵布阵,打算倚仗兵多势众击退周军。

匡胤自然明白皇甫晖的意图,他笑了笑答应说:"就依皇甫将军之言。"说着,果真停止攻城,命令将士们排好阵势,等候唐军出战。他的随从不解地提出疑问:"将军,唐军兵力强大,我们人数不多,前次交战我军已经失利,这次我们好不容易攻到城下,要是让皇甫晖列好阵势,我们恐怕无法与他对抗,这样不是前功尽弃了吗?"

匡胤笑道:"你们只管听命行事,我自有破城良计。"

不一会儿,皇甫晖下令打开城门,他亲自带着兵马出城准备列阵迎战。匡胤看到滁州城门打开,不等唐军阵势布好,突然下令周军全体进攻,他一马当先冲入前阵,其后周军一拥而上。唐军猝不及防,阵势大乱。匡胤冲杀在乱军之中大声喊道:"我只取皇甫晖的首级，其他人不是我的敌人！"唐军本来已经慌乱，锐气全消，听到如此喊声只顾保命，哪有心思护主抗敌。皇甫晖还想指挥，却无人听令，就在这时，匡胤飞马赶到一剑砍中他的头部。周军将士上前七手八脚将他活捉。唐军将士眼见主帅被擒，逃命的逃命，投降的投降，滁州城就这样被攻破了。

滁州一破，便为后周尽取淮南、南唐被迫割地称臣打开了局面。在这次战役中，赵匡胤斗智斗勇打败了名将皇甫晖，皇甫晖对他十分佩服，他见到柴荣时已经奄奄一息，仍然不忘对柴荣说："不是我不恪尽职守，只是将士们勇怯不同罢了。我行军作战日久，却从来没有见过周军这样的精兵勇将。"

对赵匡胤来说，他攻破滁州，不仅立下战功，重要的是认识了赵普，为他日后事业发展发现了重要的人才。另外，滁州一战，匡胤还慧眼识人才，结交了一位将相之才，此人就是窦仪。匡胤是如何与窦仪成为好友的呢？

慧眼识窦仪

窦仪，字可象，蓟州渔阳（今天津蓟县）人，历任后汉、后周朝官职。他学识渊博，为人严谨，颇有风度，恪尽职守，柴荣任命他为端明殿学士，南征时将他带在身边。

滁州城刚破时，匡胤一面安抚城内百姓，一面命人押解俘兵俘将回去报捷。柴荣就派窦仪前

窦仪画像

往滁州登记府库财物,由赵匡胤会同部下一一交付,登记入册,将滁州正式收归后周政权统治之下。这项工作完成以后,府库之中的财物就属于国家所有,私人不得擅自取用。

赵匡胤处理完各项善后工作之后,想起将士们奋勇杀敌才取得今天的胜利,应该对他们有所奖赏,就命亲兵到府库中去取绢帛打算奖赏有功将士。

亲兵来到府库,却被窦仪挡在门外,说什么也不让他们进去取东西。亲兵不服地说:"滁州城是我们拼死攻下的,我们奉赵将军的命令取几卷丝帛都不行,你说出个理由来。"窦仪慨然说道:"府库之中的财物已经登记入册,这里面的所有东西都属于国家所有,只有皇上亲自下诏令才能提取。我想这个道理赵将军应该明白。"在他坚持下,亲兵始终不能进府库取东西。

后来,亲兵无法,只好回去见匡胤复命,并且把窦仪的话原原本本学给匡胤听。匡胤听了,不但没有生气,反而连连称赞窦仪:"学士说得对,学士说得对!"从此,匡胤对文人窦仪非常器重。

这件事情虽然不算大,但我们可以看出匡胤不拘一格识人才的能力,这正是他胸襟博大的表现。

后来,匡胤称帝后,任命窦仪做了刑部尚书兼判大理寺,窦仪奉诏复位《刑统》三十卷。窦仪清介厚重,老成博学,深受匡胤信任和重用,一直是匡胤最亲近的顾问兼秘书。窦仪53岁时英年早逝,匡胤痛心地说:"上天为什么这么快就把窦仪从我手中夺走了呢?"

匡胤攻占滁州后还发生了一件事,这件事可以让我们从另一面了解匡胤。

匡胤奉命攻取滁州时,他父亲赵弘殷和他的好友韩令坤奉命袭取扬州，两人攻下扬州后，韩令坤奉命留守扬州，赵弘殷率领部卒返回滁州。当时滁州城破只有几日，城内秩序还没有安定，赵弘殷带着兵马来到滁州城下已是半夜时分，他命人上前叫门，可是守城士卒置之不理。赵弘殷的士卒多次喊门，守城士卒才回答说："赵将军传下命令，城门必须严闭，夜里谁也不能开城放人！"

赵弘殷无法，只好亲自上前声明自己与赵匡胤的关系，以及半夜至此的原因。守城士卒听说来人是匡胤的父亲，连忙禀报请示。匡胤得知父亲率兵前来，有心开城放人，但一想战争中诡诈多事、危机四伏，要是敌人趁机混进城中岂不误了大事。他思虑半时传下军令："父子虽是至亲，然而我奉命守城，这是朝廷大事，所谓忠孝不能两全，父命不敢遵从。明日一早才能开城放人！"赵弘殷无法，只好带着兵士在城外野宿，第二天天明后才进入滁州城内。

赵匡胤见到父亲，向他当面谢罪，说明时下贼人未净，他担心贼人余党隐伏其间，夜里会趁机作乱，所以不敢破例开城的原因。赵弘殷了解儿子，也没有怪罪他，可是不久他就病了，在滁州卧床不起。赵匡胤在病榻前悉心照料，无微不至，足见父子情深意重。

这件事体现了赵匡胤勇于作战却不失谨慎的性格特点，在战绩荣誉面前，他戒骄戒躁，处事更加谨慎小心，身为武将功臣，表现出令人难以置信的自律。柴荣听说匡胤为了守城连父亲也不放进城去的事后，对他连连称赞并奖赏。

在滁州城善后事宜中，匡胤再次见识了赵普的才干。当时，滁州城内溃散的兵卒隐匿在暗处，他们有人为南唐侦探军情，有人联络地方匪徒强盗滋生事端,企图破坏社会秩序,赶走周军。赵匡胤命令部下提高警惕,采取较为严厉的手段制止骚乱。有一次,军士们捉了一百多人,说他们就是盗匪,应当处斩。赵普听说后,跑到匡胤面前请求说:"还没有进行合理的取证审查,就把这么多人一律斩首,要是其中有证据不真实的,岂不是冤枉了好人,制造了冤案?"

匡胤听了赵普的话觉得很有道理,就将这个案件交给赵普审理。赵普仔细地调查取证,并挨个提审犯人,结果一百多人中有真凭实据的只占十之二三。他依法将真正的盗匪处决,明正典刑,其余没有证据的人全部释放。这种事在那个武力横行、军阀们杀人如割草的年代实不多见,滁州百姓看到周军不滥杀无辜,无不称颂赵匡胤仁义,很快就真心归附了周军。

匡胤了解到了赵普的吏治才能,于是推荐他做了一名军事判官。后来,随着匡胤官位提升,他把赵普调到自己身边,先后任命他做推官(佐理节镇事务)、掌书记(掌管奏事)等职,成为自己最重要的幕僚臣属。

后来,正是赵普联合赵匡义策划了陈桥兵变,拥立赵匡胤做了皇帝,他自己也以开国功臣的身分位至宰相,既是赵匡胤的左右手,更是一位出色的政治家,他以"半部《论语》治天下"的典故,为后人津津乐道。

攻克滁州,为周军顺利南下打开了通道,在随后的多次战役中,周军屡战屡胜,将南唐长江以北的土地全部占领。在这个过程中,南唐皇帝李璟闻知赵匡胤的威名,曾经派使者使离间计,暗地送信给赵匡胤,并且送去黄金三千两,企图离间他和柴荣的关系。赵匡胤哪里是贪财之辈,他把黄金悉数交给国库,把书信交给柴荣。柴荣由此对匡胤更加信任。随着淮南战役节节胜利，匡胤多次受到提拔，平定淮南之后，匡胤已经荣升为忠武军（今河南许昌）节度使，兼任殿前都指挥使，成为后周政权的重臣。

第四节　成就帝业

陈桥兵变

当初,王朴献上《平边策》,建议柴荣采取先易后难的程序一统天下,可是淮南归附以后,柴荣却放弃了这个策略,他趁契丹内乱之际,发动了北定边关的战争。这次战争虽然取得了胜利,收复三州十七县,就连瓦桥关、益津关和淤口关三个重要军事重镇也一举收复,但是连年苦战,柴荣却患了重病。无奈之下,周军只好撤兵南下。

在北伐途中,柴荣曾得到一块木牌,大约二三尺长,上面写着"点检做天子"字样。点检是后周侍卫亲军的最高统帅,担任这一要务的是郭威的女婿、驸马爷张永德。如今莫名其妙出现这么一块木牌,柴荣心里掠过一丝阴影,他不是不清楚乱世中人人争相为帝做天子的实际情况。后晋时,石敬瑭就是以先帝李嗣源女婿的身分跳出来,说皇帝不是先帝的亲生儿子,没有资格做天子,并且以此为名号篡夺后唐政权,张永德会不会也有这种野心?柴荣也不是先帝郭威的亲儿子,要是张永德也像石敬瑭一样振臂一呼,天下人会不会响应他的号召拥立他做天子?柴荣对这件事一直耿耿于怀,如今他病重回到汴京,种种不祥的预感再次涌上心头。生命危在旦夕之际,他撤去张永德的点检职务,将这一敏感的工作交到了赵匡胤手上。临终前,他又新纳了三年前死去的符皇后的妹妹,并且立她为后,意在让她抚育幼主。做了这些安排后,年仅三十九岁的柴荣撒手人寰,他七岁的儿子宗训灵前继位。

主少国疑,刚刚呈现一副蒸蒸日上局面的后周王朝一下子陷入一个非常微妙复杂的局势之中。前番"点检做天子"木牌的出现已经说明朝廷内部矛盾深深,政权斗争非常激烈,而一个年仅七岁的孩子不可能控制乱世危局,这种情况下,朝臣们各怀心事,彼此之间的明争暗斗更趋白热化。

危局关头,匡胤十分焦急,内心矛盾,柴荣病死,撒下这番事业该如何处置?五代时期,帝王频繁更替,可还没有一个七岁的孩子当皇帝的,自己身为亲军统帅该如何辅佐幼主?就在他深陷愁闷之中时,汴京城内"点检做天子"的传言却越来越盛。匡胤早就知道这个事情,不过那时点检是张永德,如今自己做了点检,难道这个传言要应验到自己身上?

匡胤顾虑重重,这天他回到家中悄悄与家人商量这件事:"外面的传言沸沸扬扬,怎么办?"小翠正在服侍杜夫人用饭,她坚定地说:"男子汉大丈夫遇到大事,就应当自己拿定主意,难道要家里女人跟着操心吗?"她以当年寺院占卜的事鼓励匡胤勇敢接受挑战。匡胤无话可说,默默走出府邸。

赵普和赵匡义趁机劝说他及早行动,不要错过时机,匡胤说:"我受先帝重用,要是夺取政权,将来有何面目与他九泉之下相见?"赵普摇头说:"将军所言谬矣。如今你不仅是后周臣子,还肩负着天下大任,先帝开创基业,意在天下一统,江山稳固。不想他英年早逝,这些重要的工作便交到你的手上。你想一想,现在天下四分五裂,朝廷内部矛盾重重,如果没有一个力挽狂澜的人站出来,仅凭幼主不是很快就要葬送先帝开创的事业吗?你难道要眼睁睁看着天下继续动荡下去?"这番话说动了匡胤,他想了想说:"我可以辅佐幼主,不一定非要做天子。"赵普深深叹息着说:"将军难道不明白天下局势,你以区区点检身份,外不能调动各地节度使,内不能控制朝臣,怎么辅佐幼主? 恐怕只能重演三国乱世! 与将军平素志愿相去太远了。"匡胤默默听着,他十分认同赵普的观点,这也是他多日来犹豫不决的原因。

　　转眼间,新春来到了。大年初一,后周皇宫里到处洋溢着喜庆气氛,新皇太后正陪着小皇帝过新年,忽然边关传来急报:契丹联合北汉由土门东下,长驱直入。新皇太后入主后宫时间很短,皇帝又这么年幼,听到这个消息哪有什么主意,只好召集宰相范质、王溥想办法。范质、王溥急忙派遣赵匡胤统率大军前去抵御入侵。

　　赵匡胤奉命后,正月初二,派出前军先行;初三,亲自率领大军正式出发。大军走出爱景门(汴京城北门)时,赵匡胤的亲吏楚昭辅突然见到一位异士,此人号称通晓天文,他声称自己此时看到东方天边太阳下面又长出一个小太阳,黑暗与光明互相搏斗了许久。他对楚昭辅说:"一日克一日,这是天命啊!"说完,这个人留给楚昭辅一封书信,转身离去。楚昭辅心存疑惑,忙把这件事告诉了赵匡胤并把书信交给他。匡胤打开书信一看,上面端端正正写着自己在襄阳时吟诵的述怀诗:

　　　　欲出未出光辣挞,
　　　　千山万山如火发。

须臾走向天上来，

逐却残星赶却月。

　　匡胤忙命楚昭辅追寻留信人，可是那人已经不见踪影。匡胤心想，当初吟诵此诗时苗训在场，他还专门记下了这首诗，难道刚才的异士是他吗？

　　不管匡胤如何疑惑，这件事很快在军士中传扬开。傍晚时分，大军行进到开封城北四十五里的陈桥驿（今河南封丘县陈桥镇），匡胤下令在此宿营，明早继续赶路。身为主帅，匡胤的营帐设在东岳庙大殿。其他将士在周围安营扎寨，各自休息。

　　刚刚过了春节，将士们匆匆与家人分别，踏上北征路途，不免有些情绪。吃罢晚饭，就听各营帐中的军士们议论纷纷，讨论这次出征的意义和目的。有人说："皇帝年龄小，不懂国家大事，我们奉命出兵打仗，拼死拼活破敌卫国，可是皇帝却不知道我们的功劳。"其他人随声附和。有人接着说："对啊，我们拼命杀敌，皇帝却毫不知情，那些只知道巴结逢迎、日夜伺候在皇帝的身边的人却能呼风唤雨、高官厚禄，这样下去，谁肯为朝廷效力？"议论声越来越响亮，许多人发出不满的呼声，并且争相表达个人的主张，整个营地一片喧哗。听到这些议论，赵普和赵匡义非常高兴，他们走出营帐，来到躁动的人群之中，劝说他们不要激动，要听从皇帝的旨令，不然，赵匡胤如何带领他们去前线？他们这番言论无疑火上加油，助长将士们的怨言，并且为他们指出一条出路。就听有的将士大喊："赵将军文才武略，名震天下，才是真正的天子皇帝！""对，"立即有人附和，"先帝时就曾经得到'点检为天子'的木牌，如今赵将军身为点检，与我们同甘共苦多年，才是我们真正的领袖！我们不如先立赵将军做天子，然后北征不迟。"

拥护声一浪高过一浪，整个营地灯火通明，陷入狂热的气氛之中。数万将士无人休息，一个个摩拳擦掌，聚集在匡胤就寝的大殿外，请求匡胤做他们的新皇帝。赵普和赵匡义眼见群情所趋，劝阻将士们说，赵匡胤雄心远大，时刻以国家天下为己任，可是他是后周臣子，要是做了皇帝岂不背叛朝廷，受世人唾骂？无可奈何只好听天由命了。其实，赵普和赵匡义一直积极策划拥立赵匡胤为皇帝，他们如此劝说将士反而激起将士的情绪，果然群情激动，势不可遏。赵普和赵匡义见此情景，连夜派人返回汴京，通知已经是殿前都指挥使的石守信、王审琦等人做好策应工作。

军士们坐在大殿外等了一夜，赵匡胤醉卧军帐，呼呼大睡，似乎对外面发生的惊天动地的大事毫不知情。

第二天黎明，军中将士们列阵站在殿外，齐声高呼，声震原野，赵普和赵匡义进入军帐喊醒赵匡胤，告诉他外面的情况。赵匡胤来不及披挂整齐，全副武装的将士已经来到门外，他们大声说："诸将无主，我们愿奉赵将军做天子！"匡胤听罢，惊异非常，披着衣服走出军帐，他还没有来得及说话，就被诸将士扶住，有人把一件早已准备好的黄色龙袍披在他的身上，将士们纷纷跪下，高呼"万岁"。赵匡胤连忙推托拒绝，可是谁也不答应。上来几个亲吏把他扶上马车，簇拥着他返回汴京。

至此，赵匡胤不能不说话了，他对众人说："你们贪图富贵，硬逼着我做天子。你们要是能听从我的命令，我就答应你们；要是不听从命令，我就不做你们的天子了。"所有将士齐声回答：

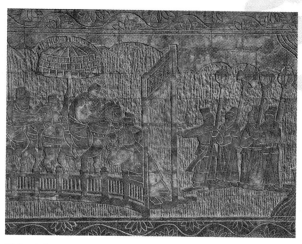

陈桥兵变木刻画

"唯命是从!"赵匡胤于是宣布约法三章:命令军士们不得惊犯宫室,凌辱朝臣;不能抢掠百姓财物和府库财物;不能伤害无辜之人。随后,他带着兵马返回汴京。至此,陈桥兵变顺利结束,赵匡胤一跃登上天子宝座,实现了少年时期的宏伟志向。

从陈桥兵变的过程来看,赵匡胤虽然一直大醉不醒,好像是被迫做了皇帝,其实,这是他和赵普、赵匡义事先精心策划准备的。试想一下,要是他事先什么都不知道,他在披上龙袍以后还会镇静自若地与部下约法三章吗? 更不会气定神闲地回师汴京。

不管怎么说,将士选择了赵匡胤,历史选择了赵匡胤,这既是他个人努力奋斗、自强不息换来的应有结果,也是五代时期所特有的政权更迭的突出表现。最重要的是,在大是大非面前,赵匡胤以大智大勇的胆量与气魄接过后周政权,开始了进一步一统天下的历史重任,为中华民族开创了一代盛世。如果赵匡胤畏手畏脚，为了个人的忠义名声或者顾忌其他，不肯积极承担重任，恐怕五代割据的局面还不会结束，后周幼主也会在历史激荡的洪流中成为他人的傀儡，政权早晚落入他人手中，他个人也将像前几个朝代最后的帝王一样悲惨死去。而赵匡胤做了天子后，一直善待幼主和太后，柴氏家族在宋朝地位尊贵，人丁兴旺。

再说赵匡胤登基之时，早有军士飞马赶往赵氏府邸，告诉杜夫人这件事。杜夫人听后镇静地说："匡胤从小志向远大，今天果然实现大志。"从她的反应中，我们不仅想到赵匡胤少时刻苦求进，以唐太宗自比的种种事迹，可见他母亲对他了解很深。

后来，杜夫人劝诫匡胤说："我听人说'为君难'，天子位居黎民百姓之上，如果治理国家得当，那么就会受到众人尊重；如果治理不得当，那么就是想做个普通人也难了，这是我常常担忧的呀！"她以此鼓励匡胤做个有道明君，与当年训斥匡胤不要吹牛说大话何其相似！

天下归一

时势造英雄。赵匡胤在群雄并起的乱世混战当中，由一名普通士卒晋升为下级军官；在短短的十年间，他以豪侠之气把众多的英雄豪杰团结在自己身边；又以卓越的才干，东讨西伐，南征北战，成为战功赫赫、威名远播的军政大员；最终果敢地夺取皇帝宝座。

赵匡胤称帝后，定国号为"宋"。他继续采纳王朴的《平边策》，并在先易后难的基础上，扩展了先南后北的战略方针，为统一天下做准备。说起这个方针的由来，还有一段有趣的故事。

在一个风雪夜晚，匡胤因为考虑如何统一全国而失眠难安，就干脆起床冒着风雪去找赵普。赵普听说皇帝登门，忙开门迎接，看到数人站在雪地里，大雪已经没过他们的脚踝，慌忙迎接至大堂，温酒款待，并且问道："夜深雪急，陛下到微臣寒舍之中有什么要紧事？"匡胤说："睡不着啊！现在我们蜗居汴京，四周全是他人的地盘，所以来找你商量。"赵普回答："陛下，统一天下是早晚的事，不知道你打算怎么办？"匡胤想了想说："太原本来就是中原土地，现在被刘崇占据，迟迟不肯归服，我想先收复太原。"赵普听了，半天没有言语，最后看着匡胤说："太原南与我大宋接壤，北

古画《雪夜访普图》，是描绘宋太祖赵匡胤雪夜访问大臣赵普的故事。在这个雪夜，赵匡胤和赵普边饮酒边商定统一天下的大计。画中屋内三人，当中穿龙袍正襟危坐者，为宋太祖赵匡胤；左边着便服拱手而坐者为赵普；右侧捧酒壶侍立的女子为赵普之妻。屋外白雪皑皑，寒鸦缩栖树上，门口四个侍卫，或呵手，或捂耳，更显得寒气逼人

与契丹相接，攻打它倒也不难，只是攻下太原后，我们北边直接与契丹相对，失去太原这块屏障，恐怕对我们不利。陛下，臣以

为不如先平定南方诸国,等到南方一定,像太原这样的弹丸之地,还有什么可惧怕的?"匡胤听了,哈哈大笑:"这正是朕的意思,朕担心朝臣们反对,所以前来试探,今日听丞相一言,朕就放心了。"一个"先南后北"的战略方针就在这样一个风雪之夜制订出来了。

制订了策略就要实施执行,赵匡胤首先派遣将领把守西、北两方边境,处理好与契丹的关系,同时,对于南方诸国及割据势力,采取选择时机、利用矛盾、先弱后强、各个击破的方针,一一平定收复。公元963年,首先平定荆南和湖南的割据势力;公元965年,消灭后蜀政权;公元971年,消灭南汉政权;公元975年,消灭了南方诸国中势力最强大的南唐政权。南唐既灭,南方剩下的吴越以及福建等地方割据势力,对宋朝已不能构成威胁。至此,中唐以来横行两百余年的藩镇势力基本铲除,五十多年的分裂局面宣告结束,中华大地又一次实现了统一。

赵匡胤在凭借顽强的毅力统一天下之初,首先消灭了内部隐忧。他亲身经历过几次朝代更迭,深知握有兵权的武将对政权的威胁。因此,他首先免除了殿前都点检这个职务,并且在一次酒筵上对诸多武将说:"朕依靠诸位出力做了天子,可是现在觉得做天子太难了,还不如做节度使的时候快活自在,常常整夜整夜睡不着觉。"大家奇怪地询问原因,赵匡胤回答:"这还不明白吗?天子这个宝座谁不想坐?"诸将吓得慌忙跪倒在地,连声为自己辩解。赵匡胤接着说:"即便你们没有这个想法,要是黄袍加身,恐怕你们也没有办法。"他以自己的例子警戒诸将。诸将听了,清楚眼前的局势,一个个慌忙主动交出兵权。

杯酒释兵权之后,匡胤听取赵普建议,一步步剥夺地方节度

宋太祖"杯酒释兵权"

使的兵权、财权和司法权,进而把地方的权力都收归中央,加强了中央集权统治。同时,赵匡胤还改革了中央政权的组成,分散宰相权力,形成宰相、参知政事、枢密使三司互相制约,直接对皇帝负责的局面。经过一系列改革,唐末以来武人专政的弊端彻底取消,文人管理国家的局面形成,一个崭新的统一的政权稳固发展起来,促进了历史的进步。

在统一国家、稳固政权的同时,赵匡胤还注意鼓励农事、兴修水利,在汴京周围进行了大规模的水利建设,开挖五丈河和金水河,并开通多条水运航道,减轻百姓水灾旱灾之忧,方便农业生产。

总之,身为一代开国君主,赵匡胤在统一全国之后,高瞻远瞩,以宏大的气魄、钢铁般的手腕,进行了一系列的改革,在历史上留下了不可磨灭的功绩。其主要贡献如下:

以文治国,军政分开,削弱藩镇势力,强化中央集权;

建立任期缺席制度,削除了地方势力的终身制和世袭制;

提倡农业，鼓励农桑，制订了一系列优惠农业的政策，促进了社会经济的发展；

注意培养人才，健全了科举制度，大兴学校，尊重知识；

注意发展文化事业，组织官员编纂重要典籍，出版印刷，使宋朝的出版事业进入我国历史上的一个空前繁荣的时代；

整顿吏治，严刑峻法，处置了一大批贪赃枉法的高官，使社会迅速从乱到治，走上了稳定发展的轨道。

雄才大略的赵匡胤，虽然由马上得天下，却并不马上治天下。他的文治武功，不仅医治了五代十国数十年间征伐战乱带给国家和人们的严重创伤，也为大宋王朝三百多年的稳固和发展奠定了坚实的基础。

宋太祖　大事年表

公元 927 年（后唐明宗天成二年），出生。

二月十六日赵匡胤出生于洛阳夹马营。原籍涿州（今河北涿州市）。其父赵弘殷，任后唐禁军飞捷指挥使。

公元 936 年（后晋高祖天福元年），10 岁。

后唐天平节度使石敬瑭在契丹支持下，起兵叛乱，割燕云十六州之地给契丹，契丹立石敬瑭为"大晋皇帝"，史称后晋。闰十一月，石敬瑭攻破后唐首都洛阳，后唐亡。赵弘殷降晋。

公元 937 年（后晋高祖天福二年），11 岁。

石敬瑭至开封建都，改洛阳为西京，开封府为东京。赵匡胤随父举家迁到开封城内寿昌坊（今双龙巷）。

本年，李昇在金陵称帝，国号唐，史称南唐。

公元 939 年（后晋高祖天福四年），13 岁。

赵匡胤的弟弟赵匡义出生（后改名光义）。

公元 944 年（后晋出帝开运一年），18 岁。

赵匡胤与妻子贺氏结婚。

公元 946 年（后晋出帝开运三年），20 岁。

本年契丹兵南侵，以降将张彦泽为先锋，攻破东京开封府，在城内大肆抢掠，杀后晋宰相桑维翰，后晋亡。

公元 947 年（后汉高祖天福十二年），21 岁。

正月初一，契丹国主进入开封，二月改国号大辽，拟建都开封，受到后晋各地节度使反对，被迫于三月返回契丹，中途病死于河北栾城。后晋河东节度使刘知远在太原称帝，六月进军占领开封，改国号汉，史称后汉，仍用后晋天福年号。

公元 948 年（后汉隐帝乾祐元年），22 岁。

刘知远改元乾祐，不久病死。二月，其子刘承佑即皇帝位。河中节度使李守贞、凤翔节度使王景崇、永兴军节度使赵思绾起兵反汉。

赵匡胤离家，流浪关西。

公元 954 年（后周太祖显德元年），27 岁。

正月，郭威病重，改元显德，不久去世。晋王柴荣即位，即周世宗。

二月北汉与契丹进攻潞州，三月柴荣亲征北汉，与北汉军大战于高平，后周大将樊爱能、何徽等临阵逃走，致使柴荣身陷重围，幸得赵匡胤等力战救出，反败为胜。柴荣班师回京后，赵匡胤因战功升殿前都虞侯，奉命整顿禁军，选拔精锐士兵，充任殿前亲军。

公元 955 年（周世宗显德二年），29 岁。

柴荣派王景、向训统兵讨伐后蜀凤州等地。赵匡胤被派往前线视察地形，为王景、向训出谋划策。回来后向柴荣提出秦、凤四州可取的建议，最后果然攻克四州。

公元 956 年（周世宗显德三年），30 岁。

周世宗柴荣御驾亲征淮南。赵弘殷、赵匡胤、赵匡义父子三人均随同出征。

赵匡胤败南唐兵万余人,斩其都监何延锡。又以八千之兵,奇袭清流关,破南唐兵十万之众,生擒南唐奉化节度使皇甫晖、常州团练使姚凤,并占领滁州。赵弘殷在滁州患病,不久去世。赵匡胤随柴荣回京后,以战功升定国节度使兼殿前都指挥使。

公元 957 年(后周世宗显德四年),31 岁。

正月,周世宗柴荣再次亲征淮南,赵匡胤在紫金山击退南唐增援寿州大军。南唐寿州被围一年有余,自此始投降。十一月,赵匡胤随柴荣第三次征淮南,攻下濠州、扬州。

公元 958 年(后周世宗显德五年),32 岁。

南唐主李璟,被迫求和,割淮南江北十四州之地给后周,并削去帝号,向周称臣。

赵匡胤随柴荣凯旋,加授义成节度使、检校太保。

公元 959 年(后周世宗显德六年),33 岁。

四月,柴荣亲征契丹,任命赵匡胤为水路都部署,韩通为陆路都部署,水陆并进。赵匡胤兵至瓦桥关,契丹守将姚内斌等投降,关南数州悉平。

五月,柴荣因病班师回京。六月升任赵匡胤为殿前都点检。不久,柴荣病死,儿子柴宗训继位,即周隐帝,时年仅七岁。加授赵匡胤为归德节度使,检校太尉,仍兼殿前都点检。

公元 960 年(宋太祖建隆元年),34 岁。

正月初一日蚀。周隐帝派赵匡胤统兵北拒契丹。初三日晚,兵至陈桥驿,发生兵变,赵匡胤"黄袍加身",被拥立为皇帝。次日引兵回京,逼周隐帝禅位,改国号宋。

公元 961 年(宋太祖建隆二年),35 岁。

赵匡胤母杜太后病逝。三月,罢殿前都点检慕容延钊等军职,转任节度使。七月,赵匡胤设宴,谕禁军将领石守信、高怀德等罢兵权,均改任节度使等荣誉高官,史称"杯酒释兵权"。

南唐主李璟死,子李煜继位。

公元 962 年(宋太祖建隆三年),36 岁。

赵匡胤令韩令坤等将领分别屯兵于北方各镇,以御契丹。

下诏各地已判死刑的,一律交刑部覆审,以纠正地方节度使乱杀之弊。并下诏各地节度使委派的镇守军官,不得干预地方行政。

公元 963 年(宋太祖乾德元年),37 岁。

十一月,改建隆为乾德元年。

开始实行以文官治理州县制度。印刷颁布《复位刑统》,为我国历史上第一部印行的法典。

公元 964 年(宋太祖乾德二年),38 岁。

任命赵普为相,原后周宰相范质、王溥、魏仁浦同时免职,改任荣誉高官,范质不久病死。

十一月,命大将王全斌、曹彬等分水陆两路,统兵伐蜀。

公元 965 年(宋太祖乾德三年),39 岁。

宋兵进入成都,后蜀主孟昶降。孟昶被解送进京,封秦国公,不久病死。其妻花蕊夫人被召入宫,一年多后被匡胤弟赵光义射死。

实行全国赋税一律解送京师的政策。设置转运使,地方节度使权力日削。

公元 966 年(宋太祖乾德四年),40 岁。

号召农民种植桑枣,发展农业,开垦荒地不加赋税。并大兴文化,访求民间遗书,印书业开始发达。

西蜀全师雄叛乱被削平。

公元 967 年（宋太祖乾德五年），41 岁。

立左卫上将军宋廷渥女为皇后。

辽兵攻益津关。

公元 968 年（宋太祖开宝元年），42 岁。

十一月，改元开宝。北汉主刘钧病死，养子刘继恩嗣位，继恩遇刺死，弟刘继元继位。赵匡胤派李继勋等攻北汉。

公元 969 年（宋太祖开宝二年），43 岁。

赵匡胤亲征北汉，围太原城，并引汾水灌城，因疾疫流行，不克而回。

宴请各地节度使王彦超等，劝他们罢镇，改任荣誉高官。

公元 970 年（宋太祖开宝三年），44 岁。

赵匡胤命潘美等征伐南汉。

公元 971 年（宋太祖开宝四年），45 岁。

宋兵进入广州，南汉主刘铱归降。下诏革除南汉无名赋税。解放岭南被卖做奴婢的百姓，在广州设立市舶司，加强海外贸易。

公元 972 年（宋太祖开宝五年），46 岁。

用反间计杀南唐南都留守兼侍中林仁肇。

公元 973 年（宋太祖开宝六年），47 岁。

赵匡胤亲自复试被录取的进士，自此进士必须经皇帝亲自殿试，遂成为制度，一直延续到清末。

重修《本草经》，定名为《开宝复位本草》；又诏令薛居正主持纂修《五代史》。

八月，免去宰相赵普职务，改任河阳节度使、同平章事。以原副宰相薛居正、沈义伦行宰相事。

公元 974 年(宋太祖开宝七年),48 岁。

以曹彬、潘美为帅,起兵十万伐南唐,大败唐兵于采石矶,并用预制件在长江上架设浮桥,为我国历史上首次在长江上架设浮桥成功。

薛居正等修《旧五代史》完成。

公元 975 年(宋太祖开宝八年),49 岁。

正月,曹彬、潘美等围金陵,十一月城破,南唐后主李煜归降。

公元 976 年(宋太祖开宝九年),50 岁。

正月,南唐后主李煜等被解押到京,封李煜为右千牛卫上将军、违命侯,软禁于京。

吴越王钱俶来朝,遣其返国。

南唐最后一个不肯归降的据点江州被攻破。

党进等奉命攻北汉。

赵匡胤巡视西都洛阳。

十月,赵匡胤病死,庙号太祖。

弟赵光义即皇帝位,改开宝九年为太平兴国元年。